스푸트니크
Sputnik

클루
Clue

엘사
Elsa

나츠
Natsu

흐음──……

마법소녀 나기땅 소아란
Sioare-lang

오늘이야말로 마법소녀 나기땅, 잡겠어!

일라쟈
Illagia

팡숑
Fanchon

소아란

마녀협회에 소속된 마법사.
사람을 대하는 태도가 나긋
나긋하고, 중성적인
이목구비를 한 청년.
하지만 그 정체는
사랑스런 소녀로
변신하여 '마법소녀
나기땅'이라고
이름을 대는 변태.

나츠

리아피아트 지부에 재적하고
있는 민완 경위.
시원스런 성격에 깔끔한
스타일의 여성.
스푸트니크와는 사이가
원만하지 않다.

일라쟈

마녀협회에 소속된 마법사.
플래티넘 블론드의
긴 머리카락이 특징인
말수 적은 여성.
소아란의 부하로,
그를 마음에 두고
있다.

character
Houzekihaki no Onnanoko

Clue

클루

스푸트니크 보석점의 종업원.
잘 웃고 잘 화내는,
밤색 머리를 한 여자아이.
'보석을 토하는' 불가사의한
체질의 소유자.

스푸트니크

스푸트니크 보석점의 점주.
외모만큼은 쓸데없이 멋지지만,
입버릇이 나쁜 짓궂은 청년.
클루의 체질을 알고 있지만,
그녀에게 위험이 미치지 않도록
주위에 비밀로 하고 있다.

Sputnik

보석을 토하는 소녀

돌고 도는 기억과 첫 모험

2

나미아토 지음 | **케이** 일러스트 | **김현화** 옮김

SNOVEL

리아피아트

대륙 동부에 위치한, 루카 가도의
역마을로 번영했던 도시.
과실과 화훼의 명산지.
치안이 좋고 기후가 온난하여
살기 좋은 곳으로 알려져 있다.

코쿠디에

'물의 도시'라는 두 번째 이름을
가지고 있는, 수로가 발달한 도시.
비교적 추운 지방이므로
겨울이면 눈이 쌓이지만, 수로는
일 년 내내 얼지 않는다.
마녀협회 지부가 있어서 마법사들의
거점 중 하나인 도시이기도 하다.

피네치카

리아피아트 시에서 루카 가도를
서쪽으로 나아간 곳에 있는 도시.
과실을 가공한 과자가 유명한데,
이는 리아피아트 시에서 수확한
과실이 이곳에서 가공되어 루카
가도로 운반되기 때문이다.
클루롤 보석상회 지부가 자리한다.

Housekibaki no Onnauoko

Written by Namiato
Illustration by Kel`

Housekihaki
no
Onnanoko
Written by Namiato,Illustration by Kei

2

프롤로그

조용한 점내에 종소리가 울려 퍼지자 그는 고개를 들었다.

*

"다녀왔습니다."

귀가를 알리는 소리와 더불어 밤색 머리카락의 한 소녀가 모습을 드러냈다.

손에 든 장바구니가 조금 불룩했지만, 그녀의 모습에서 보건대 무게는 그다지 나가지 않는 듯했다. 대신 옮겨다줄 필요는 없겠지.

"왔어?"

그래서 그는 여느 때처럼 카운터 의자에 걸터앉은 채로 그녀를 맞이했다. 그러자 그녀 역시 여느 때처럼 기쁜 듯 미소 지었다.

리아피아트 시(市)는 대륙 동부에 위치한 루카 가도의 역마을로 번영했던 중소 도시였다.

일 년 내내 온난한 기후 덕분에 각종 과실과 화훼의 산지로 알려진 그 도시는, 마녀협회 지부는 없지만 경찰국의 치안 유지 활동이 상당히 우수하여 미해결 사건은 제로나 마찬가지였기에 무척이나 살기 좋은 땅이었다.

그런 도시 한쪽 구석에 점원 두 사람이 일하는 아담한 보석점이 있었다. ──'스푸트니크 보석점'.

"──『결과는?』"

"『대성공이에요.』"

점주 스푸트니크의 의미심장한 물음에 물건을 사서 돌아온 종업원 클루 또한 마찬가지로 차분한 목소리로 답하더니 양쪽 눈을 질끈 감고 입을 요상하게 일그러뜨려 보였다. 이모습을 보아하니 아마도 부탁한 물건 대부분을 손에 넣은 모양이다.

"『수고했어. 녀석들에게 들키진 않았겠지?』"

"『내가 그런 실수를 저지를 것 같아?』"

"『그렇군. 너한테 괜한 걱정을 했군.』"

그리고 시선을 주고받더니 두 사람은 함께 나지막하게 웃었다.

──그렇다고는 하나 실제로 그녀에게 사 오라고 한 물건은 줄, 정, 주걱, 세정제 등 이것저것 할 것 없이 모두 법에 준거하여 판매되는, 게다가 정당하게 대가를 지불하고 구입한 것이었다.

요전번에 서점에 갔을 때 "뭔가 재미있는 이야기가 읽고 싶어요" 하는 클루에게 반은 장난으로 스파이 소설──표현을 어느 정도 순화한 어린이용──을 권한 것이 이 소꿉

놀이의 계기였다. 스푸트니크는 그녀가 언제 '재미없다'며 투정을 부릴지 기대하고 있었지만, 의외로 그 책이 그녀에게 감동을 주었는지 요 근래 열심히 읽고 있었다.

그렇게 마음에 든다면야 하고 기회가 있을 때면 이렇게 소꿉놀이에 어울려주고 있지만, 스푸트니크는 대화보다도 그때마다 짓는 그녀의 표정 쪽이 상당히 우스웠다. 예를 들면 태어나서 처음 매운 것을 먹었을 때의 갓난아이의 얼굴. 아무래도 그것이 그녀가 생각하는 '사악한 웃음'인 모양이다.

거울을 보여주려고 해도 양쪽 눈을 감고 있으니 그럴 수도 없었다. 여러모로 잘못되었다는 사실을 그녀 자신이 알아차리는 것은 언제일까, 애초에 알아차리는 날이 오기는 할까 하고 생각하자 갑자기 클루가 "아, 맞다" 하고 중얼거리더니 얼굴을 원상태로 돌렸다.

"왜 그래?"

"잊어버릴 뻔했어요. 조금 전에 야채가게 앞에서 엘리 씨랑 마주쳤는데요, 아기용 반지를 맞추고 싶대요."

그것이 시내에 자리한 분양 맨션에 살고 있는 여성의 이름이라는 사실을 스푸트니크도 알고 있었다. 시내 출신의 남성과 결혼하여 얼마 전에 여자아이를 출산했을 터였다. 약혼반지와 결혼반지도 스푸트니크 보석점에서 준비했었다.

"아기라면 베이비링을 말하는 건가?"

"네. 아기한테 반지라니 드문 일이네요."

"아니, 태어난 아이가 평생 행복하기를 기원해서 부모가 아이에게 선물하는 풍습이 확실히 있긴 해. 그런데 그런 풍습이, 아직 이 부근에도 있었던 거로군."

리아피아트 시에는 오랫동안 보석점이 없었다. 보석점의 단골인 마법사가 그다지 찾아오지 않는 땅이기 때문에 장사의 거점을 두고자 하는 보석상이 없었던 것이다. 그러했기 때문에 스푸트니크가 가게를 차리기 전까지 리아피아트 시민이 장식품을 발주할 때는 유랑하는 보석상이 찾아오기를 기다리든지 다른 시의 보석점으로 가는 수밖에 없었다고 한다.

그런 지방인데도 장식품을 아이에게 선물하는 풍습이 있을 줄이야. 그렇게 생각하며 중얼거렸는데, 클루가 고개를 살짝 가로저었다.

"아, 아니요. 멀리 시집간 여동생이 몇 해 전에 자제분에게 반지를 선물했다는 걸 편지로 알게 돼서 자기도 아이가 생기면 그렇게 하고 싶다고 생각했대요."

"역시 그렇군."

스푸트니크는 대답하며 몇 가지를 생각했다. 베이비링의 시세, 제작에 필요한 시간, 준비해야 하는 도구, 스톤, 소재――그리고.

"자세한 주소는 분명 고객 명부에 있을 거야. 쿠, 너 잠시 엘리 씨네에 가서 '비어 있는 시간을 알려주면 이쪽이 방문해서 디자인 상담을 받겠다'고 전해줘."

"아, 네. 방문 영업은 드문 일이네요."

"그야, 이쪽으로서는 상당히 번거롭지만, 아기를 데리고 외출하는 건 아무래도 불편하잖아. 영업시간 중에 가게에서 아기가 우는 것도 곤란하고. 이야기 좀 전해줄 수 있겠어?"

"맡겨줘요. 사온 걸 정리하고 나서 바로 다녀올게요."

짐을 들어 올리며 아무렇지도 않게 웃는 클루. 그런 그녀의 모습에 스푸트니크는 그만 뺨을 일그러뜨려 웃었다.

"부탁할게. ……그런데 너도 성장했구나."

"그래요?"

"옛날엔 혼자서 밖에 나가지도 못했잖아."

그녀의 내력을 생각하면 당연한 일일지도 모르지만, 리아피아트 시에 터를 막 잡았을 무렵의 클루는 가게에도 간신히 나와 있었다. 종소리가 울리면 황급히 스푸트니크의 뒤로 숨어버리는, 절반의 몫도 하지 못하는 점원이었는데. 이렇게까지 사람들과의 관계에 익숙해지다니 대견하다. ──고 생각한 것은 고용주, 혹은 보호자라서 호의적으로 보는 것만은 아닐 터였다.

유괴 소동이나 마법 소녀가 방문한 직후에는 낯가림이 도지지 않을까 염려했지만, 그것은 스푸트니크의 기우였던 듯 예전과 다름없이 태평스러웠다. 마법 소녀 사건이 일어난 후 며칠간 '호신용'이라며 프라이팬을 가지고 외출하려는 것을 말리는 데는 애를 먹었지만 말이다.

"상으로 머리 쓰다듬어줄게. 이리 와."

손을 흔들어서 불렀다. 그 정도 일로 기뻐할 만큼 어리지 않다고 화를 내지 않을까 했지만, 역시 아직은 응석을 부리는 것이 기쁜 모양이다. "스푸트니크가 웬일로 날 칭찬해요?" 하고 베시시 웃더니 그 표정 그대로 빠른 걸음으로 다가왔다, 하지만.

지나치게 신이 난 그 모습에 어째서인지 놀리고 싶어졌다.

"얏."

쓰다듬는 대신에 그 이마에 꿀밤을 한 방 먹였다.

놀라서 몇 걸음 후퇴. 아픔 때문인지, 당했다는 굴욕 때문인지, 눈물을 글썽이며 입술을 삐죽거렸다. 불평을 부리려고 무언가 말하려고 했지만 그보다 빨리 스푸트니크는 이마를 때린 것과 같은 검지의 끝을 그녀의 미간에 똑바로 향하더니 이렇게 말했다.

『빈틈을 보이지 마. 설령 그게 친형제나 연인일지라도. ──이 손가락이 나이프였으면 넌 지금쯤 살아 있지 않을 거야.』

그러자.

그것이 무슨 말인지 바로 짐작이 갔던 모양이다. 불만스러웠던 표정이 활짝 밝아졌다. 하지만 곧바로 얼굴을 찡그리고 눈을 질끈 감았다.

『명심하겠습니다.』

또 그 우스꽝스러운 표정을 지었기 때문에 스푸트니크는 아무렇지도 않은 표정을 유지하기 위해서 상당한 정신력을 발휘해야 했다.

……미간을 찡그리고 고개를 숙여서.

그는 일그러지는 뺨을 숨기기 위해 카운터 아래에서 오래된 일지를 꺼냈다.

그들의 조금 옛날이야기.

I

첫 심부름
(전편)
Housekihaki no Onnanoko

1

리아피아트 시에 보석점이 생기고 나서 계절 하나가 지나갈 무렵의 일이다.

점심이 가까워진 보석점에 종소리를 울린 것은 스푸트니크와 이미 '협의'를 끝낸 손님이었다.

"저기, 저기."

손님의 주문을 받은 종업원 클루가 카운터에 있던 스푸트니크의 곁으로 탁탁탁탁 달려왔다. 그다지 먼 거리가 아닌데도 뺨이 상기된 것은 분명 긴장한 탓이겠지.

스푸트니크는 그녀의 이야기를 들을 필요도 없이 준비해 둔 가늘고 기다란 작은 상자 하나를 내밀었다.

"이거, 엘사가 맡긴 물건."

"아아, 네."

"손님께 건네기 전에 물건을 어떻게 한다고 했지?"

"내용물이 틀리지 않은지 확인해야 해요."

씩씩한 대답에 상당히 만족스러웠다.

상품을 받아든 클루는 어제 예습했던 대로 뚜껑을 열어서 안을 확인했다. 그곳에 블루사파이어 목걸이가 정확하게 담겨 있는 것을 확인하더니 상자를 꼭 쥐고 손님에게 돌아갔다.

"저기, 저기, 엘사 씨, 이거예요."

그리고 기다리던 손님――근처에 사는 잘 아는 이웃
――을 향해 상자를 힘차게 내밀었다.

――두 사람이 리아피아트 시의 정주권(定住權)을 얻어서
가게를 차리고 난 후 시간이 어느 정도 흘렀다. 스푸트니크
는 시내에 아는 사람도 제법 생겨서, 터를 잡고 시작한 일
에 익숙해졌을 무렵이었다.

스푸트니크는 정착해서 수입이 어떻게 달라질지 걱정했지
만, 막상 뚜껑을 열어보니 장부의 숫자는 적자는커녕 상당한
흑자 상태를 이어가고 있었다. 옛날부터 거래해 온 단골들이
신기한 마음에 일부러 가게를 방문해주거나 축하 선물을 대
신하여 고가의 장식품을 몇 건 의뢰해준 덕분이었다.

그리고. 이 호경기가 이어져서 여유가 있는 동안에 종업
원인 클루가 성장했으면 하여 스푸트니크는 그녀에게 혼자
서 하는 접객을 익히게 하기로 했다.

그 연습 상대가 현재 클루와 이야기하고 있는 손님, 엘사
였다. 근처에 자리한 찻집 웨이트리스로, 요전번에 파손된
목걸이 수리를 의뢰하러 왔을 때 할인된 가격으로 수리를
맡을 테니 클루의 접객 연습의 협력을 요청했는데 흔쾌히
승낙해주었다.

"고마워."

물건을 받아든 엘사는 뚜껑을 열어 목걸이를 꺼내더니 펜
던트를 뒤집어서 수리를 의뢰한 곳을 보았다. 가지고 왔을
때는 구부러져 있던 금속 부분이 지금은 정확한 위치에 자

리하고 있는 것을 확인하더니 "응, 고쳐졌네" 하고 만족스럽게 고개를 끄덕였다.

그리고 스푸트니크에게 눈짓했다. 하지만 그는 아무 말도 하지 않고 클루를 손으로 가리켰다. 이쪽은 일절 관여하지 않는다는 제스처였다.

엘사는 쓴웃음을 지은 후, 클루에게 몸을 돌렸다. 그녀는 엘사를 멍하니 바라보고 있다가 눈이 마주치자 정신을 차린 듯 숨을 들이쉬었다. 그리고,

"저기, 저기. 그러니까, 내용물 확인을."

한 박자 늦었다.

그러나 엘사는 어설픈 점원에게 화를 내지도 어이가 없어 하지도 않았다. 필사적인 모습의 클루를 향해 화사하게 웃어 보였다.

"괜찮아. 내가 수리를 부탁한 목걸이가 확실해. 덕분에 예쁘게 고쳐졌네. 고마워."

"아, 그, 그러니까, 천만──."

그러자 감사에 대한 답을 하다가.

어째서일까. 그녀는 그대로 정지했다. 입술을 앙다물더니 꽃이 시든 것처럼 고개를 숙여버렸다.

클루가 하는 행동의 의미를 가늠하기 힘들었던 엘사가 '왜 그러지?'라고 말하고 싶은 듯 스푸트니크를 보았다. 그러나 그도 엘사와 마찬가지로 고개를 갸웃거릴 수밖에 없었다. 무언가를 망설이고 있는 것 같기도 하는데, 그렇게 난

처한 일이 있었던가?

엘사가 걱정스러운 듯이 클루를 기다리고 있었다. 이윽고 고개를 숙이고 있던 클루가 자신의 에이프런을 단단히 쥐고 더듬거리며 대답했다.

"고, 고친 건 내가 아니라, 그, 그러니까."

——그렇군.

그 말을 듣고 마침내 스푸트니크도 이해가 갔다. 아마 엘사 또한 이해했을 것이다. 클루는 아무래도 감사 인사를 받아야 하는 사람은 자신이 아니라 수리를 한 점주라고 생각하고 있는 모양이었다.

못 말린다니까, 하고 스푸트니크는 한숨을 쉬었다. 이 아이는 이상한 면에서 착실하다. 융통성이 없다고도 할 수 있다. 따라서 그때마다 그건 잘못되었다고 설명해주어야 한다.

다만, 스푸트니크는 직업인, 사회인으로서는 나름대로 경험을 쌓아왔지만 교육자로서는 부족하다고 해야 할까, 애초에 자신의 성격상 어울리지 않았다. 그 생각을 어떻게 바로잡아야 할지 팔짱을 끼고 미간을 찡그린 채 생각하다가 그만 신음하고 말았다. 대체 어떻게 말하면 이 아이도 이해할 수 있을까.

그러자, 그때 후훗 하는 소리가 들려왔다. 고개를 들고 쳐다보자 엘사가 즐거운 듯 미소 짓고 있었다. 엘사는 곁눈질로 스푸트니크를 힐끗 보더니 그 자리에 웅크리고 앉아 고개를 숙인 클루를 아래에서 올려다보았다.

"클루, '내조의 공'이라는 말 모르니?"

아마도 모르겠지. 예상대로 클루는 눈을 끔벅거렸다.

"내조?"

"그래. '겉으로는 드러나지 않는 내부에서의 노력'이라는 뜻인데 말이야. 클루가 씩씩하고 야무지게 가게 일을 돕고 있으니까 스푸트니크 씨가 안심하고 일을 할 수 있는 거야. 그러니 목걸이가 예쁘게 고쳐진 건 스푸트니크 씨만의 공적이 아닌 거지. 그래서 클루한테도 고맙다는 거야."

그러고서 클루의 머리를 쓰다듬는 엘사를 바라보며 잘하는군, 하고 스푸트니크는 순수한 마음으로 감탄했다. 자신이었다면 그렇게 이해하기 쉽게 이야기하지 못했을 것이다. 그 증거로 어두웠던 클루의 표정이 순식간에 밝아져갔다.

이윽고 고개를 든 클루는 기쁜 얼굴로 스푸트니크를 보았다. 무언가 말하고 싶은 듯이, 그러나 어휘가 부족한 탓인지 능숙하게 표현하지 못하고 입을 단지 뻐끔거리는 그녀에게 "그런 거지"라고 한마디 해주었다. 그러자 클루가 꺄아하고 환호성을 질렀다.

그리고 다시 엘사에게 몸을 돌렸다. 그리고 씩씩하게 답했다.

온 얼굴에 웃음을 짓고 진심으로 기쁜 듯이.

"고맙습니다!"

——고객인 엘사가 희망하는 지불 방법은 현금으로 일시불. 클루가 수납 접시를 내밀자 그녀는 그 위에 대금을 올려놓았다. 받아든 클루는 그것을 그대로 스푸트니크에게 가져왔다.

　　거스를 필요 없이 청구 금액에 일치한다는 것을 확인하더니 스푸트니크는 현금을 계산대에 넣고 대신 용지 한 장을 얹어서 돌려주었다——'영수증'이었다.

　　클루는 얼굴에 한가득 웃음을 지으며 받아들더니 엘사에게 돌아갔다. 그 표정에, 행동에, 이제 긴장한 기색은 없었다.

　　그리고 엘사에게 영수증을 내밀며 그녀는 경쾌한 목소리로 또랑또랑하게 말했다.

　　"또 파손되면, 상품을 수령한 후 열흘 이내라면, 저기 그러니까, 무료로, 수리해드려요. 스푸트니크 보석점을 이용해주셔서 감사합니다!"

　　어젯밤에 열심히 암기했던 문장은 스푸트니크가 가르친 것과 표현이 조금 달랐지만 내용으로써는 전혀 부족함 없이 고객에게 전해졌다.

　　엘사는 만족스러운 듯 미소 짓고 이쪽을 향해 윙크했다. 스푸트니크는 카운터에 팔꿈치를 괸 채 고개를 끄덕이더니 웃음으로 답했다. ——점수를 넉넉하게 줘도 될 것 같다.

2

'고객 엘사 님 / 의뢰 : 보수(목걸이의 펜던트 금속 부분 파손)'.

튼튼한 자물쇠가 달린 기록장을 열어서 옆으로 튀어나온 포스트잇 중 파란색을 끌어당겨 해당 페이지를 펼치자, 위의 한 문장이 스푸트니크의 눈에 닿았다.

그것은 업무 일지의 한 페이지였다. 스푸트니크가 기록하고 있는 업무 일지로, 필적은 틀림없이 자신의 것이었다.

잡고 있던 포스트잇을 의뢰 완료의 의미를 담아서 단숨에 떼어냈다. 보통은 그 후에 최신 페이지에 의뢰가 완료되었다고 기입해두지만──이번만큼은 그럴 수 없었던 이유가 있었다.

클루가 가게에 돌아오려면 아직이려나 하고 생각하며 벽시계를 올려다보았다. 점심 휴식을 끝내기에는 아직 조금 일렀다.

"뭐, 급한 업무는 딱히 없으니까."

잠깐의 휴식을 즐기면 되지. 그런 생각을 하며 시간 때우기로 일지의 오래된 페이지를 펼쳤다. 그와 동시에, 그러고 보니 클루는 아직 그 '일지'를 쓰고 있으려나 하는 생각이 문득 들었다.

요전번에 폐점 후에 스푸트니크가 업무 일지를 쓰고 있으니 클루도 어딘가에서 예쁘장한 노트를 가지고 와서 무언가를 열심히 쓰기 시작했다. 무엇을 쓰는지 물어보자 "나도 '업무 일지'를 쓰고 있어요"라며 자신만만한 태도를 취했다. 다만 자랑스럽게 보여준 내용물의 태반은 '펫숍의 고양이가 혀로 털을 다듬고 있어서 귀여웠다'든가 '간식인 쿠키 절반을 바닥에 떨어뜨렸다'든가 하는, 명백하게 업무와 관계가 없는 것이었지만 말이다.

그렇지만 본인이 괜찮다면 그걸로 상관없었다. 그녀의 근무 상태는 스푸트니크가 매일 기록하고 있었고, 아직 업무 일지를 쓰는 법까지 익히게 할 필요는 없었다. 종업원으로서 알아야 할 것과 배워야 할 것이 아직 여전히 많이 남아 있었다――그래, 예를 들어서.

그런 생각을 하며 일지와 함께 카운터에 놓아두었던 잉크병을 하염없이 바라보고 있자, 타박타박타박 하는 가벼운 발소리가 났다. 이윽고 '종업원 전용' 팻말이 걸린 문이 소리를 내며 열렸다.

그리고 얼굴을 내민 것은 물론, 종업원 클루였다. 하지만.

어째서인지 얼굴을 붉히고 눈동자를 글썽인 채 가늘게 떨고 있었다.

"왜 그래?"

"스, 스푸, 스푸트니크으."

클루는 이름을 부르며 달려오더니 의자에 앉아 있는 그를 힘차게 부둥켜안았다. 겁에 질린 듯 떠는 그녀를 끌어안고 등을 쓰다듬어주며 도둑일까 염탐꾼일까를 생각했다.

그러나 결론부터 말하자면 어느 쪽도 아닌 모양이었다.

초조해하며 더듬거리면서도 그녀가 열심히 한 말은.

"저기, 지금, 방에 있는 사전으로 '내조의 공'을 찾아봤는데요."

"? 아아."

"그랬더니 그랬더니, 내조의 공은 '아내의 공적을 말하는 경우가 많다'고 쓰여 있던데, 아내라니, 엘사 씨는, 내, 내가, 스푸트니크의 아, 아, 아내라고!"

──그런 거였어? 라고 말하고 싶어지는 것을 어떻게든 참았다.

연애의 '연' 자도 모를 듯한 땅꼬마 역시 그런 건 다소 신경 쓰이겠지. 그렇다기보다 어떤 의미로는 아이이기에 민감하게 받아들이는 것일지도 몰랐다.

스푸트니크는 지금은 여성과의 관계에 너그럽지만, 어릴 적에는 좋아하지도 않는 이성과의 관계에 부추김을 당하는 통에 싸웠던 경험이 있었다. 그때 분명 상대의 코뼈를 부러뜨린 후에 "네가 한 말을 정정하지 않으면 네 손발톱을 하나씩 벗겨낼 거야"라고 선언하여 전의를 상실시켜서 일단 해결을 봤을 터였다──어린 시절의 천진난만한 추억이었다. 따라서 클루의 필사적인 모습을 이해하지 못하는 것도 아니었지만, 그 경우에 엘사는 예를 들어 말했을 뿐 그렇게까지 의미를 가지고 있지는 않았을 터였다.

그러나 지나치게 심각하게 받아들인 사랑스러운 종업원의 생각은 멈출 줄을 몰랐다.

"말도 안 돼, 쿠는, 쿠랑 스푸트니크는."

붉힌 뺨을 스푸트니크의 어깨에 꽉 누른 채 문지르면서

외치듯 말했다.

"야, 약혼도, 아직인데에!"

"………그렇지."

약혼은커녕, 이라는 생각이 들었지만 지금 해야 하는 말은 그것이 아니었다.

"나중에 엘사를 만나면 '결혼할 예정은 앞으로 전혀 없다'고 확실히 제대로 말해둘 테니 진정해. 그것보다 쿠, 너한테 부탁이 있어."

"아, 아, 아니, 예정은, 그러니까, 앞으로 전혀 없다고는…… 아니 그게. 부탁 말인가요?"

마침내 이성을 되찾은 클루가 고개를 천천히 갸웃거렸다. 스푸트니크는 그녀의 어깨를 잡고 자신에게서 살짝 떼어내더니 고개를 끄덕여 보였다.

"응. ──잠시, 물건을 사다줬으면 해."

그러자.

클루는 고개를 기울인 그 자세 그대로 눈을 크게 뜨고 딱 멈춰서 경직했다. 그리고,

"스푸트니크랑 같이?"

"아니, 쿠 혼자서."

시간을 들여서 천천히 고개가 원래 위치로 돌아왔다. 크게 뜬 다갈색 눈동자가 미세하게 흔들리며,

"저기."

"응."

"그러니까."

"응."

스푸트니크는 맞장구를 치며 의미 있는 말이 돌아오기를 끈기 있게 기다렸다.

이윽고 밤색 앞머리 아래의 이마에 땀이 흥건한 클루가 뺨에 손을 대고 고개를 숙이더니 텅 빈 눈동자로 마침내 그에게 대답했다.

"쿠는, 내조의 공이니, 집 밖으로 나가면 내조가 아닌 게 되는데……."

"그렇군."

일리가 있다고는 말하지 않았다.

──클루는 사람이 북적이는 곳, 이랄까 스푸트니크가 없는 장소를 두려워한다. 예전에 도둑들에게 붙잡혀 있던 시기의 일이 영향을 끼친 것일 테지만, 언제 어디서 모르는 사람이 손을 뻗어올지를 생각하면 다리가 얼어붙는 모양이었다.

자신의 방이라면 어떻게든 혼자서도 있을 수 있지만, 그 이외의 곳은 완전히 무리였다. 스푸트니크가 가게에 있으면 도와주러 오고, 물건을 사러 간다고 하면 자신이 좋아하는 포셰트를 메고 따라왔다. 가게를 방문한 손님, 물건을 사러 간 곳의 점원, 행상인 시절로 말하면 친하게 지내던 거래처 사람까지 두려워하던 무렵에 비하면 훨씬 성장했다고 할 수 있지만, 스푸트니크로서는 역시 개별적으로 행동하지 못하는 것은 2인조가 가지고 있는 장점을 죽이고 있는 듯한 느낌이 들 수밖에 없었다.

　스푸트니크는 의자에서 일어나 팔짱을 끼고 클루를 내려다보았다. 그 뺨은 애처로울 만큼 새파래져 있었지만, 응석을 계속 받아주면 성장하지 않는 법이다.

　"내조에서 졸업하는 것도 좋잖아. 적어도 내 마누라 취급은 받지 않을 거야."

　"마, 마누라도 괜찮아요. 오히려 환영이에요."

　"난 널 눈앞의 문제에서 벗어나기 위해 구혼하는, 품행 나쁜 아이로 키운 기억이 없어. ……저기 말이야, 펜의 잉크가 다 떨어졌어. 너 조금 전에 엘사를 접객했잖아. 쿠가 혼자서도 야무지게 응대했다는 걸 일지에 남겨두고 싶은데, 이래서는 아무것도 쓸 수가 없단 말이지. 사다주지 않을래?"

　빈 잉크병과 유리 펜을 카운터 위에 가지런히 올려놓았다. 펜의 파란 표면에 클루의 난처한 얼굴이 희미하게 비쳤다.

　"하, 하지만 스푸트니크는 늘 만년필을 사용하……."

　"이쪽도 다 떨어졌어."

　슬랙스 엉덩이 주머니에서 자신이 애용하는 만년필을 꺼내어 뚜껑을 열어서 일지 끝자락에 펜 끝을 휘갈겨 보였다. 당연하지만 블루블랙은 한 방울도 보이지 않았다.

　도망칠 곳이 없다는 사실을 알아차린 클루의 눈동자에 순식간에 눈물이 고였다. 그것이 넘쳐흐르는 것을 막기 위해 스푸트니크는 무릎을 구부려서 눈높이를 맞추더니 그녀의 머리에 손을 얹었다. "괜찮아" 하고 최대한 따스한 목소리로 말했다.

"저기 잡화점에서 팔고 있으니까, 그걸 사 오기만 하면 돼. 잡화점, 알지? 우리 가게에서 세 건물 건너편에 있는. ……괜찮아, 불가능한 일이라면 말 안 해. 난 너라면 할 수 있다고 믿고 있으니까 부탁하는 거야."

"쿠라면, 할 수 있다……?"

에이프런에서 꺼낸 새가 자수된 손수건──토해낸 보석을 숨기기 위해 늘 가지고 다닌다──으로 눈물을 닦으며 클루는 그의 말을 반복했다. 그것은 마치 한 줄기의 희망을 본 듯한 말투였다. 스푸트니크는 그 말을 뒷받침하듯이 고개를 깊이 끄덕여 보였다.

"할 수 있어, 할 수 있다고. 내가 보증할게, 틀림없어. 내 추측이 틀린 적 있어?"

부정을 할 리가 없다는 듯 물어보았다.

그녀는 한 번 크게 딸꾹질을 하고 나서 생각하듯이 비스듬히 위를 올려다보았다. 그리고 잠시 후, 그가 있는 방향으로 고개를 다시 돌린 그녀가 눈물 섞어 대답했다.

"……여자관계에는 비교적……."

"그 이외에 말이야."

무심결에 돌려버린 시선을 어떻게든 되돌렸다. 클루의 눈동자에 떠오른 것이 업무에 대한 두려움에서 그를 향한 의심으로 바뀌어 있었지만, 스푸트니크는 알아차리지 못한 척하며 그 눈을 똑바로 보았다.

손수건을 쥐고 있는 뽀얀 손을 자신의 오른손으로 감싸주었다.

"괜찮아. 여긴 치안이 좋은 동네야. 큰길이라면 아이 혼자서도 다닐 수 있어. 순찰하는 경찰도 여기저기에 있으니까 무서울 건 아무것도 없어. 너도 알잖아. 이 동네 경찰관은 직무에 너무 충실해서 짜증날 정도야."

말하면서 어느 시민의 얼굴이 떠올라 그만 씁쓸한 표정을 짓고 말았다. 그것이 누구를 가리키는지 알았는지 클루는 허가 찔린 듯 웃음을 터뜨렸다.

"알겠어요. 다녀올게요. ……조금 무섭지만요."

"그래야 우리 종업원이지."

이번에는 스푸트니크 쪽에서 그녀를 단단히 끌어안았다. 클루는 "열심히 할게요"라고 선언하고 탐스러운 뺨을 스푸트니크에게 가져다 댔다.

——그리고.

"다, 다, 다녀올게요."

"그래, 다녀와."

늘 메던 포셰트에 대금과 심부름 메모를 넣었다. 그리고 뒤집어진 목소리로 외출 인사를 하더니 클루는 입구의 종소리를 요란하게 울렸다.

스푸트니크는 카운터 안에서 손을 살랑살랑 흔들며 그 모습을 배웅했다. 오른손과 오른다리가 동시에 나가는 것이 조금 신경 쓰였지만, 그녀를 보낸 곳은 이곳에서 불과 세 집 건너편의 무척 가까운 곳이었다. 게다가 잡화점에는 오늘 클루를 혼자서 심부름 보내겠다는 것과 그때 판매했으면 하는 잉크의 종류 등, 사전에 모두 이야기를 전해둔 상태였다. 순조롭게 진행된다면 문제가 일어날 리 없을──터였다.

만년필을 다시 꺼내 미리 뽑아둔 잉크 카트리지를 되돌려 놓았다. 블루블랙의 잉크가 업무 일지 최신 페이지에 '클루를 혼자서 심부름 보냄'이라고 썼다.

그런데. 카운터에 팔꿈치를 괴어 턱을 받치고서 스푸트니크는 혼자서 생각했다.

자신의 말, 행동, 그리고 일지에 기록된 내용을 되돌아보며.

"이건 업무 일지라기보다……."

육아 일기라고 부르는 편이 훨씬 적절한 느낌이 들어서 그는 작게 한숨을 쉬었다.

3

딸랑딸랑딸랑…… 쾅.

클루에게는 문이 닫히는 소리가 단두대의 칼이 떨어질 때의 소리와 비슷하게 들렸다.

걸려 있는 '개점' 팻말이 마치 자신을 놀리는 것 같았다. 문이 잠겨 있지 않은데, 열려 있는데, 그것은 지금의 클루가 여는 것을 허용치 않았다. 그녀가 문을 열고 돌아오면 점주는 아직 너한테는 어려웠나 보구나, 라며 자상하게 대해 주지는 않겠지. 그대로 우향우하게 하여 다시 한 번 밖으로 내쫓을 것이 뻔하다. 그는 그런 사람이었다.

포기하고 자신을 완강하게 거부하는 문에서 시선을 돌렸다. 그리고 사람이 오가는 길을 보았다. 지나다니는 사람이 그다지 많지 않았지만, 그녀에게는 그것이 독의 늪인 양 내딛기 힘든 길처럼 보이기만 했다.

"……괜찮아, 괜찮아."

급속하게 팽창하는 불안감. 눈물샘이 따듯해져오는 것을 힘을 꽉 실어서 참았다.

괜찮아, 목적지는 여기서 고작 세 집 건너편이다. 그렇게 먼 장소는 아니다. 만에 하나 도착하기 전에 누군가에게 습격당해도 소리를 지르면 분명 스푸트니크에게 닿을 터이다. 그렇게 자신을 납득시키고 고개를 한 번 끄덕이더니 왼쪽으로 걷기 시작했다.

"하나……."

한 집 건너편. 누구와도 눈이 마주치지 않도록 시선을 낮추고 걸음을 재촉했다.

"둘……."

두 집 건너편. 이따금 가까이 누군가의 형체가 지나갈 때마다 심장이 뛰었지만, 어느 누구도 그녀에게 해를 끼치지 않고 바로 멀어져갔다. 하지만 그럼에도 다음 숫자를 입에 올리기까지, 그녀에게는 영원과 같은 시간을 걸어가는 것처럼 느껴졌다.

그리고.

마침내 뱉은 그 말은 마치 무언가의 해방 선언과 같은 울림을 띠고 있었다.

"……셋."

세 집 건너편에 도착하자 어깨에서 힘이 쭉 빠져나갔다──하지만.

그녀는 이걸로 끝이 아니라는 사실을 잊지 않았다. 지금부터 모르는 사람에게 말을 걸어서 잉크를 구입하고 이 기나긴 길을 다시 걸어서 돌아가야 한다. 그것도 혼자서.

끝없이 느껴지는 시련의 길. 하지만 그렇게 하지 않으면 분명 그는 자신을 맞이해주지 않을 것이다. 또한 해내지 못하면 그는 자신에게 정이 떨어질지도 모른다. 그렇지 않아도 아이 같은 자신은 그와 어울리지 않았다. 이 이상 거리가 생기는 것은 싫었다. 그래, 그의 곁에 있는 사람이 물건 하나 사지 못하는 건 말이 안 되지!

그의 곁에 서 있기에 걸맞은 여성이 되기 위해서. 그렇게 결심하고 고개를 크게 한 번 끄덕이더니 클루는 힘차게 얼굴을 들었다──하지만.

"……어?"

그곳에 있는 것은 아무리 보아도 잉크는 취급하지 않을 법한 가게였다.

쇼윈도에는 케이스 몇 개가 진열되어 있었다. 각 케이스에는 가격표가 붙어 있었고, 그 안에는 타월이나 봉제인형, 그리고 움직이는 털뭉치가 각각 한 마리씩 들어 있었다──펫숍이었다.

맞다, 하고 클루는 떠올렸다. 여기는 물건을 사서 돌아가는 길에 클루가 종종 발걸음을 멈추는 가게였다. 가운데 층의 오른쪽 끝에 자리한 흑회색 줄무늬의 튼튼한 아기 고양이는 그녀가 가장 좋아하는 동물이었다. 오른쪽 끝의 케이스를 들여다보자 역시 본 적 있는 고양이가 코를 벌름벌름 움직이고 있었다. 이곳에서 잉크를 팔고 있을까?

우선 말해보았다.

"……잉크, 주세요."

"야옹."

그러자 아기 고양이는 작은 입을 크게 벌리더니 날카로운 이빨을 보이며 의기양양하게 답했다.

그러나 당연하다고 해야 할까, 고양이는 원하는 것을 내주지 않았다. 가장자리에 굴러다니던 타월을 물어서 끌고 오더니 뒹굴고 뒷발로 차기 시작했다. 그 모습이 무척이나 사랑스러웠지만, 클루가 원하는 것은 오래 써서 낡은 타월이 아니었다.

"저기……."

유리에 손을 대고 다시 한 번 말을 걸었다.

그러나 투쟁 본능에 불이 붙었는지 아기 고양이는 부모의 원수인 양 그 헝겊 조각을 계속해서 발로 찰 뿐, 고객인 클루에게서 이미 완전히 흥미를 잃은 듯했다.

"잉크⋯⋯."

결심과 더불어 북돋았던 용기는 완전히 시들고 말았다.

심한 고독이 느껴지자 시야가 살며시 희미해지고 흐려졌다. 울어도 소용없다고 생각했지만 생각과는 반대로 솟구치는 눈물이 멈추지 않았다. 참을 수 없어서 큰 소리로 울며 그의 이름을 외치고 싶었다. 그때였다.

──딸그랑딸그랑.

종소리가 났다. 스푸트니크 보석점의 종소리보다 조금 높고 요란했다.

소리에 이끌려 그쪽을 보자 그곳에 한 청년이 서 있었다. 곱슬한 빨간 머리를 한 키가 큰 남자였다. 아무래도 종소리는 펫숍의 문에서 난 모양이었다. 청년은 그 문에서 나온 듯했지만, 클루에게 그러한 사실은 아무래도 상관없었다.

모르는 남자. ──스푸트니크가 아닌 사람.

클루에게는 그것만으로 충분했다.

"아, 아⋯⋯."

눈물이 쏙 들어갔다. 그러나 그 대신 두통마저 일으키는 강렬한 위험 신호가 도망치라고 머릿속에서 성가시게 요란스레 깜박였다. 이 사람이 누구인지는 모르지만, 어쨌든 도망쳐야 한다. 적어도 이 남자가 쫓아올 수 없는 곳까지. 그렇지 않으면 '다시'.

공포심으로 참을 수 없었던 클루가 발길을 되돌려서 달리기 시작하기보다 한 박자 빨리.

청년 쪽이 행동에 나섰다.

"……어?"

그것은 클루가 전혀 예상하지 못한 행동이었다.

그는 클루에게 다가오지도 손을 뻗지도 큰 소리로 꾸짖지도 않고——클루를 잡지도 않고 어째서인지.

그 자리에 털썩 주저앉았다.

그렇다고 해도 정확하게는 엉덩이는 지면에서 띄우고 있는 듯했지만, 어찌 되었든 예상외의 행동에 클루는 도망치는 것도 잊고 서 있기만 했다.

그사이에 그는 자세를 한계까지 낮춘 채 작은 보폭으로 조금씩 시간을 들여서 그녀의 눈앞까지 다가와서는 마침내 손을 내밀었다.

그리고 클루의 카디건 자락을 검지와 엄지로 살짝 붙잡았다.

"잡았다."

그 말에 공포를 느끼지 않았던 것은 그가 즐겁게 생긋 웃고 있었기 때문이다. 옷을 잡은 손가락에도 힘이 그다지 들어가 있지 않아서 클루가 한 걸음 뒤로 물러서면 바로 풀릴 정도였다.

그는 지면에 가까운 자세를 유지한 채 눈을 위로 떠서 클루를 올려다보았다. 그리고 역시 살가운 표정으로 "안녕, 난 이곳 점원이야. 보석점 아이지?"

라고 말했기 때문에 클루는 그만 깜짝 놀랐다.

"절 아세⋯⋯?"

"물론이지. 물건을 사서 돌아가는 길에 우리 가게를 자주 들여다보잖아. 스푸트니크 씨는 고양이에 그다지 흥미가 없는 것 같지만."

확실히 클루가 이곳에서 발길을 멈추었을 때, 웃는 얼굴로 유리에 들러붙어 있는 그녀와는 대조적으로 스푸트니크는 귀찮은 듯한 표정을 지을 뿐 동물을 들여다보는 행동은 딱히 하지 않았다. 이렇게나 귀여운데 말이다.

"그런데 스푸트니크 씨가 가장 싫어하는 건 까마귀라고 하더라고. 신참이었을 적에 상품을 도둑맞은 적이 있대."

"그래요?"

천하의 그가 거북해하는 것이 있다는 사실이 조금은 의외라고 생각했다――하지만.

이 점원은 어째서 그런 사실을 알고 있는 걸까. 클루의 그런 의문을 꿰뚫어 본 것처럼 그는 고개를 갸웃거렸다.

"요전번에 장을 보고 돌아가는 길에, 네가 그곳에서 떨어지지 않아서 곤란해 보이는 그 사람이랑 잠시 이야기를 나눴거든. 넌 그 아이한테 빠져 있어서 이쪽 일은 알아차리지 못한 모양이지만 말이야. 그때 네가 조금 낯을 가린다는 이야기도 들었어. 그래서 이렇게 해서 가까이 다가갔는데 오히려 놀라게 한 건가, 미안. ……그리고 슬슬 일어나도 될까?"

다리가 슬슬 힘들어서, 하고 쑥스럽게 웃었다.

신경을 쓰게 했다는 사실에 사과를 하고 편하게 있으라고 권하자, 그는 감사 인사를 하고 일어섰다. 그리고 구겨진 에이프런을 잡아당겨 주름을 폈다. 가슴 부근에 고양이와 강아지와 새의 아기자기하고 익살스러운 일러스트가 크게 그려져 있었다.

조금 전에는 그렇게 무서워 보였던 청년이 이제는 그렇지도 않았다.

"다시 인사할게, 안녕."

"아, 안녕하세요."

더듬거리면서도 어떻게든 인사를 했다. 그는 웃으며 "대답 잘하네"라고 말했다.

"으음, 이름은 쿠였던가?"

"크, 클루예요. 스푸트니크는 쿠라고 부르지만요."

"실례했네. 그런데 클루는 동물 좋아해? 강아지라든가, 고양이라든가 하는 이런 거."

그리고 가게 유리를 손으로 가리켰다. 그곳에 사는 그들은 짧은 팔다리와 긴 꼬리로 각자 취향대로 행동하고 있었다. 자거나 귀를 긁거나 타월에 덤벼들거나——하지만 모두가 마찬가지로 귀여웠다.

그래서 클루는 쭈뼛거리며 끄덕였다.

"좋아, 해요."

"그 말을 들으니 기쁘네. 저기, 지금부터 이 녀석들에게 사료를 줄 거야. 늘 보고 있는 것 같던데, 혹시 괜찮다면 너도 사료를 주는 게 어떨까 해서 권하러 왔는데 어때?"

에이프런 한가운데에 있는 큰 주머니에서 둥그스름한 형태의 쥐 봉제인형을 꺼내 흔들며 그는 클루에게 그렇게 말했다.

사료 주기. 유리 이쪽 편에서 보고 있을 수밖에 없었던 복실이들을 가까이에서 볼 수 있는, 또다시 오지 않을 기회였다.

"아니면 뭔가 급한 볼일이라도 있어?"

"저기 그러니까……."

기껏 권유를 받았지만 심부름을 하던 도중이었다. 거절해야 한다는 사실은 자명했다. 스푸트니크는 클루가 돌아오기를 기다리고 있을 테고, 얼른 잉크를 가지고 돌아가지 않으면 그는 분명 곤란해할 것이다.

하지만. 곁눈질로 케이스를 힐끗 보았다. 흑회색의 아기 고양이가 어느새 타월을 내팽개치고 예의바르게 앉아서 클루가 있는 쪽을 바라보고 있었다. 유리 건너편에서 반짝반짝 빛나는 두 개의 동그라미가 열심히 그녀를 비추고 있었다. 그 사실을 알아차린 순간, 머릿속의 저울은 아주 간단히 기울었다.

클루는 검지와 엄지로 조금 틈을 만들어 보이며 작은 목소리로 말했다.

"……조금이요."

동시에 마음속으로 '스푸트니크, 미안해요'라고 중얼거렸다.

청년이 열어준 문을 지나자 우선 감각으로 와 닿은 것은 냄새였다.

점내에는 수조와 새장이 있고, 토끼나 햄스터가 담긴 케이지도 있었다. 밖에서는 강아지와 고양이만 보였기 때문에 포유류만 취급하고 있다고 생각했는데, 아무래도 그렇지 않은 모양이었다. 크기가 다양한 새, 반짝반짝 빛나는 물고기, 날름날름 혓바닥을 내미는 도마뱀, 손발이 있는데도 물속을 기어 다니는 불가사의한 어류와 같은 것 등, 클루가 모르는 생물들이 각각의 집에 담겨 있었다.

그리고 그들로부터 나는 냄새, '짐승의 냄새'라고도 할 수 있을까. 다른 곳에서는 그다지 맡을 일이 없는 독특한 냄새가 온 가게를 맴돌고 있어서 클루는 그만 코를 벌름거렸다. 그러자,

"아, 미안. 냄새가 좀 그렇지?"

그 사실을 알아차린 그가 미간을 찡그리며 미안한 듯이 말했다.

"동물을 상대하는 가게라서 아무래도 냄새가 좀 그래."

"아, 아니요, 그런 게 아니라."

다급히 손을 저어서 부정했다.

특이하다고 생각했을 뿐, 결코 싫지는 않았다. 그렇게 말하자면 곤드레만드레 취한 스푸트니크 쪽이 훨씬 후각에 좋지 않다고 말하자 그가 소리 높여 웃었다.

"뭐, 사회생활을 하는 남자라면 어떤 의미에서 술을 마시는 게 일일 때도 있으니까. 좋은 말은 아니지만."

"왜 이렇게 꾸물대는 거야, 강아지 아저씨!"

많은 동물의 울음소리에 섞여서 어린아이의 목소리가 들렸다.

점원인 그의 시선을 좇아서 그쪽을 보았다. 그러자 그곳에 연령대로는 클루와 같든지 그보다 몇 살 정도 어린 남자아이 한 명과 역시 마찬가지로 그 정도 연령대의 여자아이 한 명이 있었다.

조금 전의 까칠한 소리는 아마도 이 남자아이가 낸 듯했다. 하지만,

"강아지 아저씨?"

"아, '강아지 아저씨'는 내 별명이야. 딱히 강아지 전문은 아니지만, 펫숍을 운영하고 있으니 그렇게 불리고 있어. 참고로 여동생도 같이 가게를 보는데, 그쪽은 '고양이 언니'야. 난 강아지 같고 여동생은 고양이 같대. 어디가 그렇게 보이는지는 잘 모르겠지만."

그는 소심하게 빙그레 웃었다. 그런데 그 웃음이 어딘가, 그의 등 뒤에 자리한 케이지에서 태평스레 잠들어 있는 금

빛 강아지와 닮아서 그 이유를 왠지 모르게 이해할 수 있을 것 같았다.

"저 아이들은 너랑 마찬가지로 '도와'주러 온 아이들이야. 동물을 좋아하는 아이들이 가끔 와주고 있어."

손끝을 정면으로 향했다. 그것을 좇아 다시 한 번 아이들 쪽으로 시선을 돌리자 여자아이와 눈이 마주쳤다.

예쁜 금발을 가진 쾌활해 보이는 여자아이였다. 그녀는 클루가 그들에게 흥미를 보인다는 것을 알아차리고 이쪽을 향해 빠른 걸음으로 다가왔다. 그 기세에 놀라서 무심코 물러서는 클루의 오른손을 단단히 잡더니 얼굴에 한가득 미소를 지었다. 눈부신 표정과 머리카락의 색깔이 어우러져서 태양 같은 아이라고 클루는 생각했다.

"안녕, 난 안나라고 해. 사이좋게 지내자! 너랑 한 번 이야기해보고 싶었어."

"아, 으응, 안나? ……아, 안녕, 클루라고 해."

말하면서 뭔가 몸을 숨길 수 있는 것이나 도망칠 수 있는 곳이 없는지 찾았다. 평소라면 스푸트니크의 뒤로 피신하지만 어쨌든 오늘은 함께 있지 않았다. 하지만 망도 케이지도 모두 클루가 몸을 숨기기에는 부족했고, 곁에 서 있는 청년은 크기 면에서는 나무랄 데가 없었지만 신용하기에는 조금 부족했다.

어쩌지 하고 허둥대는 클루에게 안나는 그런 것은 개의치 않는다는 듯한 기세로 말을 이어갔다.

"응, 알고 있어. 늘 스푸트니크 아저씨랑 심부름을 하고 있지? 아, 저쪽은 루안이야. 얘도 근처에 살고 있긴 하지만, 이쪽은 기억하지 않아도 돼. 어차피 시끄럽기만 하니까."

"뭐라고?! 웃기지 마!"

어깨를 으쓱하고 바보 취급하듯이 말하는 그녀에게 달려들 기세로 소년 루안이 소리를 질렀다.

하지만 늘 그렇게 행동하는 것인지, 아무리 말해도 안나는 동요하는 기색이 없었다. 그녀는 클루의 손을 놓더니 훗, 하고 코웃음 쳤다.

"사실을 말한 것뿐이잖아, 왜 열을 내는 거야."

"이게……."

안나의 말에 주먹을 불끈 쥐는 루안. 두 사람의 말다툼은 점점 열기를 띠기 시작했다. 강아지 아저씨는 곤란한 듯 웃을 뿐 개입하지 않았다. 말리는 편이 나을까 하고 클루는 조마조마해하며 동향을 살피고 있었다, 그러자.

갑자기 그곳에 비집고 들어온 목소리가 있었다.

"자아 자아, 싸움은 나중에 나중에."

그와 동시에 안에서 나타난 것은 강아지 아저씨와 마찬가지로 에이프런을 걸친 한 여성이었다. 양팔에 한가득, 미처다 들지 못할 만큼의 밥그릇과 봉투를 끌어안고 있었다.

"다들 배가 고플 테니 우선 밥부터 주렴. 루안은 이거, 거기에 있는 앵무새한테 줘. 안나는 골든리트리버한테 주고. 오빠 거기에 있는 카멜레온이랑 도마뱀이랑 우파루파한테

줘. 끝나면 다음 거 줄 테니까. 얼른 서둘러."

그녀는 사료 접시와 봉투를 재빨리 각자에게 건네더니 손뼉을 짝 하고 소리 내어 쳤다. 그것을 시작 신호로 하여 세 사람은 명령받은 동물의 곁으로 달려갔다.

"자아, 그리고."

빈손을 허리에 대고 한숨처럼 말을 뱉었다.

고개를 돌려서 세 사람이 저마다 정확하게 작업을 시작했는지 확인하더니 그녀는 다시 클루를 쳐다보고 고개를 살짝 숙였다.

"안녕? 오빠한테서 들었으려나? 난 '고양이 언니'야. 이곳에서 점원으로 일하고 있단다."

"아, 안녕하세요, 클루라고 해요. 저기, 도, 도와드리러 왔어요."

"응, 고마워."

말한 별명으로 미루어보아 그녀가 저 강아지 아저씨의 여동생인 듯했다. 어깻죽지에 떨어진 머리카락이 곱슬하지는 않았지만, 색은 확실히 강아지 아저씨와 동일한 붉은색을 띠고 있었다. 그리고 보니 입가와 눈가가 조금 닮아 있었다. 짓는 표정은 태평스러운 강아지와 같은 오빠와 달리 여동생 쪽은 쾌활해 보였는데, 그러한 점이 분명 모두가 말하는 '강아지'와 '고양이'의 차이인 것이겠지.

"도와주러 와줘서 고마워. 클루에게는 이걸 부탁해도 될까?"

그녀는 사료 접시 하나를 클루 앞에 내밀었다. 안에는 삶은 닭고기를 잘게 찢은 듯한 것이 들어 있었다.

클루는 그것을 양손으로 받아들고 크게 끄덕였다.

"아, 네. 그러니까……."

"이 아이를 부탁할게."

말하기가 무섭게 그녀는 발길을 되돌려서 창가의 케이스로 걸어갔다. 늘어서 있는 많은 케이스 중 하나를 열어서 꺼낸 것은 흑회색의 아이였다. ──클루가 늘 보고 있던 그 아기 고양이였다. 고양이 언니가 손으로 목덜미와 엉덩이를 받친 고양이는 이윽고 바닥에 내려졌다. 고양이는 고개를 들어서 주변을 살짝 둘러보더니 야옹, 하고 한 번 울고서 비틀비틀 걷기 시작했다.

한 번 넘어졌지만 금방 다시 일어났다. 그렇게 자그마한 몸으로 열심히 걷는 귀여운 모습에 그만 시선을 빼앗기고 있었는데, 갑자기 고양이 언니가 클루의 어깨에 손을 얹었다.

"자아, 밥을 주렴."

"아, 아, 저기, 네."

고양이 언니의 권유에 클루는 다급하게 그 자리에 쪼그리고 앉아서 "밥이야" 하고 바닥에 접시를 내려놓았다.

아기 고양이는 그녀가 내려놓은 것의 정체를 바로 알아차린 듯했다. 코를 가까이 대고 냄새를 맡더니 얼굴을 접시에 힘차게 박았다.

"맛있어?"

답은 없었다. 입 주변을 더럽히며 급히 먹는 모습이 마치 '대답하는 시간도 아깝다'고 말하는 것처럼 느껴졌다.

클루는 자신과 마찬가지로 아기 고양이의 모습을 바라보고 있는 고양이 언니를 올려다보았다.

"이거, 고양이 언니가 만드는 건가요?"

"응. 가게 동물들의 밥은 기본적으로 내가 만들고 있어. ……이봐 거기, 싸울 시간 없어! 끝났으면 다음, 다음! 안나는 이걸 거기에 있는 토끼한테 주고, 루안은 치와와한테 주렴!"

고양이 언니는 또다시 서로 노려보기 시작한 두 사람을 재빠르게 발견하더니 안쪽 공간에서 접시 몇 개를 새로 가지고 나와서 그들에게 건넸다. 그 동작에 망설임은 없었다. 고양이 언니는 아무래도 동물을 다루는 데에도 아이를 다루는 데에도 익숙한 모양이었다.

그때 안나가 빙그르 돌아서 이쪽을 향했다. 그녀는 클루와 눈이 마주치자 사료 접시를 양손으로 받친 채 혀를 살짝 내밀며 씨익 웃었다. 혼났다고 말하고 싶어 하는 듯한 웃음이었다. 그 익살스러운 표정에 클루도 무심코 웃음이 터졌다.

하지만 그 모습 또한 고양이 언니는 알아차린 모양이었다. 때마침 안쪽 공간에서 돌아온 고양이 언니가 안나의 머리를 가볍게 콕 찔렀다. "아얏" 하고 즐거운 듯이 항의하는 안나의 옆을 지나서 클루에게 돌아오더니 그녀는 질렸다는 양 어깨를 으쓱했다.

"정말이지, 저 애들은 금방 싸운다니까."

"안나랑 루안은 사이가 나빠요?"

"그렇지는 않은 것 같아. 싸우면서 노는 친구가 아닐까?"

서로 으르렁대는데 친구. ──스푸트니크 이외의 사람을 거의 모르는 클루는 온전히 이해할 수 없어서 고개를 갸웃거렸다. 그리고 보니 스푸트니크는 잘 아는 경찰관과 자주 말다툼을 하는데, 그것도 친구이기 때문일까? 클루는 인간관계라는 것을 아직 잘 이해할 수 없었다. 무심코 미간을 찡그리는 그녀에게 고양이 언니는 소리 높여 웃었다.

"괜찮아, 클루한테는 아직 훗날의 일이니까. 타인과 어울리는 법은 시간을 들여서 천천히 배워가는 거야."

그 말 또한 의미를 충분히 이해하지 못하고 고개를 세로인 듯한 가로인 듯한 모호한 위치로 갸웃거렸다.

확실하지 않은 대답이었지만, 고양이 언니는 기가 막혀하지도 화를 내지도 않고 빙긋이 웃었다. 무릎을 구부려서 찹찹 소리를 내며 열심히 사료를 먹고 있는 아기 고양이의 머리와 등을 쓰다듬었다.

연이어 고양이 언니가 한 말은 클루가 예상하지 못했던 것이었다.

"뭐, 어쨌든. 클루가 굉장히 마음에 들어한 것 같아서 분양되기 전에 한 번 놀게 해주고 싶었는데 다행이야."

"네에?"

갑작스러운 선언에 클루는 그만 할 말을 잃었다. 분양되다니.

그곳에 주어가 없었지만, 파악하는 것은 간단했다.

"이 아이, 없어지는 건가요?"

"응. 어머, 밖의 가격표가 '판매 예약 완료'로 돼 있는 거 못 봤어? 아, 판매 예약 완료라는 말 알아?"

"판매 예약, 완료. ……네, 알아요."

이쪽을 올려다보는 고양이 언니. 클루는 멍했지만 어떻게든 고개를 끄덕였다. 판매 예약 완료, 스푸트니크 보석점에서도 자주 보는 말이었다. 사는 사람이 정해졌다, 는 뜻이다.

이곳은 펫숍이므로, 상품인 동물들이 팔리는 것은 당연한 섭리였다. 그리고 이 아이에게 가족이 생긴다는 것은 기뻐해야 하는 일이었다──하지만 외출해서 돌아가는 길에 유리 건너편에서 털을 핥고 있는 이 아이에게, 잠든 이 아이에게, 몇 번이나 발길이 멈추었던 일을 떠올렸다.

아기 고양이는 클루의 당혹스러움에는 흥미가 없는 양, 고개를 들지도 않고 빈 접시를 단지 아쉬운 듯 몇 번이고 핥고 있었다. 클루는 고양이 언니와 마찬가지로 그 자리에 쪼그리고 앉아서 아기 고양이의 등을 천천히 쓰다듬었다. 털이 가지런한 몸이 폭신폭신하고 부드러운 헝겊을 닮아 있었지만, 생명이 없는 헝겊과는 달리 따스했다.

이렇게 귀여운데 이제 만날 수 없다니. 손바닥으로 전해져오는 온기에 뭐라고 표현하기 힘든 감정을 느끼고 있었다, 그러자.

마치 그녀의 그런 감정을 물리치듯이 요란하게 문을 여는 소리가 났다.

"안녕하세요."

찾아온 것은 머리카락을 등 중간 정도까지 기른 몸이 가는 여성이었다. 생머리 끝부분만 멋스럽게 구불구불 말려 있어서 무척이나 사랑스러웠다. 클루에게 그 사람의 나이는 강아지 아저씨와 고양이 언니와 별반 차이가 없어 보였다. ──사람의 이모저모를 외관으로 파악하는 것은 서툴렀으므로, 실제로 어떨지는 모르지만 말이다.

"고양이, 데리러 왔어요."

"어머, 타이밍이 좋네. 이 아이의 주인이 될 분이 오셨어."

클루의 귓가에 입을 갖다 대고 고양이 언니가 살며시 가르쳐주었다.

강아지 아저씨는 사료를 주던 손길을 멈추고 그녀의 곁으로 종종걸음으로 다가오더니 고개를 살짝 숙여 가벼운 인사를 했다.

"어서 오세요. 데리러 오신 거죠?"

"네. 고양이한테 되도록 좋은 인상을 주고 싶어서 지금 미용실에 갔다가 그 길로 바로 왔어요."

"아하하, 기합이 들어가 있으시네요. 지금 준비할 테니 잠시 기다려주세요. ……아, 때마침 잘됐네."

강아지 아저씨의 시선이 클루의 발밑으로 향했다. 식사를 끝낸 아기 고양이는 어느새 접시에 얼굴을 처박고 잠이 들어 있었다. 이따금 크흥 하고 콧소리를 내는 것을 듣고 고양이도 코를 고는구나 하고, 조금 의외라는 생각을 했다.

여성은 고양이와 함께 있는 클루를 보고 빙긋이 미소 지었다.

"안녕."

"아, 안녕하세요."

황급히 일어나서 고개를 숙였다. 변함없이 흠칫거리며 대답했지만, 그녀는 불쾌하게는 생각하지 않은 모양이었다.

잠들어 있는 아기 고양이를 끌어안고 일어선 고양이 언니가 시선으로 클루를 가리켰다. 그리고,

"이 아이가 여기 펫숍에 있는 동안에 귀여워해줬어요."

"그랬구나. 고마워."

"아, 아니요."

"이 아이, 앞으로 계속해서 소중하게 여길게."

눈을 똑바로 보고 말하자 클루는 그것이 말로만 하는 소리가 아니라는 것을 잘 알 수 있었다. 이 사람은 분명, 이 아기 고양이가 의젓한 어른이 되고 나이를 먹어도 계속해서 귀여워해주겠지. 내일부터도 분명 계속해서 행복한 하루하루를 보낼 수 있을 것이다.

아프지도 않고 춥지도 않고, 자상한 사람에게 보호받는 나날. 그것이 얼마나 행복한 일인지 클루는 잘 알고 있었다. 그래서,

"네."

기뻐서 저도 모르게 활짝 웃었다——그 직후.

"아!"

"앗."

갑자기 이상한 소리가 나자 클루는 깜짝 놀라서 흠칫했다.

그것은 바로 조금 전까지 리트리버를 데리고 놀던 안나의 목소리였다. 돌아보자 그녀는 놀란 듯이 벽시계를 올려다보고 있었다.

"큰일이다, 시간이 벌써 이렇게 됐네!"

"안나, 왜 그래? 볼일이라도 있었어?"

"엄마가 집안일을 도와달라고 했거든요. 돌아가야겠어요! 고양이 언니, 강아지 아저씨, 미안해요!"

"신경 안 써도 돼. 어머니 잘 도와드려!"

고양이 언니가 오른손을 살랑살랑 흔들었다. 강아지 아저씨가 "어째서 고양이 언니는 언니면서 나는 '강아지 아저씨'인 거지……" 하고 중얼거리는 소리를 둘 다 무시했다. 그러고 나서 안나는 클루를 보고 빙긋이 웃었다.

"맞다, 클루. 다음에 클루의 가게에 놀러 갈게! 또 놀자!"

"으, 응. 또 봐!"

손을 흔들어 답했다. 안나는 만족스러운 듯 끄덕이더니 황급히 종소리를 내며 펫숍을 나갔다.

그녀를 배웅하고 루안이 "정말이지" 하고 한숨을 쉬었다.

"저 녀석은 정말 정신없다니까."

"사돈 남 말 하네. 너도 마찬가지거든?"

클루는 그런 말을 주고받는 것을 보며 그러고 보니, 하고 생각했다. 자신도 심부름을 하던 중이었다. 동물을 귀여워 해주러 온 것이 아니라, 잉크를 사러 가던 도중이었다.

사람에게 말을 거는 것에 대한 두려움은 이제 없었다.

"저기, 강아지 아저씨, 고양이 언니."

"응?"

"왜?"

"여기에서 잉크, 파나요? 저, 스푸트니크가 잉크를 사 오 라고 해서 심부름을 하던 중이었어요."

그러자 남매가 더불어 고개를 갸웃거렸다. 고양이 언니는 오빠에게 아기 고양이를 건네며,

"잉크라면 펜에 쓰는 걸 말하는 거지? 잉크는 우리 가게 엔 없는데…… 오빠, 잉크는 어디서 팔고 있었더라?"

"자재상이 아닐까? 나, 요전번에 자재상에서 새로운 새장 을 사는 김에 만년필 한 자루를 새로 장만했거든. 펜이 있 으면 잉크도 있겠지. ──아, 맞다. 아기 고양이용 장난감 가지고 올게."

잠이 든 아기 고양이를 펫용 이동장에 살포시 넣으며 강 아지 아저씨가 답했다. 그러고 나서 상품 창고에 물건을 가 지러 간 오빠의 말을 고양이 언니가 받아서 이어갔다.

"그렇다고 하네. 그런데 클루, 자재상 위치는 알고 있어?"

"자재상……."

이번에 고개를 갸웃거린 것은 클루 쪽이었다. 스푸트니크를 따라서 몇 번쯤 간 적은 있었다. 보석 가공을 하는 데 필요한 도구를 많이 팔고 있는 가게였다——하지만 안타깝게도 길은 기억하고 있지 않았다.

그보다 애초에 스푸트니크가 클루에게 가도록 지시한 곳이 자재상이었을까? 확실히 그는 '세 건물 건너편에 있는 무슨무슨 가게에 팔고 있다'고 말했을 텐데.

그러나 그 '무슨무슨 가게'는 '펫숍'은 확실히 아니었고, 어느 쪽이냐고 할 것 같으면 '자재상' 쪽이 어감에서 훨씬 비슷한 느낌이 들었다. 어찌 되었든 그가 지시한 '세 건물 건너편'에서는 잉크를 팔지 않았고, 현재 자재상에 가지 않으면 잉크는 손에 넣을 수 없는 상태였다. 그리고 잉크를 사서 돌아가지 않으면 스푸트니크는 "잘했어"라며 맞이해주지 않을 것이다.

거기까지 알고 있으니, 클루는 자신이 해야 할 일을 금방 도출해낼 수가 있었다.

"저기, 죄송한데 자재상까지 갈 수 있는 지도 없나요?"

"지도 말이지? 잠시 기다려봐, 지금 그려줄——."

그러자 카운터 선반에서 메모장과 펜을 꺼내는 고양이 언니를 가로막고,

"어머, 그럼 제가 안내할까요?"

자신의 코를 가리키며 그렇게 말한 것은 아기 고양이의 주인이 될 그녀였다.

"손님이요?"

"네에. 저희 집이 자재상 근처거든요. 저기, 두 집 건너편에 있는 아파트, 아세요?"

되묻는 고양이 언니에게 그녀는 고개를 두세 번 끄덕여 긍정했다. 이어진 대답에 고양이 언니도 이해가 가는지 납득하듯이 끄덕였다.

"아, 알 것 같아요. 그러고 보니 거긴 펫을 기를 수 있는 곳이죠?"

"맞아요."

이어서 그녀는 멍하니 눈을 동그랗게 뜬 클루에게 몸을 다시 돌리더니 이를 보이며 산뜻하게 웃었다.

그리고 통통 튀듯이 밝고 또렷한 목소리로 다시 이렇게 제안했다.

"너만 괜찮다면 자재상으로 안내할게."

지금까지 이 아이를 귀여워해준 보답이야, 라고.

"가, 감사, 합니다."

"천만해."

그리하여 무사히 자재상 앞까지 도착한 클루는 아기 고양이의 주인에게 고양이용 장난감이 가득 담긴 봉투를 건네며 길 안내를 받은 감사 인사를 했다.

그녀는 이동장을 들고 있지 않은 쪽의 손으로 봉투를 받아들고 기쁜 듯 활짝 웃었다.

"이쪽이야말로 장난감 옮겨줘서 고마워. 덕분에 편하게 왔어. 우리 집은 저 아파트 2층이니까, 괜찮으면 다음에 놀러 와. 이 아이랑 함께 기다릴 테니."

"네. 감사합니다."

"야옹."

다시 감사 인사를 했다. 그러자 그녀가 든 이동장 안에서 소리가 났다. 그녀는 웃으며,

"이 아이도 '기다리겠다'고 하네."

"아. 고마워."

클루는 다시 한 번 고개를 깊숙이 숙였다. 이번에는 이동장 안의 아기 고양이를 향해서.

그리고 그녀는 "그럼 또 봐" 하고 말하더니 발길을 되돌려서 그녀와 그녀의 가족이 사는 집으로 돌아갔다.

──둘의 모습이 아파트 담장을 돌아서 보이지 않을 때까지 배웅하며 클루는 몇 가지를 생각했다.

외출할 때는 무서웠지만, 이 동네에는 그렇게 무서운 사람은 없는 듯하다.

예전의 클루에게 있어 그녀를 '기르던' 그들이 세계의 전부였기 때문에, 사람이란 그런 것이라고 쭉 생각했다. 그래서 그런 인종은 전 세계에서도 특수한 경우라고 스푸트니크에게 여러 번 들었어도 좀처럼 믿지 못하고 있었다.

하지만 그의 종업원으로서 그를 따라 여행을 하고 마침내 리아피아트 시에 터를 잡는 과정에서 많은 사람을 만났다.

확실히 그중에는 짓궂은 사람도 있었다. 하지만 많은 사람들이 클루에게 상냥하게 대해주었다.

오늘도 이렇게나. 그런 생각을 하자 자연스레 뺨이 누그러졌다.

무사히 잉크를 손에 넣어서 집으로 돌아가면 물건을 사러 가는 중에 있었던 일 전부를 스푸트니크에게 전하겠다고 마음먹었다. 그리고 신세를 진 사람들에게 감사 인사를 하러 찾아가는 것이다. 덕분에 혼자서도 무사히 심부름을 해낼 수 있었습니다, 감사합니다, 라고. 그러고 나서 다시 아기 고양이와 놀면서 스푸트니크에게 고양이의 귀여움을 설명하고, 그리고 훗날에는 스푸트니크 보석점에도 복슬복슬하고 폭신폭신한 귀여운 펫을——장대한 계획에 가슴이 설레기 시작한 그때였다.

목에서 위화감을 느꼈다.

주머니에서 손수건을 꺼내어 기침을 한두 번 했다. 그러자 입을 막고 있던 손수건에 초록빛의 스톤이 나타났다. 스톤을 감싸듯이 손수건을 접어서 아무에게도 보이지 않도록 주머니에 넣었다.

보석. 그녀의 몸 안에서 어째서 나오는 것인지 자신도 알수 없는 기묘한 현상이었다.

문득, 클루의 마음에 그늘이 졌다.

——이렇게나 친절히 대해주는 사람들이라도 자신의 이기묘한 체질을 알게 되면.

"이상한 아이라고 생각할까……."

혹은 언젠가의 그들과 마찬가지로 자신을 차거나 때리는 걸까.

그런 생각을 하며 클루는 자재상의 문을 밀었다.

"어서 오세요."

입구를 살며시 통과한 클루를 점원의 인사가 맞이했다.

자재상의 천장은 대부분의 다른 가게와 달리 무척이나 높았다. 클루의 키보다 훨씬 긴 목재 같은, 길이가 긴 것을 상품으로 많이 취급하고 있기 때문인 듯했다. 지금까지는 스푸트니크의 옷 끝자락을 잡고 걸었던 점내. 눈앞에 그의 키가 사라지고 처음으로 그 넓이를 알아차렸다.

잉크는 어디에 있을까…… 두리번거리고 있자 점원이 다가왔다. 하지만 클루를 접객하러 온 것은 아닌 모양이었다. 세제, 라고 적힌 무거워 보이는 용기를 수레에 얹은, 몸집이 작은 점원은 눈이 마주치자 쾌활하게 웃는 얼굴로 "어서 오세요!" 하고 인사해주었지만, 그뿐이었다.

넓은 점내에서의 일은 속도가 중요한지 그대로 종종걸음으로 점원은 선반 건너편으로 모습을 감추었다.

……방향을 틀었던 목을 원래대로 돌리고 고개를 다시 들었다. 그러자 찾고 있던 것이 시선 바로 앞에 있었다. 만년필이 단정하게 진열된 선반에 본 적 있는 잉크가 놓여 있었다. 가까이 다가가서 손에 들어 라벨을 보고 스푸트니크가

늘 사용하는 것과 같은 것을 찾았다.

찾고 있던 잉크는 바로 알 수 있었다. 하나를 들어서 때마침 다가온 점원에게 말을 걸었다.

"이거 주, 주세요."

"네에."

풍채가 좋은 여성 점원. 클루는 모르는 얼굴이었지만, 상대는 클루의 얼굴을 기억하고 있었던 모양이다. "어머나"하고 소리를 높이더니 안다는 듯이 웃었다.

"오늘은 혼자니? 스푸트니크 씨는?"

"저, 저기 혼자예요. 잉크를 사 오라고, 해서요."

"어머, 심부름이라니 대단하네. 우리 애도 너랑 또래인데 집안일을 전혀 도와주지 않아서 말이지…… 비법을 들어보고 싶네, 어떻게 하면 이렇게 의젓해지는 걸까. 다음번에 스푸트니크 씨에게 육아 비결을 배워볼까, 농담이야. 그런데 스푸트니크 씨한테 좋은 사람이 있으려나? 내 친척 중에 아직 독신인 아이가 있어서 말이지, 마음씨가 정말 고운 아이인데."

이후에 숨 쉴 틈도 주지 않을 만큼 잡담이 펼쳐졌다. 그러고 보니 예전에 자재상에 왔을 때, "자재상에서는 점원을 골라야 해"라고 스푸트니크가 말했다. 수다 떨기를 몹시 좋아하는 점원이 있어서 용무가 끝난 후에도 좀처럼 돌려보내주지 않는다는 것이다. 아무래도 클루는 운이 나쁜 것인지 좋은 것인지 그 점원에게 당첨된 모양이었다.

끝없이 이어지는 잡담의 파도. 이대로라면 폐점까지 거들 어야 할 것 같다고 생각한 클루는 용기를 쥐어짜내어 작은 목소리로 말했다.

"저기, 잉크……."

"아, 그러네, 미안해. 잉크라고 했지?"

"네."

마침내 떠올려줬다는 기쁨에 무심코 목소리가 들떴다. 클루는 보관하고 있던 경화를 포셰트에서 꺼내어 수납 접시 위에 올려놓았다. ──그러나.

점원은 수납 접시를 보고 요상한 소리를 냈다.

"어머? 돈이 부족하네."

"어."

"우리 가게에선 이거 동화 여섯 닢을 받고 있거든."

말하면서 뺨에 손을 갖다 대고 곤란한 듯이 고개를 갸웃 거렸다. 하지만 정말로 곤란한 것은 클루 쪽이었다.

수납 접시에 올려놓은 것은 점원이 말한 대로 동화 다섯 닢. 하지만 스푸트니크로부터 받은 것은 그걸로 전부였을 터였다. 어딘가에서 하나를 떨어뜨린 걸까. 펫숍에서 는──아니, 가게를 나오고 나서 한 번도 포셰트는 열지 않았을 텐데. 그렇다면 스푸트니크가 잘못 건네준 것일까.

포셰트를 뒤집어보았지만, 안에 돈은 들어 있지 않았다. 있는 것은 심부름 종이뿐이었고, 거기에 쓰여 있는 것도 잉크의 종류뿐이었다. 지폐로서의 가치는 없었다.

어쩌지. 눅눅하고 불쾌한 감정이 마음속에 생겨서 부풀어 올라 클루의 가슴을 가득 채웠다.

——그러자 그때였다.

등 뒤에서 카운터로 뻗어 온 팔이 있었다.

"죄송한데, 이걸 부탁하고 싶은데요."

"네에? 어머, 나츠 씨. 안녕하세요."

목소리에 이끌려 돌아본 그곳에, 입술에 그어진 붉은색이 인상적인 여성 한 사람이 서 있었다.

나츠라고 불린 그 여자는 클루 또한 아는 사람으로, 우리 가게를 자주 방문하는 경찰관이었다. 스푸트니크와는 뜻이 맞지 않은지 자주 불만으로 응수하고 있지만, 결코 나쁜 사람은 아니었다.

점원을 향해 나츠가 갑자기 내민 종이 한 장. 그녀는 "잠시 미안" 하고 클루에게 한마디 양해를 구하더니 계산하던 손길을 멈추고 의아한 듯이 눈을 깜박이며 그것을 받아들었다. 클루 쪽에서는 문면을 읽을 수 없었는데, 뭐가 쓰여 있는 걸까?

점원을 기다리고 있자 나츠가 클루를 내려다보며 빙긋이 미소 지었다.

"안녕, 클루."

"저기, 아, 안녕하세요."

"우연이네, 물건 사러 왔어?"

"네, 네에. 그, 그러니까, 저기, 나츠 씨는."

"우후훗. 순찰 중이야. 내가 하는 일 알고 있잖아?"

경찰관의 일. 예전에 스푸트니크가 가르쳐주었기 때문에 기억하고 있었다. 의미는 잘 모르겠지만, 분명히.

"……'뇌물 증여'와 '유착'?"

"그 바보, 뭘 가르친 거야."

순간 나츠의 입술이 경직되었다.

잘못 기억한 걸까, 화를 나게 한 걸까 하고 불안해졌지만, 그녀는 클루에게 화를 내지 않았다. 곧바로 웃는 얼굴을 되찾더니,

"내가 하는 일은 리아피아트 시에 사는 사람이 무언가 곤란한 일이 없는지 조사하는 거랑 무언가로 곤란해하고 있으면 돕는 거야. 그런데 클루. 지금 너도 곤란해 보이는데, 무슨 일 있어?"

"저기, 그게."

그녀에게 전한들 아무것도 해결되지 않는다는 사실은 알고 있었지만, 그러나 혼자서 끌어안기에 그 고민은 지나치게 컸다. 상담해보자고, 이야기 정도는 들어주겠지 하고 고개를 떨어뜨리며 입을 열었다——그러나.

"아아, 미안, 나츠 씨 아니야."

그 말을 가로막고 점원이 답했다. 잉크를 종이봉투에 담아서 테이프를 붙여서 봉하며 "미안하구나, 클루. 잉크의 가격표가 잘못되었던 것 같네. 괜찮아, 돈은 딱 맞으니까."

쓴웃음을 지으며 카운터 건너편에서 종이봉투를 내밀고

있었다. 가격표가 잘못된 건가요, 하고 확인하듯이 묻자 그
녀는 고개를 한 번 끄덕이더니 다시 한 번 "그래. 미안하구
나, 바로 고쳐놓을게" 하고 말했다.

살며시 손을 뻗어서 종이봉투를 받아들었다. 그러자 점원
이 클루를 향해 얼굴에 한가득 미소를 지어주었다.

"이용해줘서 고마워."

손안에 있는, 계산이 끝난 종이봉투. 그 안에는 목표로 하
던 잉크가 들어 있었다.

그것을 끌어안자 마음속의 불안감이 후련하게 사라졌다.
자신의 뺨에 자연스레 웃음이 솟구쳐 나오는 것을 알 수 있
었다.

"고맙습니다."

"조심해서 돌아가. 스푸트니크 씨한테도 안부 전해주렴."

"네!"

씩씩하게 대답하고 고개를 끄덕였다. 혼자서 확실히 심부
름을 해냈다.

발길을 되돌린 클루는 깡충깡충 뛰고 싶어지는 것을 어떻
게든 참으며 입구를 향해 걷기 시작했다. 전리품인 잉크를
절대로 떨어뜨리지 않도록 자주 사용하는 손으로 봉투를 단
단히 잡고서.

문을 열기 위해 문손잡이에 손을 갖다 댔다. 클루는 보석
점보다 크고 무거운 문을 온 체중을 실어서 당겨 열었다.

──그 뒤에서.

나츠와 점원이 시선을 주고받으며 웃고 있다는 사실을 클루는 전혀 알아차리지 못하고 있었다.

*

모든 문제를 해결했다고 굳게 믿고 의기양양하게 거리로 뛰어나갔다.

──하지만. 그녀가 진정으로 곤란했던 것은 자재상을 나온 후였다.

"어느 쪽에서 왔더라⋯⋯."

그렇다.

자재상에서 집까지 가는 길을 기억하고 있지 않았던 것이다.

자택이 보이지 않는 길거리에서 클루는 홀로 멍하니 있었다. 안내를 해준 그녀는 이미 자신의 집으로 돌아가버렸다. 자재상은 스푸트니크를 따라서 몇 번쯤 왔을 터인데, 오른쪽도 왼쪽도 낯선 거리로밖에 보이지 않았다.

숨을 들이쉬고 깊게 뱉었다. 진정해, 기억해봐 하고 자신을 타일렀다. 괜찮아, 여기까지 혼자서 왔고, 목표로 하던 물건도 혼자서 제대로 샀다. 여기까지 해냈는데 혼자서 돌아가지 못할 리가 없다.

눈을 감고 생각했다. 스푸트니크가 자재상에서 집으로 돌아갈 때 늘 어느 쪽을 향해서 걸어갔더라? 길을 전부는 떠올리지 못하더라도 적어도 처음 한 걸음만이라도──끙끙 대며 생각했다. 가게 안에 나츠가 있으니 돌아가서 물으면 되겠지만, 여기까지 오는데 많은 사고를 필요로 하여 피폐 해진 머리로는 거기까지 생각이 미치지 않았다.

망설이고 생각해서 결국 내린 결론은.

"이, 이쪽."

클루는 왼쪽 길을 가리키고 걷기 시작했다.

오른쪽이 아닌 왼쪽을 선택한 근거는 물건을 사서 돌아갈 때 늘 왼쪽을 향하여 걸어간 듯한 '느낌'이 들었기 때문이다. 요컨대 짐작이었다.

"그리고…… 이쪽, 일지도."

그러고 나서 길 두 개를 건너서 오른쪽으로 돌았다.

그러나 당연하다고 해야 할까, 아무리 걸어가도 본 적 있 는 사물과 가게와 길은 나오지 않았다. 나아갈 때마다 길은 좁아지고 어두워지고 인적이 줄어들었다.

이윽고.

──클루가 완전히 방향을 잃어서 발걸음을 멈춘 그곳은 어두컴컴한 뒷골목이었다.

자재상에 한번 돌아가서 다시 출발할까, 하고 돌아보았지 만 그곳 또한 어둡고 낯선 길이라서 자신이 어디를 어떻게 왔는지도 생각나지 않았다.

"아……."

골목길에 울리는 자신의 목소리는 가늘었고, 상당히 한심스러웠다.

"스푸트니크……."

그러나 물론 답은 없었다.

흘러넘칠 듯한 눈물을 어떻게든 삼키고 적어도 큰길로 나가자고 우향우를 하여 원래의 길을 갔다. 앞을 보기가 두려워서 발끝만 보고 종종걸음으로 나아갔다. 그러자.

순간 무언가에 부딪쳤다.

"꺄악."

"어?"

충격에 몇 걸음 후퇴했다. 엉덩방아를 찧는 것은 가까스로 피했다.

부딪친 것은 벽일까, 짐일까. 아픈 머리를 누르고 고개를 들었다. 하지만,

"아프잖아."

그러나 그것은 그녀가 예상한 어느 쪽도 아니었다.

──그곳에 있던 것은 2인조 남자였다.

아무래도 클루가 머리를 부딪친 것은 그중 한쪽인 모양이었다. 스푸트니크보다는 나이가 어려 보였지만, 어쨌든 그녀보다는 훨씬 키가 컸다. 상공에서 거리낌 없이 떨어져오는 전혀 모르는 남자의 시선은 클루에게 있어서는 그것만으로도 두렵게 느껴졌다.

"죄송, 죄송합."

작은 목소리로 떨면서 우물우물 사과의 말을 하다가──

갑자기 클루는 스푸트니크에게 들은 말을 떠올렸다.

'여긴 치안이 좋은 동네야. 큰길이라면 아이 혼자서도 다닐 수 있어'

그러니 안심하고 물건을 사러 갔다 와, 하고 그는 클루에게 말했다. 그때 그 말은 그녀를 안심시키기 위한 것으로 그녀에게 와 닿았다.

그러나. 지금 이 상황에서 그가 한 그 말은 전혀 다른 의미를 가지고 클루에게 와 닿았다. 이 동네는 큰길이라면 안전하다. 하지만 그렇다면. ——그 이외의 길은 어떻다는 걸까?

큰길이 아닌, 낮에도 어둑어둑하고 인적이 없는, 예를 들어 이 골목길과 같은 장소는?

"아…….."

그 사실을 깨달은 순간, 차가운 것이 클루의 등을 오싹하게 쓰다듬었다.

2인조는 클루가 하는 생각은 모른 채 어처구니가 없다는 듯 그녀를 보고 있었다.

"뭐야, 애였어?"

"애가 이런 곳에서 왜 어슬렁대는 거야, 미아인가?"

"아, 아…… 아."

한쪽 남자의 손등에는 무언가 문양이 그려져 있었다. 문신인가.

뚫어져라 와 닿는 시선이 미적지근하게 느껴져서 기분이

73

나빴다.

"어쩌지?"

"잘 모르겠지만, 미아라면 경찰에 알려야지. 야, 너, 부모님은?"

담배로 보이는 것을 문 다른 한쪽 남자와 무언가 중얼중얼 대화를 하고 있었지만, 혼란스러웠던 클루는 이미 그 남자가 무슨 말을 하는지 알 수 없었다. 2대4의 시선에 움츠러들어서 도망쳐야 한다고 생각했지만 다리가 얼어붙어 움직일 수 없었다.

"어쩔 수 없군, 데리고 갈까."

아무 말도 하지 못하고 단지 눈물을 글썽이는 그녀에게 남자들이 무슨 생각을 하는지 클루는 알 수 없었다. 다만 어딘가로 '데리고 가겠다'고 말했다는 것은 알 수 있었다. 질이 나쁜 남자들. 어둑어둑한 골목길. '데리고 가겠다'는 말. 그녀의 사고 회로 안에서 그것들로부터 이끌어낼 수 있었던 것은 하나뿐이었다──'납치당한다'.

문신을 한 남자가 이쪽으로 걸어 왔다. 클루는 온몸이 떨렸다. 숨이 거칠어지고, 이가 맞물리지 않고 딱딱 소리를 냈다.

누군가. 도움을 구하기 위해 등 뒤로 손을 뻗었다.

"아⋯⋯."

그러나 그 손은 허공을 갈랐다. 돌아봐도 그곳에 도와줄 사람, 스푸트니크는 없었다.

자신의 어깨가 문신을 한 손에 붙잡힌 순간, 클루는 참지 못하고 비명을 질렀다.

4

시간을 조금 되돌려서 스푸트니크 보석점.

늦다.

손님이 없는 점내에서 스푸트니크는 카운터 의자에 혼자 앉아 다리를 계속해서 떨고 있었다.

초조해하는 이유는 한 가지였다. 심부름을 보낸 클루가 도무지 돌아오지 않았기 때문이었다.

또한 그 원인도 알 수 없었다. 어딘가에서 헤매고 있는 건가 하는 생각도 들었지만, 심부름을 보낸 곳은 세 집 건너 편의 잡화점으로 헤맬 만큼 멀리 가게 하지는 않았다. 스푸트니크는 자신이 보호자로서 그다지 뛰어나지 않다는 사실을 자각하고 있지만, 첫 심부름의 난이도를 그 정도로 높게 설정할 만큼 악마는 아니었다. 그러나 현재 클루는 아직 돌아오지 않았다.

벽시계를 올려다보자 그녀가 가게를 나서고서 분침은 이미 반 바퀴 가까이 움직이고 있었다. 이렇게나 오랫동안 돌아오지 않는 것은 역시 이상하다. 찾으러 가야 하나 하고 자리에서 일어났다.

──종소리가 울린 것은 때마침 그때였다.

마침내 돌아왔구나 하고 안도하는 것과 더불어 문을 향해 말을 걸었다.

"늦었네. 뭔가 문제라도──."

"안녕하세요."

그러나 그에 돌아온 말은 종업원의 귀가를 알리는 것이 아니었다.

들어온 사람은 오전 중에 가게를 방문하여 목걸이를 찾아갔던 그녀, 엘사였다. 기분 좋은 듯 생긋생긋 미소 지으며 스푸트니크에게 걸어 왔다.

스푸트니크는 내심 한숨을 쉬었지만 표정으로는 드러내지 않도록 유의하며 다시 한 번 의자에 앉았다.

"어서 와. 잊어버린 물건이라도 있어?"

"아니요. 이거 가지고 왔어요."

고개를 가로젓고 엘사가 카운터에 내민 것은 손잡이가 달린 하얀 종이상자였다.

"수리비를 깎아준 보답이에요. 이번에 가게에서 신작으로 내놓을 타르트 시제품인데, 괜찮다면 클루와 같이 드세요."

그녀는 근처 찻집의 웨이트리스로 일하고 있었다. 찻집에는 가끔 점심을 사러 가거나 경우에 따라서는 고객과의 상담이나 회의 장소로도 이용하고 있었다. 그래서 그녀에게 있어서는 스푸트니크도 가게의 단골에 포함될 것이다. 찻집 메뉴의 품질은 디저트를 포함하여 어느 것 할 것 없이 안정된 수준을 유지하고 있으므로, 자신이나 클루가 만든 서툰 요리보다는 훨씬 안심하고 먹을 수 있었다. 중요한 고객을 데리고 가도 창피를 당할 일은 결코 없었다.

따라서 이 타르트 간식 선물도 무척이나 기뻤다, 하지만.

"받아도 괜찮아? 쿠를 상대해줘서 깎아준 건데."

"네. 클루가 애초에 잘하고 있었으니 가격을 깎아줄 필요가 없었어요. 그래서 그 보답이에요. 그런데 이 타르트는 시제품이라서 정규 제품에 비해 한 둘레 정도 작아요. 혹시 궁금하면 드시러 오세요. 며칠 후에는 가게에 내놓을 테니까요."

요컨대 감사 인사라기보다 그로 인해 고객을 모으는 것이 목적인 듯했다. 스푸트니크 보석점으로 말하자면 큰 단골손님에게 보내는 간소한 선물이라고 해야 할까.

"영업을 참 잘하는 찻집이군."

무심코 쓴웃음을 지었다. 엘사는 스푸트니크에게 타르트를 건네더니 주변을 두리번두리번 둘러보았다.

"그런데" 하고 이상한 듯이 말했다.

"클루는 어디에 있어요? 휴식 중이에요?"

"아니, 심부름을 보냈는데. ……좀처럼 돌아오지 않아서 곤란하던 참이야."

벽시계를 올려다보았다. 그의 초조한 마음은 나 몰라라 한 채 초침은 여느 때와 변함없는 속도로 째깍째깍 움직이고 있었다.

"어머. 어디로요?"

"저기 잡화점. 가까우니 설마 길을 헤매고 있을 것 같진 않은데 말이야. 처음으로 혼자 심부름을 보내서 조금 신경이 쓰이네."

"클루가 나가고 나서 얼마나 지났어요?"

"20분인가…… 30분인가, 그 정도. 부탁한 건 잉크 하나뿐이야."

"어머."

보통은 5분도 걸리지 않고 도착할 거리다. 걱정이네요, 하고 엘사도 미간을 찡그렸다. 동의를 얻자 스푸트니크의 마음은 점점 불안해져갔다.

"정말이지, 어떻게 된 거야."

그러자.

──딸랑딸랑.

그의 말에 포개어지듯이 종소리가 울렸다. 클루인가, 하고 스푸트니크는 고개를 퍼뜩 들었다. 동시에 엘사도 문을 향해 고개를 돌렸다, 하지만.

들어온 사람을 보고 그는 순간적으로 눈살을 찌푸렸다.

이어서, 그에게 있어서는 정말이지 듣고 싶지 않은 목소리가 인사를 했다.

"안녕."

"돌아가, 할망구."

들어온 것은 경찰국 리아피아트 지부의 경찰관, 나츠였다.

순찰이라고 칭하며 이 부근의 가게를 자주 돌고 있는데 아무래도 스푸트니크를 눈엣가시처럼 여기고 있는 것인지, 요주의 인물이라고 생각하고 있는 것인지, 진절머리가 날 정도로 호의적이지 않았다. 그리하여 그녀가 거는 싸움에 응하지 않을 이유가 없어서 스푸트니크 또한 그녀에게 호감을 사려는 노력은 하지 않았다.

그래서 이번에도 선수 치는 놈이 이긴다는 양 비교적 높은 소리로 비웃듯이 말했다. 그러자 그녀는 이상하게 표정이 굳어졌다.

"널 만나러 온 게 아니야. 자부심이 대단하시네, 바보가."

"무슨 말을 하는 거야, 멍청아, 여기 점주는 나라고. 드디어 치매에 걸렸냐, 할망구."

"난 클루를 만나러 온 거야. 우선 할망구라고 그만 불러줄래? 나이라면 당신이랑 별반 다르지 않거든. 내가 할망구라면 넌 아저씨겠네. 아저씨 냄새, 정말 싫어."

"남자는 나이를 먹으면 먹을수록 멋스러움이 배어 나오는 법이지. 화장으로 속이는 수밖에 없는 할망구랑 달리 말이야."

"그렇게 말할 수 있는 동안은 행복하겠지. 베개에 떨어지는 머리카락의 양이 점점 늘어서 내심 초조한 거 아니야?"

"할망구가 아니니 그럴 리가 없잖아. 잘 들어, 할망구, 요즘 화장발이 좋지 않은 건 수면이 부족해서가 아니라, 나이를 먹으면서 피부 탄력이 떨어진 탓이야, 어른스럽게 인정해.”

“유치한 말다툼은 관둬요, 두 사람 다.”

엘사가 한숨을 쉬며 그렇게 저지했다. 그러자 나츠의 시선이 엘사를 향했다.

“별일이네, 엘사. 널 이런 곳에서 만나다니.”

“타인의 가게를 가지고 ‘이런 곳’이라니 뭐야, 할망구.”

“너, 이 녀석 가게에 자주 오는 거야? 그런데 지금 찻집 일은 괜찮아?”

노인성 난청이 진행되고 있는지 스푸트니크의 불만은 나츠의 귀에 닿지 않는 모양이었다. 엘사는 시선으로 자신이 가지고 온 작은 상자를 가리키며 질문에 답했다.

“자주까지는 아니지만, 이번에는 목걸이를 수리 받은 답례를 하러 들렀어. 일하던 도중에 빠져나온 거라서 이야기가 끝나는 대로 돌아가려고.”

거기서 한 번 말을 끊고 고개를 갸웃거렸다.

“잡화점에 심부름을 간 클루가 아직도 돌아오지 않았대. 나츠, 순찰 중이었지? 어딘가에서 보지 않았어?”

“잡화점?”

하고 나츠는 갑자기 표정이 흐려졌다. 턱에 손을 대고 고개를 숙이더니,

“이상하네, 나 조금 전에 잡화점에도 들렀는데, 클루는 없었어.”

“뭐어?”

엘사가 얼빠진 소리를 냈다.

스푸트니크는 정말이야? 하고 물으려다 말을 삼켰다. 스푸트니크에게 있어서 이 여자는 결코 호감 가는 사람이 아니었지만, 그런 재수 없는 거짓말을 할 만한 성격이 아니라는 사실은 알고 있었다.

자신이 어떻게 해야 할지 생각하는 데 시간은 걸리지 않았다. 스푸트니크는 의자를 박차고 일어났다.

"야, 나츠, 너 잠시 가게 좀 보고 있어. 잡화점에 다녀올게."

"뭐어? 자, 잠깐만! ……기다려봐!"

문을 향해 걸어가려고 하는 스푸트니크의 어깨를 무언가가 잡았다. 그 강한 힘에 아픔마저 느끼고 돌아보았다.

다급했던 나츠가 서둘러 그의 어깨를 잡아서 붙들고 있었다.

"뭐야, 바이스 고릴라."

"그 바이스 고릴라는 뭐야."

고릴라 같은 힘으로 바이스같이 어깨를 잡았으니 말한 것이지만, 지금의 논점은 그게 아니었다.

"됐으니, 잠깐만 가게 좀 보고 있어. 넌 쿠가 걱정되지도 않냐?"

"걱정되긴 하지만, 난 무리야. 서비스업은 해본 적이 없는걸!"

"뭐어? 그렇게 어려운 건."

말하다가 문득 한 가지 광경이 떠올랐다.

예쁘장한 복장에 에이프런을 걸치고 영업용 스마일을 화사하게 짓고 있는 나츠가 '어서 오세요' 하는…….

"아— 이거 무리야, 무리."

"뭘 납득하고 있는 거야, 지금."

팔짱을 끼고 고개를 깊이 끄덕이자 그녀가 나지막하게 으르렁대듯이 말했다.

하지만 그렇다면 어쩌지. 나츠 한 사람에게 탐색을 맡기기는 왠지 싫었다.

어쩔 수 없다, 일단 가게를 닫고 문단속을——하려고 주변을 둘러보았을 때 "그럼" 하고 목소리가 가르고 들어왔다. 엘사였다.

"괜찮다면 제가 가게를 봐줄게요."

"괜찮아? 찻집은?"

"이제 한창 바쁜 점심시간은 끝났으니까요. 스푸트니크 씨가 괜찮다면 말이죠."

이웃의 정으로요 하고 그녀는 포니테일을 흔들며 매우 산뜻한 미소를 짓고 있었다.

눈이 부셔서 가늘게 뜬 눈을 그대로 나츠에게 돌렸다. '얼른 가자'고 말하는 듯한 이쪽의 서 있는 모습에 여러 가지 생각을 했다.

"뭐야, 그 미적지근한 눈은."

"아냐."

외면함으로써 화제가 발전하는 것을 피했다. 지금은 쓸데

없는 이야기를 주고받을 때가 아니다.

"조심해서 다녀와요. 두 사람 모두."

다정하게 인사하는 엘사에게 가볍게 한 손을 들어서 답하고.

스푸트니크는 카운터를 나와서 입구에 손을 갖다 댔다.

"아니, 아직 오지 않았어."

잡화점에서.

방문한 스푸트니크가 문을 열자마자 가장 먼저 물은 질문에 잡화점 점주의 부인은 놀라서 눈을 동그랗게 뜨며 그렇게 답했다. 벌써 30분이나 전에 집을 나갔다는 것, 아직 돌아오지 않았다는 것을 전하자 그녀의 표정 역시 걱정스러운 듯 흐려졌다.

"어딘가에서 보지도 않으셨어요?"

"응."

거듭해서 던진 나츠의 질문에도 마찬가지로 고개를 깊이 끄덕였다.

"스푸트니크 씨가 오후에 클루를 심부름 보낼 거라고 했잖아. 그래서 오후 언제쯤일까 생각하면서 계속 점내에서 기다리고 있었는걸."

이 상태라면 못 보지는 않을 듯했다. 원래부터 잡화점의 내부는 그다지 넓다고는 할 수 없는, 카운터도 하나밖에 없는 아담한 상점이었다. 왔더라면 바로 알아차릴 터였다.

스푸트니크는 할 말을 찾지 못하고 그저 가만히 상점 선반에서 잉크 한 개 꺼내들었다. 클루에게 사게 했어야 할 터인 그것은 특별히 아무런 위화감도 없이 그의 손안에서 굴렀다.

상황이 좋지 않다. 누구에게도 들리지 않을 만큼 작은 목소리로 스푸트니크는 중얼거렸다. 즐겁지 않은 상상만이 부풀어 올랐다. 역시 그 아이를 혼자서 외출시켜서는 안 되었던 것일까——상당히 특이한 체질을 가진 그 아이를.

리아피아트 시는 평화로운 땅이었다. 이 넓은 대륙, 장소에 따라서는 뇌물의 액수만으로 범인을 결정하는 경찰국 지부도 존재하지만, 리아피아트 지부는 그렇지 않았다. 검거율도 높고 치안 유지에 있어서는 상당히 우수했다. 정의의 화신이라고도 할 수 있는 성격을 가진 나츠가 당당히 소속되어 있다는 것도 그 근거가 되었다.

하지만 그럼에도 어두운 골목길에, 좁은 뒷골목에, 불순한 생각을 하는 패거리가 있다. 가령 그런 불한당에게 클루의 특이 체질이 알려진다면? ——눈을 감고 고개를 가로저어서 쓸데없는 망상을 부정했다. 그런 일이 벌어지지 않도록 하는 것이 자신의 역할이며, 만에 하나 그런 일이 일어난다면 보호자로서 책임을 지고 범인을 섬멸할 필요가 있었다. 괜한 생각을 해서 정신력을 소모하는 일은 관두어야 한다.

——잠시 무거운 침묵이 떨어졌다.

이윽고 미간에 새겨진 주름이 점점 깊어지던 나츠가 몹시 괴로운 듯이,

"어디로 간 걸까……."

하고 중얼거린 것과,

"다녀왔습니다!"

아이의 밝은 목소리가 거의 동시에 점내에 울려 퍼졌다.

그것이 자신의 귀에 익은 목소리와 다르다는 것은 알고 있었지만, 반사적으로 그쪽을 돌아보고 말았다. 그러자 그곳에 한 손에 아이스크림을 쥔 소녀가 서 있었다. 연령대는 클루와 가까웠지만, 호기심으로 또랑또랑하게 빛나는 두려움 없는 눈동자나 선명한 색깔의 머리카락, 그리고 누구에게나 살갑게 웃는 표정이 닮았다고 말하기 힘들었다.

그녀는 두 사람이 가게에 방문했다는 사실을 알아차리고 민트색의 입술로 그들의 이름을 불렀다.

"아, 어서 오세요, 나츠 언니, 스푸트니크 아저씨. 두 분이 함께 물건을 사러 오다니 별일이네요."

그녀가 스푸트니크를 알고 있는 만큼 스푸트니크도 그녀를 알고 있었다. 잡화점 점주의 딸로 이름은 확실히 안나일 터였다. 스푸트니크가 클루의 첫 심부름 장소를 잡화점으로 선택한 것은 집에서 그다지 떨어져 있지 않다는 이유 외에도 가게를 방문하는 타이밍이 맞으면 또래인 그녀와 친구가 될 수 있지 않을까 하는 생각도 있어서였다——지금에 와서는 쓸모없는 기대가 되었지만.

이 여자와 2인1조 취급을 받는 것은 유감스럽다고 생각하며 나츠를 보자, 그녀는 가지런한 눈썹을 찡그리며 립스틱을 바른 입술을 한계까지 끌어당겨 혐오스럽다는 표정을 짓고 있었다. 아마 자신도 같은 표정을 짓고 있었겠지.

하지만 아이에게 화를 내는 것은 어른스럽지 않다. 스푸트니크는 태연하게 어깨를 으쓱해 보였다.

"딱히 콤비를 꾸린 건 아니야. 좀 번거로운 일이 생겼거든."

"흐음? 번거로운 일이 뭔데요? 무슨 일이에요?"

그녀가 모르는 곳에서 일어난 이 사건에 안나는 아무래도 흥미가 생긴 모양이었다. 아이스크림을 핥으며 호기심의 빛을 얼굴에 생생하게 띤 채 물어왔다──하지만.

"다녀왔니, 안나."

그것을 가로막은 것은 점주의 부인, 안나의 어머니였다.

손님을 맞이하는 것과 조금도 닮지 않은 나지막한 목소리. 한마디 한마디를 이를 악물고 하는 듯한 말투. 이를 뒷받침하듯이 허리에 손을 대고 딸을 향해 분노의 표정을 지었다.

"꽤 늦었구나. 도와주러 오겠다고 약속한 시간은 진즉에 지났어."

"저기서 아이스크림 아저씨를 만나는 바람에. 금방 준비할게."

어머니의 설교에 난처해졌는지 에헤헤, 하고 얼버무리는 듯한 웃음을 지었다. 그리고 말하기가 무섭게 입을 크게 벌려서 아이스크림을 베어 먹었다.

안나는 아이스크림과 씨름하며 스푸트니크와 나츠 사이를 빠른 걸음으로 지나서 카운터 안쪽에 들어가더니 그곳에 있던 문에 손을 갖다 댔다. ──그리고 동시에 무언가 생각났는지 그녀는 "아, 맞다" 하고 얼빠진 소리를 냈다.

돌아보고 스푸트니크와 눈이 마주치자 녹은 아이스크림과 콘 조각투성이인 뺨으로 웃었다. 그리고,

"스푸트니크 아저씨, 이번에 아저씨네 가게에 놀러 갈게요!"

"……우리 가게에?"

뭔가 이유가 명확하지 않은 말을 듣고 스푸트니크는 의아한 듯 눈살을 찌푸렸다. 하지만 그녀는 밝게 웃는 얼굴을 유지한 채 고개를 끄덕였다.

그러고 나서 안나가 역시나 씩씩하게 스푸트니크에게 전한 말은,

"네! 조금 전에 클루랑 약속했거든요!"

──.

한순간 의미를 늦게 이해했다.

잘못 들었나 하고 확인의 의미를 담아서 나츠와 점주 부인을 보았다. 하지만 그녀들도 어안이 벙벙한 표정을 짓고 있는 것을 보아 아무래도 잘못 들은 것은 아닌 모양이었다.

한순간 무거움이 더해진 머리를 기력으로 어떻게든 들어 올리고 물었다.

"……누구랑 약속했다고?"

"네에?"

그러나 안나는 질문의 의미를 이해하지 못했는지 멍하니 눈을 동그랗게 떴다.

머리 회전이 따라가지 못하고 말문이 막힌 스푸트니크를 대신하여 이번에는 점주 부인이 딸에게 물었다.

"안나, 너 오늘 어디서 놀았니?"

"펫숍. 강아지를 돌보면서 놀다 왔어, 즐거웠어."

"그 바보가……."

아주 시원스레 판명된 충격적인 진실. 스푸트니크는 중얼거리고 관자놀이에 손끝을 갖다 댔다.

클루는 확실히 스푸트니크가 가르쳐준 대로 세 집 건너편에 심부름을 갔다. 그러나──잡화점이 있는 오른쪽이 아니라, 보석점에서 **왼쪽**으로 갔던 것이다.

집에서 왼쪽으로 세 집 건너편. 그곳에는 안나가 말한 대로 펫숍이 있었다.

운영하고 있는 것은 분명 남매로, 두 사람 모두 나름 마음씨가 좋은 사람들이었다. 잘못 찾아온 클루를 매몰차게 내쫓는 짓은 하지 않았겠지만, 클루의 입장에서 본다면 잉크를 사오라고 해서 지정된 장소로 향했더니 그곳에 있었던 것은 펫숍인 것이다. 그 겁 많은 아이에게 일어난 일이니 얼마나 곤란했을까 싶었지만,

"그래서 쿠는 펫숍에서 뭘 하고 있어?"

"아기 고양이한테 먹이를 주고 있어."

콘의 마지막 한 조각을 입에 집어넣고 씹으며 그녀는 말했다.

사람을 꺼려하고 소극적이라고 생각했던 우리 종업원은 역경 속에서도 즐거움을 찾아낼 수 있을 만큼 다부졌던 모양이다. 그렇군, 하고 대답하며 자연스레 한숨이 새어 나왔다. 어처구니없음과 안도에서 나온 것이었지만, 뭔가 착각했는지 나츠는 그 모습을 보고 미간을 찡그렸다.

"화내지 마. 클루가 혼자서 외출한 건 처음이잖아."

"말 안 해도 알고 있어."

잔소리가 심한 엄마 같다고 스푸트니크는 생각했다. 원래부터 아이가 저지르는 사소한 실수에 일일이 화를 낼 만큼 속이 좁지도 않았고, 애초에 그 정도 일로 일일이 짜증을 내는 성격이었다면 그 아이와의 고용 관계가 오늘날까지 이어졌을 리도 없었을 것이다.

"우선 데리러 갈까. ——죄송합니다, 폐를 끼쳤네요."

"괜찮아, 애들은 실수하는 게 일이니까. 클루한테 안부 전해줘."

점주 부인은 카운터 안에서 빙긋이 웃으며 아무렇지도 않은 듯 손을 흔들었다. 그 여유는 역시 안나와 안나의 동생, 두 아이의 어머니이기에 나오는 것일까.

그렇다면, 하고. 스푸트니크는 자신의 머리를 환기시키듯이 가볍게 긁적였다. 클루의 안전이 알려졌건만, 이 여자는 아직도 따라오려는 건가——생각하며 나츠를 보자 그녀는 어째서인지 스푸트니크의 얼굴을 찬찬히 바라보고 있었다. 무언가 기묘한 것을 본 듯한 놀란 표정이었다.

"……뭐야."

"당신도 '폐를 끼쳤다'는 말을 하기도 하네."

기분이 나빠서 물으니 의외라는 듯이 중얼거리며 답했다. 그런데 이 여자는 어쩌면 이렇게 멍청한 소리를 하는 걸까 하고 스푸트니크는 생각했다.

인간관계를 원활하게 이끌어나가기 위한 기술은 상인으로서 당연히 몸에 익히고 있어야 하는 것이었다. 스푸트니크 또한 마찬가지로 직업상의 수많은 경쟁자나 고객을 접하며 때로는 감쪽같이 속이고서 흡족해하기도 하고, 때로는 속이 뒤틀리는 경험을 통해 배우며 기술을 습득해왔다. 그 정도 말을 하지 못할 리가 없었다.

하지만 그러한 사실을 이 여자에게 일부러 설명하는 것 또한 아니꼬웠다.

그래서 스푸트니크는 빙긋이 웃더니 자신의 머리를 가리키며 그녀에게 한마디 했다.

"너보다는 여길 굴리면서 살고 있거든, 멍청이 나츠."

——나츠의 노성을 등으로 받으며 스푸트니크는 서둘러 잡화점을 뛰쳐나갔다.

잡화점을 뛰쳐나온 기세로 빠른 걸음으로 펫숍까지 갔다.

상점 여섯 채 분량의 거리는 어른 걸음으로는 그다지 멀지 않았다.

"……있다."

펫숍 문에 끼워진 유리로 안을 들여다보고 스푸트니크는 한숨을 섞어 중얼거렸다.

유리 건너편으로 보이는 그곳에는 여러 종류의 동물과 펫숍 점원, 소년 한 사람, 손님으로 보이는 여성과 안나에게 들은 대로 사랑스러운 종업원 클루의 모습이 있었다.

표정은 다소 굳어 있었지만, 의사소통이 가능할 정도로는 자기주장을 펼치고 있는 모양이었다. 손님인 여성이 무언가 말하는 것을 고개를 꾸벅꾸벅 끄덕이며 듣고 있었다. 낯가림 개선으로 이어질 것 같아서 그것도 그것대로 좋은 경향으로 보였지만, 오늘의 목표는 혼자서 심부름을 수행하는 것이었다. 좌절한 자를 언제까지 내버려둘 수는 없다고 스푸트니크는 문에 손을 얹고 종업원을 데리러 가려고 했다, 하지만.

"야, 쿠……우에엑?!"

"잠시 기다려!"

그러나 그것은 저지당했다. 문을 당기기 직전에 그를 덮친 등 뒤에서의 충격. 찌부러진 개구리 같은 소리는 펫숍에서 파충류가 도망쳐 나온 것이 아니라 스푸트니크의 목에서 새어 나온 것이었다. 그의 뒤를 쫓아온 나츠가 무슨 생각을 했는지 펫숍에 들어가려던 스푸트니크의 목덜미를 힘껏 잡아당긴 것이었다.

　완전히 방심하고 있던 그의 기관은 순간적으로 막혀서 숨을 쉴 수가 없었다.

　그대로 그를 펫숍 옆의 골목길로 끌고 가서 나츠는 마침내 손을 뗐다. 스푸트니크는 자유로워진 목을 잡고 허리를 굽혀서 여러 번 콜록댔다. 그러고 나서 그녀를 노려보고 쉰 목소리로 외쳤다.

　"무슨 짓이야, 죽일 생각이야?!"

　"무슨 짓이냐는 건 이쪽이 할 말이야! 당신, 지금 자기가 뭘 하려고 했는지 알아?!"

　"뭐냐니——."

　펫숍에서 우리 종업원을 데리러 나올려고 했다.

　하지만 나츠는 그가 하고 있던 생각은 이미 예측하고 있었던 모양이다. 전부 말할 틈도 주지 않고 "잘 들어" 하고 목소리를 죽였다.

　그리고 이렇게 말을 이어갔다.

　"그러면 클루의 심부름은 실패하는 게 되잖아?"

　——그것에 대해서.

　그래서 그게 왜, 라고 말할 만큼 스푸트니크는 어리석지도 않았고 바보도 아니었다. 그녀가 하려는 말을 이해하고 자신이 저지를 뻔했던 잘못을 자각했다.

　"클루는 야무진 아이야. 당신처럼 무책임한 얼간이가 고용하기에는 아까울 만큼, 책임감이 강하고 상냥하고 착한 애라고──하지만 그렇기에. 심부름을 실패하면, 그래서 당신이 일부러 데리러 오면. 저 아인, 분명 우울해할 거야."

그 모습 또한 손에 잡힐 듯 상상할 수 있었다. 자신의 한심스러움에 어깨를 떨어뜨리면서도 걱정만큼은 시키지 않겠다고 웃어 보이는 그녀의 모습.

"성장하기 위해서는 확실히 실패도 중요한 법이야. 하지만 이번 심부름에 관해서는 아직 실패라고 할 수 없잖아. 클루가 혼자서 어쩔 도리가 없어져서 '도와달라'고 말할 때까지, '못하겠어요' 하고 포기하고 집으로 돌아올 때까지 조금 더 지켜보는 건 어때?"

"…………."

침묵을 선택한 것은 뱉을 것 같은 말이 "주제에 아는 척은"밖에 없었기 때문이다. 그 말을 하는 것은 바꿔 말하면 자신의 패배를 인정하는 것이 된다. 하지만 이 여자에게 항복의 뜻을 밝히는 것은 자신의 긍지가 용납하지 않았다. 그래서 아무 말도 하지 못하고 단지 노려보고 있었다──그러자.

종소리가 들렸다.

스푸트니크네 가게보다 조금은 높은 소리와 동시에 펫숍 문이 열렸다. 스푸트니크와 나츠는 골목길에서 아주 조금 얼굴을 내밀어 그쪽을 들여다보았다. 가게에서 나온 것은 펫숍 점원인 청년과 손님인 여성, 그에 이어서 여자아이──클루였다. 여성은 펫용 이동장을 손에 들고 있었고,

그리고 어째서인지 클루도 봉투를 하나 들고 있었다. 여분의 돈은 가지고 있지 않을 텐데, 뭘까.

"이용해주셔서 감사합니다."

청년은 두 사람을 가게 밖으로 안내하더니 그렇게 말하고 고개를 깊이 숙였다. 웃는 얼굴이 부드러운 빨간 머리카락의 청년. 그 얼굴은 좋게 말하면 자상해 보였고, 나쁘게 말하면 소심해 보였다.

그가 이 가게의 점원이라는 사실을 스푸트니크는 알고 있었다. 그와는 예전에, 물건을 사서 돌아가는 길에 이야기를 조금 나눈 적이 있다. 이름은 잊었지만 여동생과 둘이서 펫숍을 경영하고 있고, 오빠인 그는 애견 미용을 여동생은 동물 진료를 겸하고 있다고 한다. 각각 그 업무만으로도 가게의 채산이 맞아서 숍 업무의 절반은 동물을 좋아하는 두 사람의 도락에 가까운 것이라고 했다.

"저기, 리리라고 했던가요? 귀여워해주세요. 키우다가 모르는 게 있으면 편하게 물으세요."

이야기의 흐름으로 보아 리리라는 것은 여성이 아니라 케이스 안의 동물의 이름인 듯했다. 펫의 이름을 부르자 여성은 빙긋이 미소 지었다.

"감사합니다. 얼른 가족으로 인정받았으면 좋겠네요."

"사람을 잘 따르는 아이니까, 분명 괜찮을 거예요."

"후훗, 노력할게요. ──클루, 그럼 갈까?"

여성이 말을 건 클루는 등을 꼿꼿하게 펴고 고개를 크게 끄덕였다.

"네, 저, 저기, 강아지 아저씨, 감사합니다."

"이쪽이야말로 도와줘서 고마워. 다녀와, 힘내."

클루의 감사 인사에 그 또한 감사 인사로 답했다. 그러자 클루는 기쁜 듯 웃었다.

──이건 또 어찌 된 일일까. 생각 이상으로 타인에게 마음을 열어주고 있는 숫기 없는 클루에게 스푸트니크는 조금 놀랐다. 다소 긴장한 것 같지만 그가 걱정할 정도는 아니었다. 애니멀 세러피 덕분인가.

이윽고 그녀들은 인사를 마치고 등을 돌려서 두 사람이 함께 걷기 시작했다. 두 사람은 대체 어디로 가려는 걸까?

그러자 스푸트니크가 고개를 갸웃거리는 그 곁에서.

나츠는 아무 말 없이 골목길에서 팔을 살짝 뻗었다. 그 손은 사라져 가는 두 사람의 등을 배웅하던 청년에게 소리 없이 다가갔다. 그리고,

"크억."

그녀는 청년의 옷깃을 잡더니 단숨에 끌어당겼다. 그 기세대로 골목길에 끌려가는 광경은 옆에서 보면 유괴나 납치 현장 같았다.

땅에 무릎을 꿇고 조금 전의 스푸트니크와 마찬가지로 켁켁 기침을 하는 펫숍 점원을 곁눈질하며 스푸트니크는 물었다.

"너, 옷깃을 잡는 그건 무슨 짓이야?"

"목은 인체 구조상, 가장 간단하게 제압할 수 있잖아."

나츠가 당당하게 대답하자 그만 어이가 없었지만, 지금 해야 하는 말은 달리 있었다. 계속해서 괴로워하는 청년을 스푸트니크는 발끝으로 가볍게 툭툭 쳤다.

"어이, 일어나."

"무, 무, 무슨 일이에요? 봐주세요. 도, 도, 돈은 없어요."

그는 머리를 보호하듯 끌어안고 눈을 질끈 감고 소심하게 떨고 있었다. 하지만 어째서일까, 어째서인지 그러한 모습을 보자 반사적으로 멱살을 잡아서 위협적인 목소리로 말을 걸게 되었다.

"뭐어? 무슨 소릴 하는 거야, 돈이 없으면 가지고 오는 게 당연하잖아. 잘 들어, 지금부터——."

"당신, 무슨 말을 하는 거야."

나츠가 머리를 때리자 제정신으로 번쩍 돌아왔다.

손에서 해방된 청년은 익숙한 목소리를 들은 탓인지, 의아해하면서도 조심조심 고개를 들었다. 이윽고 그곳에 있는 아는 얼굴을 보고 놀랐는지 눈을 동그랗게 떴다.

"어, 나츠? 스푸트니크 씨도 있었네요. 두 사람, 무슨 일이에요?"

확실히 나츠도 이 청년도, 같은 리아피아트 시의 출신이었다. 그 말투에는 어딘가, 외부인을 상대하는 것과는 다른 부드러운 분위기가 있었다. 하지만 그 상황에서 조심스럽게 나올 스푸트니크가 아니었다. 그를 내려다보고 평상시와 같은 상태로 인사를 했다.

"안녕. 우리 종업원이랑 놀아주느라 고생이었겠군."

"아뇨, 전혀요. 정말 착한 아이인 데다 가게 일을 도와준 덕분에 큰 도움이 됐어요. ……그런데 지금, 저, 스푸트니크 씨에게 공갈당한 느낌이 드는데요."

"설마, 이 몸이 그런 짓을 할 리가 없잖아. 공갈 협박이라니."

시치미 떼는 스푸트니크를 나츠는 잠시 무슨 말을 하고 싶은 듯 보고 있었지만, 지금 중요한 것은 그것이 아니라는 사실을 깨달았는지 다시 청년을 향해 고개를 돌렸다.

"강아지 아저씨. 저 여성분, 누구야? 클루와 어딜 가려고 하는 거야?"

그녀가 말하는 '강아지 아저씨'란 이 남자의 별명이다. 펫 숍을 운영하고 있다는 것과 '어딘가 강아지스럽다'는 점에서 불리게 된 모양이지만, 그의 분위기는 강아지라고 해도 '파수견'이 아니라 애정을 듬뿍 받으며 길러져서 사람에게 길들여진 것에 가까웠다.

그리고 나츠의 물음에 강아지 아저씨는 '강아지'스러운 포근한 웃음을 띠고 답했다.

"응? 아, 우리 고객인데 예전에 계약한 아기 고양이를 데리러 온 거야. 정말 친절한 사람이니 분명 소중하게 대해주겠지."

"그래서 쿠는 그 사람을 따라서 이번에는 어디로 놀러 가려고 하는 거야."

"놀러 간다고 말하면 가엾죠. 클루는 스푸트니크 씨에게 부탁받은 심부름을 하러 자재상에 간 거예요."

아무래도 클루는 당초의 목적을 잊지는 않았나 보다. 그 사실에는 안심했지만, 그러나.

강아지 아저씨의 말에는 흘려들을 수 없는 한마디가 있었다. 그 말을 그대로 반복했다.

"자재상?"

"네. 그래서 저 손님이 자재상 근처에 살고 있으니 데려다 준다고 했어요."

"문제는 그게 아니야. 어째서 자재상이지?"

"네에? 그야 잉크는 자재상에 있잖아요? 클루가 잉크는 어느 가게에서 팔고 있는지 잊어버렸다고 해서 자재상에 있다고 가르쳐줬는데요."

"잡화점에도 있잖아."

스푸트니크가 묻자 웃는 얼굴 그대로 당연하다는 듯이 강아지 아저씨는 답했다. 그러나 뒤쫓듯 지적한 나츠의 말에 그의 웃는 얼굴은 얼어붙었다.

──그대로 잠시 침묵하더니,

"앗."

이윽고 강아지 아저씨가 간신히 이해했다는 듯이 소리를 높였을 때.

"우읍."

나츠의 무언의 따귀가 강아지 아저씨의 오른쪽 뺨을 덮쳤다.

　나츠는 그의 옷깃을 잡고 앞뒤로 크게 흔들었다.

　"넌 어째서 옛날부터 그렇게 어설픈 거야, 조금은 진보하라고, 이 멍청한 강아지야."

　"미, 미안, 미안, 미안."

　"진정해, 나츠. 이 친구의 안색이 여러모로 곤란해 보여."

　산소 결핍인지 순식간에 붉어져가는 강아지 아저씨를 보다 못해서 스푸트니크가 저지했다. 목에서 손을 떼어내자 그는 땅에 네 발을 짚고서 몇 번이고 거친 숨을 몰아쉬었다.

　그러나 옛날부터 친해서 익숙한 탓인지 나츠는 딱히 걱정하는 모습을 보이지 않았다. 뺨에 손을 갖다 대고 탄식했지만, 그것은 강아지 아저씨의 몸 상태를 걱정하는 것은 아니었다.

　"자재상…… 첫 심부름 치고는 조금 머네. 걱정이야."

　"뭐어, 언젠가는 시내 어디든 혼자서 다닐 수 있어야 하니까. 그게 조금 빨라졌다고 생각하면 되겠지."

　클루와 여자가 사라져 간 쪽을 보았다. 이미 두 사람의 모습은 없었지만, 자재상의 위치는 알고 있었다. 뒤쫓는 것은 어려운 일이 아니었다. 스푸트니크는 강아지 아저씨가 회복되기를 기다리지 않고 거리로 발을 내딛기 시작했다.

　목적지는 자재상이었다.

펫숍에서 자재상으로 가는 길은 몇 가지 정도 있었다. 클루 일행이 어느 길을 통과할지 모르는 이상, 분담해서 샅샅이 살피는 수밖에 없었지만, 행운이라고 해야 할까 그들이 클루를 발견했을 때 그녀들은 이미 자재상 앞에 도착해 있었다.

"……있어."

"아, 진짜네. 있다 있어."

"엇? 어디 어디?"

처음에 그 모습을 발견한 것은 스푸트니크였다. 다음이 옆에서 걷고 있던 강아지 아저씨——"클루를 자재상에 가게 한 책임은 나한테 있으니까"라며 따라왔다——로, 두 사람이 하는 말을 들은 나츠가 조금 뒤편에서 종종걸음으로 다가왔다.

돌아보며 나츠에게 클루가 있는 쪽을 가리키다가——갑자기. 스푸트니크는 소소한 장난을 치고 싶은 기분이 들었다.

슬슬 목 졸림에 대한 복수를 해도 되겠지. 펌프스를 신고 달려오는 나츠의 발밑에 스푸트니크는 자신의 발을 살며시 내밀었다. 나츠는 갑작스러운 일에 속도를 늦추지 못하고 그대로 스푸트니크가 내민 발에 걸렸다.

"꺄아아악!"

그리하여 그의 생각대로 감쪽같이 함정에 빠진 그녀는 비명을 지르며 세차게 넘어졌다.

나츠는 지면에 한 손을 짚고 분하다는 듯이 돌아보았다.

무슨 짓이야, 라고 고함을 질러오지 않을까 생각했지만 그 예상은 빗나갔다.

대신 나지막한 목소리로 으르렁대듯이 물었다.

"……봤어?"

새빨간 얼굴로 엉덩이를 누르고 있었다. 그 질문에 목적어는 없었지만, 그녀의 자세를 보아하니 일목요연했다.

딱히 무언가가 보이지도 않았고, 여자 속옷을 봤다는 것 정도로 해냈다고 생각할 만큼 스푸트니크는 순진하지 않다. 애초에 이런 여자의 뭘 본다고 한들 성욕을 느낄 리가 없지만 말이다.

스푸트니크는 팔짱을 끼고 그녀를 내려다보며 말했다.

"그 나이에 곰 얼굴이 뒤에 그려진 게 뭐냐, 너."

"그런 거 안 입고 있거든?!"

"난 안 봤어, 나츠! 귀여운 곰이 뒤에 그려진 팬티는 못 봤으니 괜찮아, 기운 내!"

"시끄러, 오해할 만한 소리 크게 하지 마, 이 멍텅구리 강아지야!"

"너도 가만히 있어, 멍청아. 쿠한테 들키겠어."

양팔로 자신의 눈을 가리고 외치는 강아지 아저씨의 목을 조르는 나츠에게 스푸트니크가 어처구니없어하며 말했다. 그러고 보니 클루는 어떻게 된 걸까. 여성과 이미 헤어져서 자재상 안에 들어간 걸까? 스푸트니크가 자재상 쪽을 향하려고 하는 것과 거의 동시에.

세 사람 중 누구의 것도 아닌 목소리가 들렸다.

"……어, 강아지 아저씨?"

"어?"

강아지 아저씨는 이름을 불리자 눈가리개를 풀고 그쪽을 보았다. 나츠 또한 마찬가지로——강아지 아저씨의 목에서 손은 놓지 않은 채——목소리가 나는 쪽으로 고개를 돌렸다. 스푸트니크는 고개를 돌릴 필요가 없었다. 때마침 그의 시선 끝에 그녀가 나타났기 때문이다.

한 손에 이동장을 든 그 여성을 스푸트니크도 본 기억이 있었다. 조금 전에 클루를 펫숍에서 여기까지 바래다준 사람이었다.

"이런 곳에서 뭐 하세요? 아, 혹시 제가 깜박한 물건이라도……?"

"아, 아니요, 전혀요. 잠시 볼일이 있어서요."

"그래요. 단순한 볼일이에요. 죄송해요. 이 녀석은 옛날부터 골목길에서 목을 졸리는 걸 엄청 좋아해서요."

"나츠, 무슨 소릴 하는 거야?!"

강아지 아저씨의 비명 같은 목소리. 아마도 큰 소리로 '귀여운 곰'에 대한 발언을 한 복수일 테지만, 굳이 지금 하지 않아도 될 텐데.

그들에게 맡기고 있어서는 이야기가 진행되지 않을 것 같았던 스푸트니크는 그녀에게 한 발 다가가서 영업용 미소를 지었다.

"안녕하세요. 클루의 고용주입니다만, 우리 종업원이 신세를 졌군요."

"네에?"

그 한마디로 현재 상황에 대한 설명은 충분했던 모양이다. 세 사람의 얼굴을 차례대로 바라보고 마지막에 다시 한 번 스푸트니크를 보더니 놀란 듯 흠칫하고 눈을 크게 떴다. 이해가 빠른 아가씨라서 다행이었다.

"······아아, 심부름을······ 아, 그래서!"

"그렇습니다, 여러모로 감사합니다. 나중에 인사를 드리러 찾아뵙겠습니다."

"인사라니요, 신경 쓰지 마세요. 이쪽이야말로 돌아가는 길에 즐겁게 이야기할 수 있어서 기뻤어요."

"야옹."

울음소리. 쳐다보자 이동장 창문에서 아기 고양이가 이쪽을 올려다보고 있었다. 그것은 클루가 펫숍에서 자주 보고 있던 아기 고양이었다. 그녀는 마찬가지로 이동장의 창을 보고 "아아, 맞다" 하고 무언가 생각났다는 듯 중얼거렸다.

"클루는 펫숍 동물들 중에서 이 아이를 가장 좋아했다고 하는데, 이유를 아세요?"

"? 아니요."

창문으로 신기하다는 듯이 스푸트니크를 보는 검은빛과 잿빛의 얼룩무늬 고양이.

그 주인이 될 그녀는 스푸트니크와 이동장을 몇 번인가

번갈아 보고서 봉투를 든 손으로 입가를 누르더니 참을 수 없다는 듯이 후훗 하고 웃었다.

"'스푸트니크 씨랑 같은 색이라서'래요. ──클루는 당신을 정말 좋아하네요."

같은 색이라니. 자신에 대한 이야기다, 무엇을 가리키는지는 바로 알 수 있었다. 검정 머리카락과 잿빛 눈.

그건 정말이지──. 기쁘기도 하고 쑥스럽기도 한, 가려움과 흡사한 감정이 그의 마음을 차지했다. 다만 그에 어떻게 대답해야 할지 순간적으로 떠오르지 않았고 솔직하게 답하는 것도 왠지 자존심이 상하는 듯한 느낌이 들어서 결국 스푸트니크는 단지 모호한 웃음을 지으며 얼버무렸다.

스푸트니크의 그 반응을 그녀가 대체 어떤 것으로 받아들였는지는 알 수 없다. 하지만 그녀는 그 또한 재밌다는 듯 키득키득 웃었다. 그리고,

"심부름에 성공하면 많이 칭찬해주세요."

아이가 따를 정도로 좋은 보호자도, 좋은 고용주도 아니지만 짧지 않은 시간 동안 함께 지낸 덕분에 그녀가 기뻐하는 것 몇 가지 정도는 알고 있었다.

어깨를 으쓱하고 역시나 모호한 웃음을 지었다. 강아지 아저씨를 덜덜 흔들고 있던 나츠도, 그녀가 흔드는 대로 흔들리던 강아지 아저씨도 시야 끝자락에 담으며 스푸트니크는 그녀에게 답했다.

"돌아가면 맛있는 걸 먹으려고요."

다행히도 집에는 지금 이제 막 받은 신작 타르트가 기다리고 있었다.

그러면 얼른 가보세요, 하고 절반은 등을 떠밀리듯이 하여 배웅 받으며 스푸트니크는 자재상을 방문했다.

자재상은 취급하는 물건의 특성상, 다른 가게보다 부지가 넓고 한 번에 물건을 대량으로 구입하는 손님이 간간이 방문한다. 그것은 바꿔 말하면 하루에 입구가 여닫히는 횟수가 많다는 것으로 그때마다 종소리가 울려서는 번거롭기 짝이 없을 것이다.

그 때문에 자재상에는 종이 설치되어 있지 않았고, 그 덕분에 스푸트니크와 나츠는 입구 가까이에서 발걸음을 멈추고 있던 클루에게 들키지 않고 가게에 들어올 수 있었다.

강아지 아저씨는 여전히 밖에서 대기하고 있었다. 정확하게는 나츠가 몇 번이나 고개를 흔드는 바람에 중심을 잃은 후에 좀처럼 일어서지 못하는 것을 개의치 않고 내버려두고 온 것이다. 고양이 주인인 그녀가 걱정스러운 듯이 말을 걸고 있었지만, 인간은 그 정도 일로는 죽지 않는 법이다. 그 정도 충격으로 끝날 만큼 인생이라는 녀석은 호락호락하지 않다.

두 사람은 진열대 그늘에 몸을 살며시 숨기고 클루 쪽을 들여다보았다. 그러자 동시에.

"어서 오세요, 손님!"

점내에 울려 퍼지는 소리에 스푸트니크와 나츠, 두 사람은 더불어 돌아보았다. 그곳에 있던 사람은 걸치고 있는 에이프런을 보아 자재상의 점원인 듯했지만, 적어도 스푸트니크는 본 적이 없는 얼굴이었다. 최근에 고용된 신입인지 그녀는 빙긋이 미소를 짓더니 두 사람을 향해서——점원으로서는 만점이지만 현재 상황으로서는 사양하고 싶다——씩씩한 목소리로 인사를 이어갔다.

　"뭔가 찾으시는 상품이라도——."

　"쉿."

　그러나 그 말은 나츠로 인해 가로막혔다.

　나츠는 오른손 검지를 자신의 입술에 갖다 대고 날카롭게 말하더니 왼손을 가슴 부근에 찔러 넣었다. 그리하여 안주머니에서 익숙한 모습으로 꺼낸 것은 경찰수첩이었다. 그것을 보고 신입 점원은 눈을 크게 떴다. 하지만 "조용히" 하고 나츠가 보낸 신호 탓인지 입은 다물고 있었다.

　나츠는 필요 이상으로 나지막한 목소리로 그녀에게 속삭였다.

　"미행 중입니다. 협조 부탁드립니다."

　"아, 네, 네에. 저기, 조, 종업원과 손님의 안전은…… 대피는."

　"아니요, 그럴 필요는 없습니다. 대상은 현재, 무기를 소지하고 있지 않으니까요. 다만 중요한 상황이므로 아무쪼록 저희에 대한 이야기는 비밀로 해주십시오."

"아, 아, 알겠습니다."

점원은 얼굴이 새파랗게 질려서 몇 번이고 고개를 꾸벅꾸벅 숙이고는 사라졌다. 비일상적인 일에 대한 두려움 때문인지 손도 심하게 떨고 있어서 저 상태로는 오늘 하루 종일 근무하기는 힘들겠군 하고 스푸트니크는 이름도 모르는 신입 점원을 조금은 동정했다.

"직권 남용."

"아무한테도 피해는 안 끼치니까 괜찮아."

중얼거리자 태연하게 그런 대답이 돌아왔다.

조금 떨어진 장소에서 조금 전의 신입 점원이 업무용 세제가 들어간 용기를 떨어뜨려서 바닥에 요란하게 쏟았지만, 그것은 아무래도 그녀에게는 '피해'의 범주에 속하지 않는 모양이었다. "그런 것보다" 하고 이야기를 대충 전환했다.

"클루, 왠지 곤란한 것 같아. 무슨 일이지?"

듣고 보니 그 말대로 그녀는 카운터 앞에서 경직해 있었다. 점원──이쪽은 아는 얼굴이다. 수다 떨기와 남의 말을 하기를 좋아하는 여성 점원──과 둘이서 수납 접시를 난처하게 바라보고 있었다.

수납 접시.

스푸트니크는 턱에 손을 대고 중얼거렸다.

"금액인가?"

"응?"

"잉크 가격. 잡화점과 자재상은 다르잖아."

확실히 동화 한 닢 정도 금액에 차이가 있을 터였다. 잡화점과 자재상이 어떤 도매상을 거쳐서 잉크를 들이는지는 모르지만, 판매 가격은 자재상 쪽이 고가였던 기억이 있다. 그리고 스푸트니크는 클루에게 잡화점에서 살 수 있을 만큼의 금액밖에 건네지 않았다.

혀를 살짝 찼다.

"곤란하게 됐군."

클루의 눈동자가 글썽이고 있다는 것을 멀리서 보아도 알 수 있어서, 스푸트니크는 가볍게 머리를 긁적였다. 이쯤에서 물러나야 하나.

그러나 그가 걸어 나가기 시작한 그때, 또다시 나츠에게 목덜미를 잡혔다. 이번에는 목이 막히기 전에 발걸음을 멈추었다. 스푸트니크가 말하기보다 먼저, 나츠가 어이가 없다는 듯이 속닥였다.

"기다려. 당신은 정말 머리를 안 굴리는구나."

"그럼 너한테 뭔가 대책이라도 있는 거야?"

말하고 나서 아차, 하고 생각했다. 그 말은 자신은 아무 타개책도 떠올리지 못하는 무능한 사람이라고 선언하는 것과 같았다.

하지만 나츠는 그 말을 비난하지 않았다. 주머니에 손을 찔러 넣고,

"간단해. 이런저런 사정을 저 점원에게 알리면 되잖아."

메모장을 꺼내더니 그곳에 펜으로 무언가를 써넣었다. 뒤

에서 들여다보자 그곳에는 클루가 처음으로 혼자서 심부름을 하러 나왔으며 사정으로 인해 수중에 가지고 있는 돈이 부족하다는 것, 부족한 분은 나중에 스푸트니크가 지불하므로 적당하게 얼버무려서 상품을 줬으면 좋겠다는 것이 쓰여 있었다. 사정 부분을 모호하게 말한 것은 아마도 상점끼리의 관계 때문인 듯했다. 건너편 가게에서 사는 편이 싸다는 말을 들으면 기분이 좋을 상인은 없는 법이다.

그리고 나츠는 그 한 장을 난잡한 손놀림으로 찢더니 "당신이 가면 의미가 없잖아" 하고 중얼거리고 빠른 걸음으로 성큼성큼 걸어갔다. 그리고 클루와 점원 사이에 파고들어가더니 점원에게 메모 용지를 건넸다.

대화를 시작한 나츠와 클루 사이에서 점원의 시선이 한순간 스푸트니크 쪽을 향했다. 숨어 있던 선반에서 얼굴만 내밀어 한 손을 가볍게 얼굴 앞에 치켜들어 사죄의 자세를 취해 보이자 점원은 마치 장난에 가담하는 듯한 웃는 얼굴로 즐겁게 윙크했다.

그리고 점원은 두 사람을 향해서 무언가 말하며 그 잉크를 종이봉투에 담아서 태연한 얼굴로 클루에게 건네주었다. 클루는 처음에는 당황한 모양이었지만, 종이봉투를 조심조심 받아들고 점원이 미소 짓는 것을 보더니 그녀도 기쁜 듯 태양처럼 웃었다. 그러고는 씩씩한 목소리로 인사를 하고 종이봉투를 소중하게 꼭 쥐고 자칫하면 춤을 출 법한 발걸음으로 걸어갔다.

그녀는 보석점보다 큰 문을 아담한 몸 전체를 사용하여 잡아당겨서 열었다. 그리하여 귀가 길에 오른 그녀를 스푸트니크는 진열대 그늘에서, 나츠와 점원은 카운터 옆에서 각자 흐뭇한 얼굴로 배웅했다――그러나.

문이 쾅 하고 소리를 내고 닫힌 그 직후, 나츠는 즉시 눈을 치켜떴다. 그리고 거친 콧김을 뿜으며 이쪽으로 다가왔다. 조금 전까지 상냥하게 웃던 얼굴은 어디로 갔는지, 고양이라면 털을 쭈뼛 세울 법한 기세로 그녀가 그에게 외친 말은.

"내가 하는 일이 뇌물 증여랑 유착이라고?!"

"그게 아니었던가, 아하하하."

아무래도 예전에 말한 농담을 클루는 착실하게도 기억하고 있었던 모양이다. 참으로 귀여운 종업원이다.

하지만 지금은 그런 것보다. 이번만큼은 목이 졸릴 수는 없다며 스푸트니크는 재빨리 비난의 화살을 돌리기로 했다. 오늘만 해도 벌써 세 번째인가, 목을 잡으려고 하는 나츠의 손에서 슬쩍 도망쳐서 조금 전에 클루를 응대했던 점원의 곁으로 갔다.

엉덩이 주머니에서 지갑을 꺼내어 동화 한 닢을 지불했다.

"이건 부족한 분이에요. 폐를 끼쳤네요."

"어머, 이자를 붙여서 주는 거 아니었어?"

"절제와 절약이 제 좌우명이라서요."

마음에도 없는 대답을 했다. 말한 그녀도 본심이 아니었던 듯 깔깔 웃으며 받아들였다.

"매번 고마워. 클루가 처음으로 혼자서 심부름을 한 거네."

"네. 정말이지 트러블이 계속 일어나서 정신 소모가 커요. 오늘 밤에는 푹 잘 것 같아요."

그 대답에 점원이 "수고했어" 하고 위로하듯이 웃어주자,

"당신은 90퍼센트 정도 소모한 게 보통 사람 같아서 딱 적당하잖아. 근본이 너무 뻔뻔해."

"사돈 남 말 하시네."

그리하여 두 사람이 오늘 몇 번째인가 서로 노려보기 시작한 그때, 문이 삐걱거리는 소리가 났다. 그와 동시에 점내에 비쳐드는 빛이 강해졌다. 입구가 밖에서 열린 모양이었다.

손님이 왔다. 어서 오세요, 하고 점원의 목소리가 울려 퍼졌다. 그러나 그것은 물건을 사러 온 손님이 아니었다――나타난 것은 조금 전에 두 사람이 밖에 방치해놓고 온 강아지 아저씨였다. 그는 두 사람의 모습을 확인하더니 심기가 불편한지 입술을 삐죽댔다.

"둘 다 너무해. 상태가 안 좋은 사람을 길 위에 혼자 버려두고 가다니. 손님과는 완전 달라. 손님은 내 기분이 나아질 때까지 함께 있어주려고 했으니까 말이야. 아기 고양이가 받을 스트레스가 걱정이 돼서 집으로 보냈지만, 그러기도 힘든 법이지. 그에 비해 당신들은."

"네가 멋대로 뻗어 있었잖아."

"너보다 클루가 훨씬 중요해."

그러나 이중창으로 혹독한 말을 뒤집어쓰고 강아지 아저씨의 분노는 쉽게 사그라졌다. "뭐, 됐어" 하고 중얼거리더니 포기한 듯 씨익 웃었다.

"……하지만 모습을 보아하니, 클루가 무사히 잉크를 산 것 같아서 다행이네. 그래서 스푸트니크 씨, 잉크 외에는 뭘 부탁했어요?"

"아니, 잉크뿐이야. 여러모로 오산은 있었지만, 사는 건 무사히 성공했어. 너한테도 신세를 졌군."

스푸트니크는 어깨를 으쓱하고 작게 웃었다. 그 김이라는 듯이 감사 인사를 했지만.

강아지 아저씨는 어째서인지 이상한 듯 고개를 갸웃거렸다.

"으음…… 그렇구나. 그럼 뭐지. 어떻게 된 거지?"

"무슨 일이야? 강아지 아저씨."

"아니, 그게."

감사를 받았는데 어째서인지 모호한 강아지 아저씨의 말. 안달이 난 듯한 나츠의 물음에 강아지 아저씨는 내심 곤란한 모습으로 눈살을 찌푸렸다. 그리고 굉장히 이상한 듯이 이렇게 말했다.

"자재상에서 나온 클루가 건너편으로 뛰어갔어."

그리고 치켜든 손끝은 집과는 전혀 반대 방향을 가리키고 있었다.

"……뭐어……?"

전혀 예측하지 못했던 강아지 아저씨의 대답과 클루의 행동에 뱉었을 터인 말마저 물음표가 되어 사라졌다.

나츠는 눈을 크게 뜨고 그에게 따지고 들었다. 스푸트니크가 하고 싶었던 말을 큰 소리로 고함쳤다.

"뭐어?! 왜야, 강아지 아저씨!"

"나, 나한테 묻지 마! 그래서 이상하다고 생각했잖아, 또 뭔가 부탁받은 게 있어서 그걸 사러 간 건가 하고…… 그, 그것보다 얼른 따라가는 편이 좋겠지? 여기서 소란을 떨어도 해결되지 않을 테고. 그리고, 이것 봐."

미안한 듯이 고개를 움츠리고 주변에 시선을 돌렸다. 그에 덩달아 스푸트니크도 둘러보자 다른 손님들이 조금 떨어진 곳에서 무슨 일인지 이쪽으로 시선을 보내고 있었다. 그중에 나츠의 얼굴을 아는 손님이 있었는지 사건이다 뭐다 하고 속닥이는 목소리도 섞여 있었다.

구경거리가 아니라고 스푸트니크가 노려보자 그들은 시선을 돌렸지만, 그것은 단순한 임시방편에 지나지 않는 데다 애초에 현재 상황에서의 최대 문제는 많은 사람들의 시선을 제거하는 간단한 것이 아니었다.

"손님은 이쪽에서 어떻게든 대처할게. 괜찮으니 세 사람 모두 얼른 가봐. 클루가 분명 곤란해하고 있을 거야."

점원이 말에 끼어들었다. 조금 전에 메모를 쥐고 있던 손을 두 번 정도 흔들더니 스푸트니크의 눈을 똑바로 보았다. 그는 아무 말도 하지 않고 걸음을 돌려서 황새걸음으로 걷기 시작했다. 나츠와 강아지 아저씨가 뒤따라오는 것을 기척으로 알 수 있었다.

자재상 점원의 배웅의 말을 들으며 그는 문을 힘껏 당겨 열었다.

여전히 높이 떠 있는 태양의 빛이 짜증날 만큼 눈을 고통스럽게 했다. 어찌할 수 없는, 콸콸 솟구쳐서 멈추지 않는 자신의 감정에 혀를 살짝 차고 나서 스푸트니크는 등 뒤를 향해 물었다.

"어이, 강아지. 쿠, 어느 쪽으로 갔어?"

"왼쪽으로요. 그리고 나서 저쪽 모퉁이를 돌아서, 그리고."

강아지 아저씨의 지시에 따라 거리를 뛰었다. 그렇다고는 하나 강아지 아저씨도 도중에 그녀를 시야에서 놓쳐서 자재상까지 돌아왔다고 했기에 중간부터는 골목길을 들여다보며 찾고는 돌아오기를 반복했다.

그리고 걸어가는 거리가 서서히 어두워지고 좁아지고 가늘어지자 정말로 클루는 이런 곳에서 헤매고 있는 걸까, 어딘가에서 놓치지는 않았을까, 그렇지 않으면 강아지 아저씨의 기억이 잘못된 것은 아닐까, 하고 스푸트니크와 나츠의 마음에 의심이 생기던 무렵이었다——

——근처에서 아이의 비명이 들렸다.

5

"싫어어어어어어어어어!"

귀청을 찢을 듯한 클루의 비명이 골목길의 어둠을 갈랐다.

목청 깊숙한 곳에서 뻗어내는 큰 소리에 기가 꺾였는지 그녀의 어깨를 잡은 손이 흠칫하며 떨어져나갔다.

그 한순간의 기회를 놓치지 않았다. 클루는 남자들에게 등을 돌리고 전속력으로 달리기 시작했다.

"앗, 야!"

기다려, 하고 목소리가 날아왔지만 들리지 않는 척했다. 흘러내릴 듯한 눈물을 참을 여유도 없이, 돌아보지 않고 앞만 보고 머리카락을 흩뜨리며 달렸다. 잡힐 수는 없다, 만약 잡힌다면. 눈을 한 번 깜박일 때의 짧은 어둠에 오랜 기억이 되살아났다. 지저분한 바다, 상스러운 말, 추잡한 남자──그 사람이 없는 세계.

그런 곳에 다시 가기 싫었다.

그러나 방향은 물론 알 수 없었고, 몸은 족쇄를 채운 듯이 좌우간 무거워서 자신이 앞으로 가는 것을 방해했다. 발이 느리다. 숨을 들이쉬어도 폐가 고통스러웠다. 귓속에서 심장이 뛰었고, 목에서 쌕쌕거리는 소리가 들렸다.

──사고에 충분한 산소를 얻지 못하고 이윽고 자신이 지금 정말로 호흡할 수 있는지조차 알 수 없어졌을 무렵──.

그녀는 자신의 이름을 부르는 목소리를 들었다.

"클루!"

동시에 정면에서 갑자기 나타난 누군가와 부딪쳤다.

그 사람은 품에 뛰어 들어온 클루를 망설임 없이 끌어안았다. 그것은 도망가는 것을 방지하기 위해서라기보다도 클루를 보호하기 위한 행동인 듯했다. 그 증거로, 등에 둘러진 그 팔이 무척이나 자상하게 느껴졌다. 예전에 학대만 당하며 하루하루를 살아왔던 그녀에게 있어서 그 차이는 또렷했다.

그렇다면 이 사람은. 스푸트니크의 이름을 부르다가 멈춘 것은 그 사람이 그가 아니라는 사실이 명확해서였다. 그는 클루를 그렇게 부르지 않으며, 무엇보다 지금 자신이 얼굴을 묻고 있는 폭신폭신하고 부드러운 가슴은 여성 특유의——지금의 클루에게는 아직 없지만 언젠가 이만큼 멋있어질 것이라고 믿고 있다——것이었다.

모성을 느끼게 하는 가슴에서 고개를 들었다. 눈이 마주친 그녀는 "무사하구나" 하고 속삭이더니 빙긋이 웃었다. 차분하지 못한 호흡 속에서 어떻게든 그녀의 이름을 불렀다.

"나츠 씨?"

"오랜만이야. 조금 전에 봤다고 하는 편이 맞으려나?"

그녀의 부드러운 미소에 어깨에서 힘이 쭉 빠졌다.

그와 동시에 품속에서 무언가가 미끄러져 떨어질 듯해서 황급히 다시 끌어안았다. 떨어지려고 한 그것은 종이봉투였다. 구입한 잉크가 담겨 있는 소중한 종이봉투. 달리는 동안 너무 꽉 쥐었는지 봉투 가장자리가 눅눅해져서 변색되어

117

있었다.

나츠는 왼팔을 클루의 어깨에 두른 채 "그럼" 하고 중얼 거리더니, 재킷 안쪽에 손을 넣었다. 그리고 꺼낸 것은 두 번 접힌 수첩이었다. 그녀는 그것을 클루를 쫓아온 남성을 향해 치켜들었다.

"꼼짝 마! 경찰국 리아피아트 지부 경찰관 나츠입니다……어, 너희는?"

범인을 견제하기 위한 것일 터인 말이 끊어졌다. 대신해 서 얼이 빠진 목소리가 이어졌다. 그리고 그에 되돌아온 남 자들의 말 또한 의외의 것이었다.

"어?"

"나츠 누나?"

역시나 얼이 빠진 목소리로 그들이 입에 올린 것은 그녀 의 이름이었다. 어째서인지 그들 또한 나츠의 이름을 알고 있었다.

"아는 사람……이에요?"

"으응. 이 아이들은……."

하지만 나츠의 그 말을 가로막고.

"네놈들이었어? 우리 종업원에게 발칙한 짓을 저지르려 고 한 빌어먹을 꼬맹이들이."

땅 밑에서 울려 퍼지는 듯한 위협적인 목소리가 이 어둑 어둑한 골목길에 울려 퍼졌다.

그것은 소년 두 사람의 등 뒤에서 나는 소리였다. 소리의 존재를 알아차린 그들이 흠칫하며 돌아보기──보다 빨리 뻗어 온 팔이 담배 소년의 멱살을, 문신 소년의 목덜미를 잡았다.

나타난 것은 청년 한 사람이었다. 입가가 웃음을 짓듯이 일그러져 있었지만, 그것이 웃음이 아니라는 사실은 경직된 뺨과 미간에 깊게 패여 있는 주름, 그리고 손등에서 떨리는 힘줄을 비롯한 그 외 여러 가지, 서 있는 모습의 모든 것이 증명하고 있었다.

여느 때와 다르지 않은 검정에 잿빛. 그 아이와 아주 닮은 색으로 배합된, 스푸트니크 보석점의 점주이자 클루의 고용주──스푸트니크가 그곳에 있었다.

"이봐, 뭐 하는 짓이야. 그냥 넘어갈 거라고 생각하진 않겠지?"

"어, 아, 아니에요."

가까이에서 분노를 받고 필사적으로 고개를 가로젓는 남자──아니. 유심히 관찰해보면 그들은 클루에 비해서는 확실히 나이가 많기는 하나 스푸트니크나 나츠보다는 어려 보였다. 십대 후반쯤인가, 아직 소년이라고도 할 수 있을 정도의 얼굴이었다.

그런 두 소년이 스푸트니크의 손에 잡혀서 도망갈 곳 없이 바들바들 떨고 있었다. 그건 그럴 것이다. 몇 사람이나 되는 도둑을 묵사발 낸 전직 행상인의 눈빛을 평화로운 마을에서 자란 소년이 당해낼 수 있을 리가 없었다.

"저희는 그러니까, 저 애가 미아 같아서, 그러니까, 겨, 경찰에게 데려다주려고 했을 뿐인데…….."

"문신에 담배나 피우는 녀석들의 변명은 도저히 믿을 수가 없군."

"어."

한쪽 소매로 들여다보이는 문신, 한쪽이 물고 있는 불을 붙이지 않은 담배.

서로 그것들은 보고 이윽고 쉰 목소리로 먼저 설명을 하기 시작한 것은 문신을 한 쪽이었다.

"아, 이거, 아, 아니에요. 진짜가 아니라 페이퍼 타투라서 이, 이것 봐요, 금방 벗겨지는 거예요…… 진짜 불량한 건 이 녀석이에요, 담배 같은 걸 피우고, 그죠?!"

"앗, 너 이 자식 비겁해――그럼 나도 이것 봐요, 담배가 아니라 초콜릿이에요! 종이로 싸서 이렇지만 살짝 벗기면 이거 봐요, 내용물은 초콜릿으로…… 야, 너 초콜릿 줄게! 이것 봐! 엄청 단 거야, 맛있어! 그러니 이 오빠 어떻게 좀 해줄 수 없을까?"

담배 소년이 품에서 꺼낸 작은 상자를 클루에게 내밀었다. 쭈뼛쭈뼛 받아서 열어 보니 안에는 아직 몇 개의 담배, 를 닮은 포장지로 싼 초콜릿 스틱이 여러 개 있었다.

감사 인사를 해야 할지 망설이고 있자 이번에는 문신 스티커를 붙인 소년이 거친 소리를 냈다.

"뭐어?! 너 왜 너만 살려고 하는 거야, 완전 최악이거든?!

……저, 저기, 너, 너어, 초콜릿보다 이게 좋지 않아? 스티커! 뺨에도 붙일 수 있는 데다 리본이라든가 귀여운 것도 있고──아, 지금은 없지만 집에 가면 귀여운 토끼랑 고양이도 있어, 동물 좋아하지 않아?"

"너도 매수하고 있잖아!"

"시끄러, 자존심보다 목숨이 당연히 중요하잖──."

"──우리 귀여운 종업원에게 뇌물을 제안하는 건가. 배짱 한번 좋군."

두 사람의 싸움에 스푸트니크의 차가운 목소리가 울려 퍼졌다. 분노의 감정이 짙은 음성과 눈동자에 두 사람 모두 눈물을 글썽였다.

"두 분, 반죽음 정도로 만족해주시면 안 될까요? 네에?"

"으, 으, 으으……."

"기다려, 스푸트니크."

거기에 끼어든 것은 나츠였다. "잠시 기다리렴" 하고 클루를 떼어놓더니 스푸트니크를 향해 대치했다.

그 순간 소년들의 눈에는 흠칫하고 희망의 빛이 생겼다. "나츠 누나!", "나츠 누님!" 하고 마치 그녀가 여신이나 무언가인 양 부르며 스푸트니크의 손에서 탈출하더니 나츠의 발에 들러붙었다. 따분해진 그는 비어 있는 팔로 팔짱을 끼고 눈앞의 '구제의 여신'을 노려보았다.

"뭐야, 나츠, 방해하지 마. 천하의 경찰나리가 뭐라고 할지는 모르지만, 내 법에는 '내 사유 재산에 손을 댄 녀석은 일족 몰살'로 명기되어 있으니 내버려둬. 만인은 법 아래에서 평등해."

"얼른 법을 개정하길 권할게. 그게 아니라도 이 녀석들을 더욱 손쉽게 응징할 수 있는 방법이 있다고 말하는 거야."

"뭐어?"

수상쩍은 것을 보듯이 눈살을 찌푸렸다. 나츠를 믿고 안 믿고에 앞서 그녀가 하고 싶은 말의 뜻을 이해할 수 없다는 모습이었다.

"무슨 뜻이야? 아니면 너도 이 녀석들이랑 한패냐? 경찰서에 밀고할 거야."

"아니야. ──있잖아, 너희들."

스푸트니크의 농담──아마도 그렇겠지──을 나츠는 단 한마디로 끊어내버렸다. 그리고 그녀는 발밑으로 시선을 보내더니 여전히 자신의 발에 달라붙어서 떨어지지 않는 '신자'들을 향해 불쑥.

이렇게 '신탁'을 거듭했다.

"엘사한테 말할 거야."

엘사.

그 이름을 가진 사람을 클루는 알고 있었다. 근처 찻집 웨이트리스로 활짝 웃는 얼굴이 멋진 여성이었다. 오늘 오전 중에 막 만났을 때도 클루의 익숙하지 않은 접객에 불만 한마디 하지 않고 상대해주던 무척이나 상냥한 사람이었다. 적어도 클루에게는 그런 인상을 가진 사람이었다. ──하지만.

나츠의 말에 그들은 마치 이 세상의 끝을 본 듯한 얼굴을 했다. 나츠의 발에서 서둘러 떨어지더니 두 사람 모두 그 자리에 정좌하여 이마를 땅에 박을 기세로 고개를 깊이 숙였다. 그리고 비명처럼 이렇게 반복했다.

　"누나한텐! 누나한테는 말하지 마, 잘못했어!"

　"뭐든 할게! 뭐든! 그러니 누나한테만은!!"

　그 표변하는 모습에 천하의 스푸트니크도 놀라고 기가 막히는 모양이었다. 팔짱을 풀더니 함께 간청하기 시작한 두 사람을 힘없이 가리켰다.

　"이 녀석들 엘사의 뭐야?"

　"동생이야. 불량스럽게 행동하고 싶은 나이인지는 모르지만, 요 근래 찻집 일을 자주 땡땡이치고 이렇게 불량하게 놀고 있어. 그래서 내가 순찰 중에 발견해서는 엘사에게 인계하고 있지. 그 앤 동생들 교육에는 정말 엄격하니까 가장 좋은 뜸질이 될 거야. 아, 참고로 이 아이들, 쌍둥이야. 얼굴 닮았지?"

　듣고 보니. 클루는 두 사람의 얼굴을 다시 보았다. 처음에는 골목길이 어둑어둑하고 자신과의 키 차이도 있어서 알아차리지 못했지만, 확실히 외모는 쏙 빼닮아 있었다. 눈물과 콧물로 엉망진창이 되어 있었지만, 망가진 그 모습 또한 비슷했다.

　"하지만, 하지만 나츠 누나, 우리 오늘은 정말 아무 짓도 안 했어, 그냥 불량소년 놀이를 하고 있었을 뿐이야."

"정말이야, 나츠 누나. 믿어줘. 저 아이도 미아 같아서 경찰에 데려다주려고 했을 뿐이야, 믿어줘."

"이 이상 용돈이 줄면 우린 이제 아무 데도 놀러 못가."

"나츠 누나, 도와줘."

번갈아 말하며 엉엉 흐느껴 우는 두 사람에게 나츠는 한숨을 깊이 쉬었다. 다시 스푸트니크 쪽을 향하더니 이걸로 알겠지, 하는 듯한 표정을 지었다.

"……뭐, 그러니까 이 녀석들은 나한테 맡겨줘. 해롭게 해줄 테니까."

"그거 보통은 '해롭게는 안 할 테니까' 아냐?!"

"나츠 누나가! 나츠 누나가 배신했어!!"

"시끄러. ──스푸트니크, 당신은 해야 할 다른 일이 있잖아. 그치, 클루?"

이름을 불리자 클루는 흠칫하고 등줄기를 바로 잡았다. 동시에 스푸트니크의 시선이 클루를 향했다. 조금 멀리서 보이는 잿빛 눈동자. 어째서일까, 클루가 가게를 나오고 나서 시간이 그다지 흐르지 않았는데, 그의 모습을 마지막으로 본 지 몇 만 년이나 흐른 것 같은 느낌이 들었다.

'그럼, 나는 먼저 갈게'라는 말을 남기고 나츠는 계속해서 아우성치는 쌍둥이를 데리고 다른 골목길로 사라졌다. 분명, 쌍둥이를 엘사에게 넘기러 간 거겠지. 엘사가 지금 어디에서 무엇을 하고 있는지는 모르지만, 시내에 있는 것은 거의 확실했다.

사라져 가는 나츠를 배웅하고 나서 스푸트니크를 다시 올려다보았다.

"뭐, 아무 일도 없어서 다행이야."

그는 여느 때처럼 그렇게 말했다. 오랜만에 보는 고용주의 모습에, 자신도 이유를 알 수 없는 충동이 솟구쳐왔다. 그러나 아주 잠시 떨어져 있었을 뿐인데 울기는 창피해서 무언가 어물쩍 넘길 수 있는 것을 찾느라 주변을 둘러보았다.

그리고 발견한 것은 쥐고 있던 종이가방의 존재였다. 클루는 스푸트니크의 품에 그것을 떠밀었다.

"저기, 저기, 이, 이, 이거. 샀어요. 잉크, 샀어요!"

"그렇군."

외치듯이 말하며 전하자, 클루의 기세에 놀랐는지 스푸트니크는 종이봉투를 받아들며 쓴웃음을 지었다. 틀림없는 그의 목소리에 존재에 뭐라 말할 수 없는 안도감이 마음속에 퍼졌──그때 문득 한 가지 의문이 머릿속에 떠올랐다.

──'스푸트니크는 어째서 여기에 있는 걸까'.

그렇다. 자신을 심부름 보내고 그는 가게를 지키고 있지 않았던가. 그런데 어째서 이런 어둑어둑한 골목길에.

생각하다 클루의 머릿속에 한 가지 가능성이 떠올랐다. 어쩌면 그는.

생각난 그것을 그녀는 그대로 말했다.

"나를, 찾으러……?"

묻는 목소리가 떨렸던 것은 기쁨 때문이 아니었다. 그의 기대에 부응하지 못했다는 슬픔 때문이었다.

스푸트니크는 그녀가 혼자서 심부름을 갔다가 돌아올 것이라고 믿고 그녀를 보냈다. 그런데 실제로는 미아가 되어 돌아오지 못해서 찾으러 오게까지 하다니. 이래서는 칭찬을 받기는커녕 그에게 있어서는 민폐 그 자체이다. 이래서는, 클루의 이상과는──'그의 곁에 서 있는 여성'과는 거리가 멀었다.

조심스러운 클루의 물음. 그 물음에 어째서인지 그는 눈을 크게 뜨고 기세에 눌린 듯 꽁무니를 뺐다. 무언가 하려던 말을 삼키는 것 같기도 했다.

이윽고 얼굴을 돌린 스푸트니크가 내뱉는 양 불쑥 한마디, 중얼거리듯이 한 대답은.

"아니야."

예상하지 않았던 대답에 무심코 어, 하는 소리가 새어 나왔다.

클루는 그가 일부러 데리러 와줬다고만 생각하고 있었기 때문에, 그래서 틀림없이 "정말이지, 번거롭게 하고 말이야"라든가 "너 같은 꼬맹이한테 심부름을 시킨 게 잘못이지" 하고 여느 때처럼 빈정거리며 웃을 것이라고 생각했다.

하지만 그는 그러지 않았다. 돌린 고개를 원래대로 되돌리고 그녀의 머리에 얹은 손을 도로 물리고는 다시 클루를 보았다. 잿빛 눈에 놀란 빛은 이미 없었고 여느 때와 같이 누그러들어 있었다.

그리고 역시 여느 때처럼 사람을 깔보는 표정으로 말을 이었다.

"착각하지 마, 누가 네 녀석의 귀가 시간 따위를 걱정하겠어. 깜박하고 안 산 물건이 있어서 나왔다가 우연히 근처에서 비명이 들리니까 와봤을 뿐이야. ——잘 들어, 다시 한 번 더 말할게. 누, 가, 네 녀석을 찾으려고 중요한 가게를 내팽개치고 나오겠어."

그 말을 듣고 클루는.

뇌리에 떠오른 단 한 가지 말과 더불어 흥분했던 머릿속이 빠르게 맑아져가는 것을 느꼈다. 그와 동시에 치솟던 눈물도 쏙 들어갔다.

머리에 떠오른 말은 다름 아닌——'그것도 그렇다'였다.

자신밖에 생각하지 않는 이 어르신이, 울며 겁에 질린 자신을 내쫓아서 물건을 사러 가게 한 이 사람이, 걱정해서 찾으러 올 리가 있겠는가. 답은 '아니다'였다. 이 사람이 하는 일이다, 클루의 귀가가 다소 늦어진다고 한들, 늦은 귀가를 이상하게 생각한다고 한들, 분명 이 사람은 그런 걱정은 하품 한 번으로 잊어버리겠지.

클루는 이기적이라고 생각했다. 스푸트니크가 아니라, 자신의 마음이 말이다. 걱정을 끼치고 싶지 않다고 생각했는데, 실제로 걱정하지 않았다고 하자 그것도 괘씸하게 여겨졌다. 이쪽이 얼마나 외로웠는지 알기는 할까. 불안하고 외롭고 너무 무서워서——.

하지만.

그의 말은 거기서 끝나지 않았다. 다시 그녀의 머리에 손을 얹고 웃더니 "게다가" 하고 말을 이어갔다.

그리고 누구보다 사랑스러운 클루의 고용주는.

집을 나오고 나서 그녀가 쭉 듣고 싶었던 말을 그녀에게 확실하게 해주었다.

"처음부터 말했잖아, 난 네가 혼자서 심부름을 할 수 있다고 믿고 있다고. 네 역량을 의심해서 데리러 올 리가 없잖아. ──잉크, 제대로 샀구나. 잘했어."

그는 그녀의 노력을 확실히 인정해주었다.

놓인 손이 그녀의 머리카락을 거칠게 헝클였다. 그 난잡한 손놀림 또한 사랑스러워서 참을 수 없었다. 마음속에서 흘러넘칠 듯이 가득 찬 감정이 자칫하면 눈물로 바뀔 것 같아서 클루는 스푸트니크의 품에 뛰어들었다──그리고.

목 깊숙한 곳에서 치밀어 오르는 이물감. 늘 있는 일이다. 무슨 일이 일어날지 바로 알 수 있었다.

고개를 조금 낮추고 양손을 입가에 갖다 댔다.

"쿠─? ……아."

의아한 듯이 이름을 불렀지만 그 또한 아는 일이었다. 바로 짐작이 간다는 듯 고개를 끄덕이고 등을 천천히 쓰다듬어주었다.

그리하여 클루는 두세 번 헛기침을 반복했고.

이윽고 그녀의 손 안에 보석 하나가 생겼다. 모습을 드

러낸 것은 예쁜 복숭앗빛의 보석이었다. 투명도가 높은 그것은 빛이 적은 이 어둑어둑한 골목길에서도 잘 빛나고 있었다.

스푸트니크는 그것을 보고 감탄한 듯이 끄덕였다.

"핑크 토르말린인가. 알이 굵고, 금이 가 있지도 않고, 아주 투명해. 품질이 상당하군."

품질이 상당하다. ──그것이 좋은 물건이라는 사실은 비전문가의 눈에도 잘 알 수 있었다.

빛을 정신없이 산란하는 복숭앗빛 스톤.

그것은 마치 클루의 마음에 가득 부풀어 오른 수줍은 마음이 그대로 형태를 이룬 것 같았다. 왠지 몹시 부끄러워서 스푸트니크의 눈에서 감추듯 손에 꼭 쥐었다.

계속.

1

초승달이 뜬 밤에 흰색이 뛰어오른다.

"우후후. 예고했던 물건, 확실히 받았어."

마법소녀는 깨진 창문의 창살에 서서 목표로 하던 보물을 입술 앞에 치켜들고 윙크를 해 보였다.

며칠 전에 예고장에 '훔치겠다'고 선언했던 그것이 지금은 그녀의 손안에서 램프의 빛을 반짝반짝 난반사하고 있었다. 소유자들의 천한 마음과는 정반대로, 커다란 물빛은 더러움 하나 모르고 아주 맑았다. 보는 한 마력은 담겨 있지 않은 모양이다.

그리고 아름다운 보석과는 대조적으로 방 안은 심하다 싶을 정도로 어지럽혀져 있었다. 책 대부분이 책장에서 떨어져 있었고, 바닥에 어질러진 서류에는 많은 발자국이 찍혀 있었다. 보석 연구용 도구는 대부분 파손된 것 같았다——다름 아닌 자신이 망가뜨렸지만 말이다.

"도, 도둑이야! 누구 없어? 누구 없냐고!"

피둥피둥 살찐 돼지 같은 그 여자는 아주 쉽게 목표로 하던 것을 손에 넣은 자신에게 말해봤자 소용없는 일이었다.

경비 대부분은 이미 마법에 잠들어 있었고, 그렇지 않은 자는 환각을 보고 있었다. 붙여둔 마법사 봉인 부적은 원래부터 이쪽에는 효과가 없지만, 기껏 사용했으니 모든 부적에 '마법소녀가 찾아뵘'이라고 낙서를 해두었다. 초상화도 덧붙인 것은 최소한의 서비스였다.

어찌 되었든 무엇을 얼마나 소란을 떨든 도와줄 사람은 한동안 오지 않을 것이다. 눈앞에서 꽤액꽤액 하고 소란을 떠는 시끄러운, 남은 돼지 한 마리는…… 망설여지지만 내버려둬도 되겠지. 이 기품 넘치는 괴도를 도둑이라고 부른 것은 상당히 괘씸하지만.

"그럼 나는 실례할게. 멋진 밤을 보내길."

탕, 하고 창살을 찼다. 마법으로 증강된 각력은 단 한 번 차는 것으로 마법소녀의 몸을 높이높이 들어 올렸다. 공중에서 일회전하여 옥상 위에 착지한 후 마법소녀는 가벼운 발걸음으로 달리기 시작했다.

마법소녀 나기땅. 근래에 마녀협회를 불현듯이 소란스럽게 하고 있는 괴도의 이름이었다.

마법사라면 소속 의무가 있는 마녀협회에 어째서인지 등록되어 있지 않은 수수께끼 마법사로, 그 사랑스러운 이름과 외양――많은 사람들이 어째서인지 '웃기지도 않는다'고 하지만――어느 청년은 달리 불러도 되는데도 불구하고 '변태'라고 부르기도 했지만――과는 정반대로 하는 행동은 보관되어 있는 마법 도구를 훔치거나 파손하는 등 쾌락범이 저지르는 범죄뿐이었다.

라는 말을 듣고 있다는 사실은 마법소녀 자신도 알고 있었다. 알고 있었지만, 고칠 마음 없이 오늘도 변함없이 목표 달성에 부지런히 힘썼다.

그리고 오늘 밤에 마법소녀가 '훔치겠다'고 선언한 것은 어느 연구실에 보존된 아쿠아마린 하나였다.

보통 보석의 30배나 되는 마력을 담을 수 있다는 소문을 듣고 어딘가의 관계자로부터 구입한 듯하지만, 아마도 그 소문 자체가 가짜라는 것은 어렴풋이 예측하고 있었다.

──하지만 그럼에도 마법소녀는 그것을 훔치러 갈 이유가 있었다.

추격자의 기척은 없었다. 가짜 '고성능'을 애초에 지킬 마음이 없었을지도 모르지만, 마법소녀는 그만큼 잡을 가치가 있는 인물이었다. 가짜 정보에 들인 연구비용의 적자가 상쇄되는 것뿐만 아니라 거스름돈마저 나올 정도로 말이다.

그래서 좀 더 진지하게 나오지 않을까 생각했는데, 정말이지 보람 없는 녀석들이다.

······밤의 어둠에 자신의 망토가 나부꼈다.

그러나 오늘 밤에는 달빛이 몹시 밝은 듯했다. 휘감기는 그것이 여느 때보다도 한층 더 밝게 느껴졌다──한눈을 판 순간.

순풍이 훅 불어왔다.

"으앗."

바람이라면 평소에는 그다지 신경 쓰이지 않았을 것이다. 하지만 때마침 다른 생각을 하고 있던 탓에 허를 찔렸다. 돌풍에 자세가 흐트러져서 짧은 비명을 지르며 지붕에 왼손을 짚었다. 자세를 낮춘 채 바람이 지나가게 했다.

동시에 마법소녀의 머릿속에 오랜 기억이 되살아났다.

바람에 펄럭이는, 몹시 밝은 흰색과 손안에서 반짝반짝 빛나는 물빛.

'그'가 만난 사람 중에 누구보다도 흰색이 어울리는 사람.

……보석을 사랑한 그녀였다.

2

마법사 소아란의 나이가 열 살 하고도 조금 넘었을 무렵의 일이었다.

그 사람을 생각할 때 강렬하게 떠오르는 것은 두 가지였다. 철 대문과 흰옷.

오랫동안 마차에 몸을 싣고 마침내 도착한 저택의 문이 몹시 높아 보인 것은 자신의 낮은 키 때문만이 아니라고 당시의 소아란은 강하게 생각했다. 그 무렵 그 사람이 살고 있던 곳은 그만큼 크고 훌륭한 저택이었던 것이다.

다가온 고용인에게 마차 창문으로 편지를 치켜들었다.

"안녕하세요, 마녀협회 본부에서 온 소아란입니다. 프랑소아즈 님으로부터 편지를 받고──."

"아아, 아아, 아가씨께 말씀 들었습니다. 잘 오셨습니다, 소아란 님."

몇 번이나 방문하여 이미 낯익은 사이가 된 고용인인 그녀는 소아란에게 전부 말하게 하지 않았다. 마음씨 곱게 방긋방긋 웃는 얼굴로 그의 방문을 환영했다.

"멀리까지 오시느라 수고 많으셨습니다. 지금 문을 열게 할 테니 조금만 기다려주십시오. 아아, 아가씨께도 보고 드리겠습니다. 소아란 님께서 도착하기를 애타게 기다리고 계신 듯하셨거든요."

"늦어져서 죄송하다고 전해주십시오. 프랑소아즈 님은 화가 나지 않으셨나요?"

"아가씨는 그 정도 일로 화를 내지는 않으십니다."

농담으로 받아들인 듯한 고용인은 그렇게 웃어넘겼지만——과연 어떠려나.

소아란은 마음속으로만 그렇게 중얼거리고 혀를 내밀었다. 그 '아가씨'는 언뜻 보기에는 다소곳하지만 실제로는 상당히 다루기 곤란한 사람이었다. 다만 그 본성을 모르는 고용인에게 일부러 그 사실을 전할 필요는 없었다. 빙긋이 웃음 지어서 어떻게든 해석되는 반응을 했다.

그가 사는 서쪽 동네에서 이 저택에 오기까지, 이번에는 마차로 하루 하고 조금이 걸렸다. 마법으로 날아오면 그런 수고는 필요하지 않겠지만 약혼자를 방문할 때 마법을 사용하지 않고 마차를 타고 오는 것은 일종의 예의이고 자신에게

적의가 없다는 사실을 나타내기 위한 작법이라고 한다.

그러나 머나먼 마을에서 간신히 찾아온 '약혼자'에게 그녀는 아마 이번에도 수고했다는 말 한마디 걸지 않을 것이다. 입을 열자마자 가장 먼저 하는 말은 분명.

"……'새로운 마법이 완성됐어요'려나?"

마침내 저택 사람에게 도착 보고가 전해진 듯했다. 큰 대문이 천천히 열리더니 멈춰 서 있던 마차가 다시 움직이기 시작했다. 여기부터는 저택 내부라서 사유지다.

소아란의 약혼자이자 동료이자 스승.

——프랑소아즈가 사는 저택.

안내받은 응접실에는 이미 홍차가 준비되어 있었다. 하지만 그것이 그의 것이 아니라는 사실을 바로 알 수 있었던 것은 소파에 착석한 형체가 있었기 때문이다.

곁에서 급사인 고용인에게 시중을 들게 하는 한 소녀의 모습이 있었다.

키는 소아란보다 조금 컸지만, 그것은 그가 체격이 작기 때문이지 그녀는 평균적인 몸집을 하고 있었다. 큰 눈을 일부러 가늘게 뜨고 있는 것은 그렇게 함으로써 자신이 어른스럽게 보인다고 믿고 있기 때문인 모양이었다. 확실히 그녀의 연령은 자신보다 두세 살 정도 위라고 언젠가 본 신상 명세서에 쓰여 있었다. 연하인 자신이 말하는 것도 이상한 이야기지만, 아직 그녀도 어른이라고는 말하기 힘들었다.

"량."

흰 원피스를 입은 그녀는 소아란의 모습을 확인하더니 손을 맞부딪치고 소파에서 일어났다. 량, 이란 그녀가 붙인 소아란의 애칭이었다. "차를 준비해드리렴" 하고 소아란을 안내한 고용인에게 지시를 내리고 발소리도 없이 조용히 그의 곁으로 다가오더니 점점 눈을 가늘게 뜨고 기쁜 듯 미소 지었다.

"오랜만이에요, 량."

"오랜만이야, 팡숑."

그래서 소아란도 그녀를 애칭으로 불렀다. ——하지만.

그녀가 이 얼굴을 보일 때마다 위화감에 뺨이 늘 경직되었다. 아니 분명, 약혼자가 사랑스러운 것은 남자로서 긍지로 여겨야 할 테지만 그녀의 '알맹이'를 알고 있으면 아무래도.

……그런 생각이 비쳐 보였는지.

"만나서 영광이옥."

고용인에게는 보이지 않는 위치에서 옆구리를 꼬집혀서 내뱉던 비명을 어떻게든 억지로 참았다. 고통을 열심히 참아냈지만, 잡은 부위를 더욱 비틀자 "으윽" 하는 소리가 또 나왔다.

"량, 하고 싶은 말이 있으면 하는 편이 마음의 건강에 좋을 거예요."

"아…… 그렇지. 우선은 옆구리가 아프다고나 할까."

"농담도 잘하셔."

방울이 딸랑딸랑 울리듯 웃는 나의 사랑스러운 그녀는 그렇게 말하더니 마침내 손을 놓아주었다. 정말이지, 시간을 엄청 들여서 일부러 찾아온 약혼자에게 무슨 짓이람——.

"아직 뭔가 있나요?"

"아무것도 없어요."

검지 끝을 턱에 대고 의아한 듯이 고개를 갸웃거리는 그녀에게 즉답했다.

알고 있는 주제에 모르는 체하며 그녀는 "이상한 사람"이라고 말했다. 하지만 그것도 늘 있는 일이라서 화는 나지 않았다. 애초에 가면을 쓰고 있는 것은 이쪽도 마찬가지다. 얼얼하게 남은 옆구리의 위화감이 얼른 사라지기를 빌면서 소아란은 다시 경직된 웃음을 지어 보였다.

프랑소아즈. 애칭은 팡숑이라고 한다.

그녀는 소아란의 약혼자이다. 그렇다고는 하나 불타는 듯한 엄청난 연애 같은 것은 전혀 아니었고, 단순히 마법사 집단인 마녀협회로부터 '훗날에 이 아가씨와 함께하도록'이라고 쓰인 종잇조각 하나를 받았을 뿐이었다.

서로가 이상형도 아니었고 앞으로도 그것이 달라질 일은 우선 없었지만, 이 이상 협회로부터 쓸데없는 혼담을 강요받는 것보다는 훨씬 나으리라는 점은 의견이 서로 같았다. 요컨대 이해가 일치하는 것이었다. 한쪽은 영애로서 한쪽은 협회에 길러진 몸으로서 가식적으로 행동하는 데에는 자신이 있었다. 그 때문에 주위에서는 그들 두 사람을 아직 어리지만 잘 어울리는 커플로서 인식하고 있는 모양이었다.

──속사정은 어떠하든.

팡슝은 기울인 고개를 원래대로 돌리고 뺨에 손을 갖다 대더니 재회의 기쁨을 말했다. 훌륭한 가식 여왕이라는 칭찬을 보냈지만, 또 속마음을 읽힌다면 참을 수 없을 듯했다. 소아란은 자신의 표정에서 그녀가 무언가를 찾아내기보다 빨리 물었다.

"그런데 팡슝. 오늘은 무슨 용건이죠?"

"우후훗. 사실은── 아, 때마침 차가 온 것 같아요. 차를 들면서 이야기하죠."

그녀의 권유에 소파에 허리를 파묻었다. 보드라운 쿠션이 긴 마차 여행으로 아픈 엉덩이를 위로하듯 감싸주었다. 만나자마자 꼬집어주었던 어딘가의 약혼자님과는 천지차이였다.

따뜻한 기운이 올라오는 잔을 받고 고용인에게 감사 인사를 했다. 다시 팡슝에게 묻자 그녀는 자신의 잔을 집어 들더니 이렇게 답했다.

"사랑스런 약혼자님을 만나고 싶었으니까는 어때요?"

"그렇다면 무척이나 기쁘겠지만, 뭔가 용건이 있는 것 같아서요."

"역시, 량. 총명한 당신은 뭐든지 아는군요."

"뭐든지는 지나친 말입니다. ……제가 아는 건 당신에 관한 것 정도지요."

"어머나."

소아란의 말에 놀란 듯 조금은 수줍은 듯 손으로 입술을
가렸다. 하지만 한순간 찡그린 눈썹이 '언짢다'고 그녀가 혐
오스러움을 느끼고 있다는 사실을 가르쳐주었다. 그녀를
불쾌하게 만들었다는 사실에 약간 우월감을 느꼈다.

하지만 그것도 정말 한순간이었다. 그녀는 바로 상태를
회복하더니 이런 말을 했다.

"실은 말이죠, 무척이나 멋진 게 손에 들어왔어요."

"멋진 거?"

"네에. 괜찮다면 제 방에 가지 않을래요?"

미혼 여성이 남성을 방에 들이는 것은 본래라면 있어서는
안 되는 일이었다. 그러나 두 사람이 약혼한 남녀라는 사
실——이라기보다 아직 어린아이라는 사실이 주변의 시선
을 누그러들게 했다. 손에 손을 맞잡고 즐거운 듯 함께 웃
는 두 아이.

그래서 그 권유에 망설이는 척할 필요는 없었다. 소아란
은 빙긋이 웃으며 답했다.

"오늘은 뭘 보여주려나. 기대되네요."

어차피 또 시원찮은 것일 테지만 말이다.

그렇게 생각한 순간, 다시 마음을 읽은 듯했다. 팡송은 입
가에 손을 갖다 대서 그에게만 보이도록 히죽 웃었다. ——
역시 시원찮은 게 틀림없다.

그녀의 장래 꿈은 학자가 되는 것이라고 한다. 마법 연구를 하는 것을 좋아해서 자주 백의를 입고는 무언가 약품을 배합하거나 생물을 교배했다. 그리고 그 결과로 생긴 것, 손에 넣은 것이 자신의 기준에서 뛰어나다고 판단되면 유일하게 그녀의 본성을 알고 있는 소아란에게 편지를 보내어 불러서 자랑했다.

다만 그 대부분은 초고속으로 공중을 나는 뱀이라든가 사람의 언어를 이해하는 두더지라든가 하는, 태반이 어디에 도움이 되는지 알 수 없는 물건이었다. 그래서 또 그럴 것이라고 생각했지만──

──그러나 이번에는 달랐다. 왠지 기분 나쁜 미소를 짓던 얼굴을 조금 일그러뜨리더니 여느 때처럼 청초한 표정으로 바꾼 그녀는 역시 방울소리 같은 목소리로 이런 말을 했다.

"'광석증'에 대한 자료를 손에 넣었어요."

*

바람이 어느 정도 가라앉자 마법소녀는 다시 달렸다.

……그렇다, 그때였다. 자신의 하얀 스커트가 바람에 나부끼는 것을 느끼며 마법소녀는 멍하니 떠올렸다. 소아란이 처음으로 광석증에 대한 책을 읽은 것은.

아직 자신의 키가 여자아이보다 작았을 무렵, 아직 '약혼자'가 살아 있었을 무렵의 이야기. 무척이나 오래된 기억이었다.

그리고 그 기억에 관련하여 떠오르는 여자아이가 한 명 더 있었다.

"클루는 잘 지내고 있으려나."

마법소녀는 한 소녀의 이름을 읊조렸다.

동쪽 도시의 보석점에서 종업원으로 일하고 있는 소녀. 커다란 다갈색 눈을 가늘게 뜨고 웃는 모습이 인상적인, 씩씩하고 귀여운, 보석을 토해내는 소녀. ……본인과 그 고용주는 그런 체질이 아니라고 부정했지만.

하지만——.

"……누구야."

그쯤에서 생각을 멈춘 것은 마법소녀의 생각을 방해하는 것이 있었기 때문이다.

마법소녀의 집중을 끊게 한 것. 그것은 목덜미를 손톱으로 어루만지는 듯한 불쾌한 기척. ——시선.

또 이건가, 하고 마법소녀는 눈살을 찌푸렸다. 요 근래 마법소녀로서 땅을 박찰 때 빈번히 느끼는 것이었다.

이쪽을 보기만 할 뿐 일절 손을 대지는 않는다는 점과 마법소녀를 잡으려고 하는 마법사들과는 다른 인상을 받는다는 점에서 무시하기로 작정했지만, 계속해서 방치하기에는 불쾌했다.

"적당히 하고 나와."

차가운 시선으로 돌아보고 말을 걸었다. 낮게 쥐어짠 목소리가 과연 상대에게 도달했을까. ──이렇게나 뜨겁게 이쪽을 바라보고 있다, 못 들을 녀석은 아닐 것이다.

그러나 그에 답한 목소리는 예상했던 방향에서가 아니었다.

"들켰다면 어쩔 수 없군."

흠칫하고, 목소리가 나는 방향으로 고개를 돌렸다.

그 사람은 마법소녀와 마찬가지로 지붕 위에서 이쪽이 가는 길을 막듯이 서 있었다.

걸친 옷은 마법소녀와 정반대의 색, 마법사의 정식 복장인 검은 로브였다. 발밑까지 몽땅 덮은 그것은 내려오는 별빛마저 빨아들여 모습을 밤에 녹이려고 하는 듯했다. 대체 뭐가 들어 있는 것인지, 메고 있는 가방도 까맸다.

어둠을 즐기는 그런 차림을 하고 있는데도 달빛을 받아서 그녀를 빛나게 하는 것이 있었다. 그것은──긴 플래티넘 블론드?

"……뭐야, 이번에도 있었어?"

"'이번에도'는 뭐야, 실례잖아."

찾는 건 네가 아니야, 라고 말하고 싶어지는 것을 꾹 참았다.

지붕 위에서 버럭이라는 의성어가 어울릴 법한 모습으로 그렇게 말한 것은 마법소녀도 잘 아는 마법사였다.

그녀의 이름은 일라쟈였다. 마녀협회 코쿠디에 지부에 소속된 마법사였다.

　마법소녀의 표면적인 얼굴——마녀협회 코쿠디에 지부 부지부장 소아란의 부하 직원인 아가씨로, 업무 태도가 상당히 착실하고 노력가지만 가끔 지나치게 열심히 해서 헛도는 것이 옥에 티……라고 예전에 상여사정(賞與査定) 고과 자료에 쓴 적이 있다.

　대체 무슨 원한이 있는지 마법소녀를 잡는 일에 전력을 다하고 있는데, 그것은 즉 그녀의 나쁜 버릇이 나오기 쉽다는 것이었다. 그 탓에 일이 매번 어긋나기 때문에 마녀협회 사람에게는 '일라쟈는 마법소녀의 천적'이라고 여겨지고 있다는 사실을 마법소녀는 알고 있었다——정확하게는 '표면'의 귀에 들어와 있었다.

　하지만 마법소녀의 '표면'의 얼굴을 모르는 부하는 때에 따라서는 상사인 그에게 불경하게도 검지 끝을 똑바로 겨냥하기도 했다. 그리고,

　"오늘이야말로 잡겠어, 마법소녀 나기땅!"

　"흐음——……."

　여러 가지 망설임과 갈등과 자기혐오와 귀찮음이 어우러져서 그만 신음하고 말았다.

　그녀가 소리 높여 선언하자 그렇다면 어떻게 해야 할지를 생각하다 어, 하고 알아차렸다. 이쪽으로 향한 손끝이 가늘게 떨고 있었다.

　무슨 일인가 해서 걱정스러운 표정을 지었더니, 어째서인

지 일라쟈는 의기양양한 웃음을 띠었다.

이유를 몰라서 대답을 기다리자, 그녀는 또랑또랑하게 이렇게 고함질렀다.

"그런데 올라와보니 생각보다 무서워서 움직일 수 없으니까, 가능하면 내려줘도 좋아!"

"너는 왜 그렇게까지 해서 쫓아오는 거야!"

자랑스러워할 일도 아닌 데라는 생각했지만, 그것은 마법소녀를 무시하는 웃음이었던 것이 아니라 극한에 놓인 그녀가 한껏 부린 오기였던 모양이다. 표정은 금세 한심스럽게 일그러졌다.

"높아아, 무서워어."

"마법으로 내려가."

"무서워서 마법에 집중할 수가 없어!"

나무에 올라왔다가 내려가지 못하는 고양이인가.

정신을 차리고 보니 그 기척은 사라져 있었다. 숨을 죽이고 있는 것인지 정말로 사라진 것인지는 알 수 없지만, 짐작인 일라쟈가 있는 이상 지금 상대를 자극하는 것은 득책이 아니었다. 포기하고 다시 일라쟈를 보았다.

이쪽을 가리킨 자세를 유지하고 있는 것은 조금이라도 움직여서 균형을 무너뜨리고 싶지 않아서겠지. 유심히 관찰해보면 흔들리고 있는 것은 손가락뿐만이 아니었다. 다리를 바들바들 떨면서 간신히 서서 "살려줘어" 하고 가느다란 목소리로 말하고 있었다.

저런저런.

"괜찮아?"

어이가 없어하면서도 그녀의 곁으로 걸어가서 손을 내밀었다. 그러자──

어째서인지 일라쟈는 마법소녀의 목에 팔을 휘감았다.

"어?"

갑작스러운 일에 놀라자 그대로 몸이 끌어당겨져 단단히 끌어 안겼다. 평소에 비해 작은 키가 그녀의 팔에 들어가기에 딱 적당한 크기일지도 모르지만, 이건 무슨 상황일까.

원래의 모습으로 반대 입장이라면 한 방에 징계감이라고 생각하는 것으로 보아 자신은 상당히 동요하고 있는 듯했다.

"이, 일라쟈? 왜 그래?"

"후……후, 후후후."

행동의 진의를 알 수 없어서 묻자 그녀는 소리 없이 웃었다. 공포에 정신이 나간 건가 하고 걱정이 되었지만 그렇지는 않은 모양이었다.

귓가에서 외쳤다.

"걸려들었군, 마법소녀!"

"뭐어?"

"이건 연기지! 너한테는 내가 높은 곳을 무서워하는 것처럼 보일지도 모르지만, 이건 사실 널 잡기 위한 연기야! 방심하는 바람에 끝장나게 됐군, 자아, 오늘이야말로 순순히 잡히시지!"

그러셨군요.

연기, 라고 했지만.

"엄청 울고 있는 것 같은데요?"

"이건."

안겨 있는 탓에 표정 자체는 보이지 않았지만 목소리는 심하게 떨렸고, 훌쩍훌쩍 훌쩍훌쩍 하고 소리를 내면서 코를 훌쩍이고 있었다. 그래서 지적한 것인데 일라쟈는 인정하려고 하지 않았다.

마법소녀의 지적에 그녀는 아이가 억지를 부릴 때처럼 고개를 크게 저으며 이렇게 말했다.

"마음이 흘리는 땀방울이야!"

"그럼, 난 이쯤에서."

"미안해요, 잘못했어요, 두고 가지 마세요!"

팔을 뿌리치고 가려고 하자 다급히 매달려왔다.

그만 서 있는 기력도 잃은 듯 지붕에 엉덩이를 붙이고 손을 뻗어서 망토를 잡은 일라쟈에게 마법소녀는 "농담이야"라고 한숨 섞어서 말했다. 모습에 따라서는 자신의 부하에 해당하는 사람이다, 무섭다며 떨고 있는 것을 내버려두고 갈 수 있을 리가 없었다.

하지만 마법소녀의 그런 사정을 그녀가 알 리 없었다. 돌아가자 다시 세게 끌어 안겼다. "정말이지?" 하고 확인하는 그녀에게 그 횟수만큼 "정말이야"라고 답해주었다. 몇 번인가 그 말을 주고받더니 마침내 믿어준 모양이었다.

"그러니 떨어져주지 않을래? 널 지붕에서 내려주려면 이런 모습으론 안정된 마법을 발동시킬 자신이 없어."

"아, 알겠어…… 떨어질게. 그치만, 그치만, 절대로 나 혼자 놓고 가지 않겠다고 약속해."

"물론이지."

"절대로야."

"알고 있어."

그리고 그것을 납득시키기까지 다시 몇 번인가 대화를 반복하게 되었다.

추격자가 오지 않아야 할 텐데, 라고 생각하며 손바닥에 의식을 집중시켰다. 하얗게 빛나는 물방울이 하나둘 송송이 늘어나서 반딧불처럼 두 사람의 주위를 날았다.

마법소녀는 일라쟈를 등에 짊어진 채 지붕을 차서 낙하속도를 조절하며 내려왔다. 지면에 도달한 일라쟈는 그 자리에 털썩 주저앉았다.

주변을 대강 관찰했다. 두 사람이 올라가 있던 집은 아무래도 빈집인 모양이었다. 하지만 잠시 후면 누군가 다른 마법사가 마법소녀를 쫓아오겠지. 감기에 걸릴 법한 날씨도 아니고, 이곳에 방치해두고 가더라도 괜찮——

"힘이 빠져서 일어나질 못하겠어……."

——지는 않을 듯했다.

눈물을 섞어서 중얼거리며 전혀 일어나려고 하지 않았다. 평소라면 어떨지 모르지만 이 모습으로 그녀의 가마를 보는 건 드문 일이군, 하고 아무래도 상관없을 생각을 하고 있자 눈물이 그렁그렁한 초록의 눈동자가 갑자기 마법소녀를 올려다보았다.

"흐읍, 흐에, 으으읍."

"뭐어?"

"……내려줘서 고마워."

"천만에."

적이라도 도움을 받으면 감사를 표한다. 그러한 점이 성실했고, 지나치게 성실해서 내버려둘 수 없는 것이었다. 이번에 쉰 한숨은 쓴웃음이 섞여 있었다. 물론 일라쟈는 알아차리지 못한 듯했다.

그녀는 등에 짊어진 가방을 내려서 안에서 손수건을 꺼내어 뺨에 흐른 눈물을 닦았다. 다른 건 뭐가 들어 있을까, 하고 가방의 내용물이 궁금해졌다.

"그런데 오늘은 평소에 비해 짐이 많네. 뭘 그렇게 가지고 온 거야."

"후후. 널 마법으로 구속할 수 없다는 걸 알았으니, 그 이외의 방법을 모색했지. 벌벌 떨라고, 오늘이야말로 네 제삿날이다!"

"와아, 무서워라."

마음에도 없는 소리를 했지만, 그럼에도 그녀는 만족한 듯했다. 가방을 가슴에 끌어안고 이번에야말로 정확하게 '당돌한' 웃음을 지었다. 마법소녀가 말로라도 무서워하자

기분이 좋아졌는지 '보고 있으라고' 하며 기쁜 듯이 가방에
손을 찔러 넣었다.

　바스락바스락, 바스락바스락 하고 가방 속을 마구 헤집는
그녀의 모습에 생각은 또다시 과거로 날아갔다.

3

　자신의 방에 도착하자마자 팡숑은 두 사람의 시중을 들러
온 고용인을 "둘만의 비밀 이야기야"라며 내쫓았다.

　하지만 그 탓에 급사 역할은 소아란이 하게 되었다. 놓고
간 잔 두 개에 홍차를 따라서 하나를 손에 들고 뒤돌았다.
책장 가장 아래 칸에서 책을 몇 권인가 꺼낸 후 기어들어가
안쪽에서 바스락거리고 있는 팡숑은 이미 여느 때 입는 백
의를 몸에 걸치고 있었다.

　책장 가장 아래 칸의 안쪽은 사실 이중으로 되어 있었다.
가짜 판자를 제거하면 아주 작은 공간이 있었고, 그곳에 그
녀의 '보물'이 들어 있다는 사실을 소아란은 알고 있었다. 보
물——가족이나 고용인에게는 보여줄 수 없는 것, 구체적
으로는 상도를 벗어난 마법 연구 자료라든가 마법 도구라든
가 그녀 나름대로의 연구 성과라든가 하는 여러 가지였다.

　그렇다면 뭔가 도울 일이 없을까. 소아란이 그렇게 생각
한 순간.

머리를 처박고 있던 팡슝의 옆에서 검고 큰 형체가 뛰쳐나왔다.

"흐아악?!"

형체에 길고 가느다란 다리가 많이 나 있어서 혐오감에 그만 뒷걸음질을 쳤다.

하지만 팡슝은 차분하게 책장에서 머리를 빼더니 그것의 많은 다리 중 하나를 잡아서 들어 올렸다. 그러고는 눈썹을 치켜 올리고 "마음대로 나오면 안 되지" 하고 아이를 꾸짖는 듯한 말투로 말했다.

다리 하나가 붙잡힌 그것은 다른 일곱 개의 다리를 사박사박, 사박사박 움직이고 있었다. 손끝이 오염될 것 같아서 가리키기에도 꺼림칙했다. 생리적인 혐오감에 몸을 떨면서 소아란은 조심조심 물었다.

"······그거, 뭐야?"

"거미."

"보면 알아."

"그냥 거미는 아니야."

"보통 거미랑 뭐가 다르려나."

"조금 맨들맨들하게 빛나고 파삭파삭 움직여."

"그런 요소가 필요할까?!"

지적이 절반은 노성이 되었다.

그녀는, 사람이 본능적으로 싫어하는 요소를 가득 담은 듯한 대형 거미를 들어 올려서 마치 헝겊인형처럼 품에 끌어안고 고개를 갸우뚱거렸다.

"창가에 있던 걸 잡아서 마법을 걸어봤더니 상당히 괜찮은 느낌이길래 사역마로 만들어봤어. 미끌미끌하고 반짝반짝한 게 귀엽지?"

"네가 말하는 '귀여운 건' 가끔 이상해."

거미를 되도록 정면으로 보지 않도록 하며 답했다.

이목이 없는 곳에서의 그녀는 내숭을 떨 필요가 없는 탓인지 본심과 취미와 성향이 드러난다. 소아란에게 그만큼 마음을 허락한다기보다 약혼자라고 하는 존재를 동반자나 측근과 유사한 무언가라고 착각하고 있는 듯한 느낌이었다.

하지만 그것도 새삼스러운 말이었다. 그리고 그러하기에 소아란도 그녀에게만은 생각하는 바를 솔직하게 말할 수 있었다.

"적어도 좀 더 여자아이다운 걸 사역마로 이용하면 어떨까?"

"여자아이답다…… 예를 들면?"

"새나 고양이는 어떨까. 귀엽잖아."

"고양이. 확실히 그것도 귀엽네. 알겠어, 생각해볼게."

다름 아닌 약혼자님이 하는 부탁이니까, 하고 시치미를 떼듯이 말하는 그녀. 정말로 아는지 모르는지.

어쨌든 그녀가 말하는 '귀여운' 사역마를 다시 넣기로 했나 보다. 여전히 사락사락 움직이는 거미를 끌어안은 채 등을 구부리고 책장에 머리를 다시 처박자 털썩 하는 소리가 났다. 아무래도 거미를 안쪽에 집어던진 모양이었다.

그렇게 난폭하게 다루다가 죽어버리지는 않을까 걱정이 되었지만, 마법이 걸린 생물이니 아마 분명 강도도 여러모로 달라졌겠지. 적어도 그 거대한 거미가 찌부러져서 여기저기 흩어져 있는 광경은 보고 싶지 않았고 상상조차 하고 싶지 않았다.

그리고 팡숑은 찾기 시작했다. 고맙게도 그 뒤에는 자발적으로 움직이는 것이 나오는 일은 없었다.

이윽고 선명하지 않은 소리가 들렸다.

"있다."

아무래도 찾던 것을 발견한 모양이다. 잠시 후, 책장에서 기어 나온 그녀가 들고 있던 것은 책 한 권이었다.

한가운데보다 조금 앞쪽 페이지에 노란색 책갈피 하나가 꽂혀 있었다. 그녀는 스커트와 백의를 가볍게 두드려서 주름을 펴고 소아란이 들고 있던 홍차를 "고마워" 하고 당연한 듯이 받아들었다.

잔과 바꿔든 책의 책갈피를 잡아서 그 페이지를 펼쳤다. 난해한 말과 낯선 단어의 나열에 가벼운 현기증을 느끼는 소아란을 향해서 팡숑이 말했다.

"거기에 말이야, 광석증에 대한 이야기가 쓰여 있어."

"광석증."

다른 뜻이 있어서 반복한 것은 아니지만, 오해를 한 모양이었다. 그녀는 눈에 쌍심지를 켰다.

"잊었어? 전에도 이야기했잖아?"

"……아니. 기억하고 있어."

맞장구를 쳤다. 그 이름을 전에 그녀의 입을 통해 들은 적이 있었다.

광석증. 알기 쉽게 말하면 대상에게 보석을 토하게 하는 현상, 마법을 뜻한다. 마법사에게 있어서 보석은 필요불가결한 도구로 만약 보석을 자력으로 만들어낼 수 있는 사람이 실존한다면, 혹은 그런 마법이 존재한다면, 그것은 마법사에게 있어서 상당히 놀라운 일이다. 마법사 사이에서는 그러한 마법이 옛날에 존재했다고 전해져오고 있었다.

언젠가 자신이 이야기했던 것을 제대로 기억하고 있다는 사실이 기뻤는지 팡숑은 빙긋이 웃었다. 하지만 그것은, 광석증은──…… 하고 생각했지만, 지금은 그녀의 이야기를 방해하고 싶지 않았다. 감정이 얼굴에 드러나지 않도록 해서 그녀의 말이 이어지기를 기다렸다.

팡숑은 혀를 날름 내밀었다. 보석을 토해내는 것을 표현하는 제스처인가 생각했지만 그렇지는 않은 모양이었다. 어깨를 으쓱했다.

"하지만 소용없었어. 특별한 이야기는 쓰여 있지 않았어. 또 다른 자료를 찾아봐야지."

한숨을 쉬는 팡숑. 소아란은 책장에 늘어선 책 제목을 보았다.

마법학 입문, 예의 마법, 테이블 매너, 의학서, 보석 입문서…… 많은 책이 모여 있었다.

*

"있다."

잠시 가방 안을 계속 뒤지던 일라쟈는 마침내 물건을 발견한 듯했다.

그녀가 의기양양하게 꺼낸 것은 종이봉투. 접은 입구를 열어서 자랑스럽게 이쪽으로 향했다. 보라는 건가.

설마 도깨비상자처럼 보는 순간, 무언가가 튀어나오지는 않겠지. 그렇게 판단하고 들여다보자 안에는 하얀 덩어리가 들어 있었다. 덩어리는 점토와 비슷했지만, 표면이 일렁일렁 흔들리는 것을 보아 점토보다 훨씬 부드러울 듯했다.

……이건 설마.

"끈끈이."

웃는 얼굴이 그만 굳어지는 마법소녀와는 대조적으로 명랑한 목소리로 일라쟈는 그 정체를 밝혔다.

"날쌘 생물을 잡을 때는 이거라고 친구가 가르쳐줬어."

"……아, 그렇구나……."

"쉬는 날에 열심히 만들었어."

노력의 방향성이 확연히 잘못되어 있었다.

그러고 보니 요 근래 서류를 내미는 손의 손톱이 묘하게 까매질 때가 자주 있었다. 그 원인이 이거였구나, 하고 새삼스럽게 남의 일인 양 생각했다.

마법소녀의 정체도, 마법소녀가 그런 생각을 하는 줄도 모르는 그녀는 허겁지겁 가방 안에서 짤막한 봉을 세 개 정도 꺼내더니 연결하여 하나의 긴 봉으로 만들었다.

"이걸 말이지, 이렇게 해서…… 완성됐어."

익숙하지 않은 손놀림으로 봉 끝에 끈끈이를 붙였다. ……꺼림칙한 예감이 마법소녀의 머리를 스쳤다.

일라쟈는 봉 끝에 충분히 끈끈이를 붙이고 나더니 히죽 웃었다.

"어, 그거, 어쩌려……!"

"받아라앗!"

마법소녀의 말을 듣지 않고 선언과 더불어 즐거워하며 휘두르는 봉.

하지만 그렇게 나올 것이라고 예측하고 있었다. 마법소녀는 가볍게 몸을 틀어 거리를 벌려서 끈끈이를 훌쩍 피했다. 따라서 마법소녀가 끌어안고 있던 꺼림칙한 예감이란 그런 것이 아니었다.

예상외의 일은 그 직후에 일어났다. 정확하게는 '일라쟈에게 있어서' 예상 밖의 일이었다.

봉을 내민 것까지는 좋았다. 다만 그녀가 마음속으로 그리던 시나리오에 없었던 것은 자신이 주저앉아 있다는 것과 힘이 빠져서 쉽게 움직일 수 없는 상황이라는 것이었다.

힘차게 휘두른 봉을 일라쟈는 끝까지 지탱하지 못했다.

손에서 쏙 빠진 봉은 힘차게 날아올라 공중에서 한 바퀴 회전한 후 그대로 바로 아래로 낙하하여.

"아얏!"

봉이 그녀의 머리를 세차게 내리쳤다.

하지만 진정한 재난은 아픔이 아니라는 사실을 환부에 뻗은 손 덕분에 그녀 자신도 바로 알 수 있었다. ……일라랴의 얼굴이 창백해지기까지 시간은 그다지 걸리지 않았다.

"아, 끄, 끈끈이가."

"정말이지, 너란 녀석은 말이야!"

신 나게 욕을 퍼붓고 싶었지만, 양심의 가책이 방해하여 말이 잘 나오지 않았다. 끈끈이를 머리카락에 찰싹 붙이고 훌쩍훌쩍 울기 시작하는 나의 적을 돕는 나는 어쩜 이렇게 우스꽝스러운 사고방식의 소유자일까. 어째서인지 이쪽이 한심스럽게 느껴졌지만 망토를 휘날리며 다가갔다.

"움직이지 마."

그녀의 머리카락을 건드렸다. 겉보기처럼, 곱슬거리지 않고 찰랑찰랑한 부드러운 머리카락. ……에 찰싹 붙은 끈끈이.

어떻게든 피해를 최소한으로 하여 떼어내고 싶은데, 그렇다면 끈끈이를 어떻게 떼어내야 할까. 분명히 기름을…… 아니 밀가루였던가…… 하고 생각하면서 마력을 가볍게 일으키자 일라랴가 휴우, 하고 가냘픈 한숨을 뱉었다.

"이것도 실패인가."

"아니, 성공과 실패 이전의 문제겠지?"

"기껏, 기껏……."

마법소녀의 지적은 무시했다. 어깨를 축 늘어뜨리더니 그녀가 서글프게 한 말은.

"……클루 씨한테 배웠는데."

그러자.

별 뜻 없이 뱉은 그 이름은 끈끈이보다도 훨씬 마법소녀의 허를 찔렀다.

머리카락에 대고 있던 손이 그만 떨렸다. 그 알기 쉬운 동요에 일라쟈도 역시 알아차린 듯했다. 글썽이는 초록 눈동자가 이쪽을 올려다보았다.

"왜 그래?"

"아냐. 우선 봉은 빠졌어."

"아, 고마워."

하지만 어떻게든 평정을 가장하고 말을 이었다. 의아하게 여기지는 않은 것 같았다.

얕고 가볍게 호흡을 하여 목소리가 떨리지 않도록 자신을 진정시킨 다음 물었다.

"뭐야, 이거, 그 애가 가르쳐준 거야?"

"그래. '마법소녀를 잡기 위해서 노력하고 있다'고 편지에 썼더니 생물을 잡을 수 있는 '끈끈이'라는 도구가 있다면서 책을 조사해줬어. 그 앤 여러 가지 책을 읽어서 상당히 박식하거든."

"오호."

맞장구를 치면서 생각했다. ……괜한 짓을 하고 말이야.

그러고 보니 그 애도 바, 아니 약간 순수한 면이 있었다. 핀트가 어긋난 사람끼리 결탁해봤자 크게 어긋나기만 할 뿐 원래 방향으로 돌아가는 일은 없는 모양이다.

"그 애와 펜팔을 하고 있다면서. 그 앤 잘 지내고 있으려나."

"잘 지내고 있어. 오늘도 편지가."

말하다가 갑자기 입을 다물었다.

"……또 클루 씨네에 민폐를 끼칠 생각이라면 용서하지 않을 거야."

"아니야. 세상 이야기의 일환으로 한 거야."

일라쟈가 업무 휴식 시간에 가끔 기쁜 듯 웃는 얼굴로 편지를 읽고 있는 것을 소아란은 알고 있었다. 예전에 일로 만난 동쪽 도시의 아가씨와 편지를 주고받는다고 했다. 이야기를 유심히 들어보니 그건 그 보석을 토하는 소녀, 클루였다. 그런 짧은 기간 동안에 그렇게까지 사이가 좋아진 것은 의외였지만, 무언가 서로 통하는 것이 있었을지도 모른다.

애초에 고지식하고 내성적인 성격 탓인지 친구가 적은 그녀에게 장거리라고는 하나 여러모로 진심을 이야기할 수 있는 친구가 생겼다는 것은 상사로서 상당히 기뻤다.

──하지만 동시에 그 소녀가 자신에 관해 일라쟈에게 어디까지 이야기했는지, 그녀가 그 소녀에 관해서 어디까지

알고 있는지, 그것이 무척이나 신경 쓰였다.

어차피 그 소녀는 마법사의 입장에서 보면 좋은 실험동물이다. 설마 일라쟈가 그 사실을 안다고 해서 그 아이를 잡아서 무도한 짓을 저지를 것이라고는 생각하지 않지만, 그럼에도 그녀 또한 마법사이고 마녀협회의 일원이다. 어디서 정보가 새어 나갈지——걱정거리는 조금이라도 제거해 두고 싶었다.

정탐하는 듯한 눈에 시치미를 떼는 표정으로 답했다. 순진한 그녀는 마법소녀의 말에 거짓은 없을 것이라고 생각했는지 나지막한 목소리로 소곤소곤 말했다.

"매일 건강하고 즐겁게 지내고 있대. 점주님과도 무척이나 사이좋게 지내고 있다고 하고."

"그렇구나."

"그러니 네가 비집고 들어갈 틈은 없어."

"그러니까 아니래도. ……너희들 편지로 무슨 이야기를 하는 거야. 편지를 자주 쓸 만한 공통된 화제가 있어?"

"여러모로 있지. 좋아하는 사람에 대한 이야기라든가."

"오호. 너한테도 좋아하는 사람이 있구나?"

"있으면 안 돼?"

"그게 그러니까……."

불쾌한 듯한 일라쟈의 물음. ……그에 바로 답할 수 없었던 것은 그녀에게 좋아하는 사람이 있다는 충격적인 사실에 그만 숨을 삼켜서가 아니었다. 단순히 적당한 대답이 생각나지 않았기 때문이다.

그 마음 이해해. 나도 지금 좋아하는 사람이 있어서 말이지——라고 공감하는 입에 발린 말이라도 했으면 좋았을까? 그러나 솔직히 말해서 제대로 된 연애 경험이 없고 이해타산을 덜어낸 접근을 받은 적이 없는 소아란으로서는 현실감 있는 연애 이야기를 할 수 있을 것 같지 않았다.

그래서.

실컷 고민한 끝에 이렇게 답했다.

"뭐어…… 사람을 좋아하는 건 좋은 일이지."

"뭐야, 먼저 물어놓고 흥미 없는 듯이 대답하고."

이쪽도 여러모로 생각한 끝에 대답했는데. 마법소녀는 그만 뾰로통해졌다.

"딱히 흥미가 없다고는 하지 않았잖아."

"그럼 있어?"

"으응."

하지만 그래, 흥미가 있다고 묻는다면야. 호기심으로는 듣고 싶지만, 상사로서는 알아서는 안 되는 것일 테지.

미간을 찡그리며 실컷 망설인 끝에 이야기를 거들어주기로 했다. 구체적인 이름을 들으면 근무에 지장이 생길지도 모르니 무난한 쪽으로.

"그럼, 네가 좋아하는 사람은 어떤 사람이야."

"너한테 말해줄 이유는 없어."

어쩌라는 거야.

"……그치만 그치만 꼭 알고 싶다면 조금은 알려줄 수 있어."

아무래도 여자라는 생물은 연애 이야기가 나오면 수다스러워지나 보다.

다만 그녀가 꼭 이야기하고 싶다면 들어도 되겠지. 어디까지나 이쪽이 물은 것이 아니라, 상대가 제멋대로 말하는 것이다. 그런 변명을 생각하며 귀를 기울이자 그녀는 가슴 앞에서 양손을 잡고 고개를 조금 숙인 채 이렇게 말했다.

"멋진 분이야. 자상하고 멋있고 협회에 충실하고 성실한 데다 착실하고 말쑥하고 웃는 얼굴이 매력적인——정말 환상적인 분이야."

"그래?"

"하루에 한 번 웃어주는 것만으로도 더할 나위 없이 행복한 기분이 들어."

"흐음."

"너와는 다르게 무척이나 훌륭한 분이니까."

"호오."

건성으로 답을 거듭하며 아는 이의 얼굴을 드문드문 떠올렸다. 자상하고 멋있고 그리고 뭐랬지? 말쑥하고 웃는 얼굴이 매력적?

협회에 충실하다는 것으로 보아 마법사겠지만, 성실한 데다 착실하고 말쑥한——그런 완벽한 인간이 우리 지부에 있었던가. 짐작이 잘 가지 않지만, 외양이 뛰어난 녀석은 마음속으로 엉큼한 계획을 품고 있거나 근본이 악하거나 변태적인 성향의 소유자이기 마련이다. 그녀가 그런 변변찮은 남자에게 걸리지 않았기를 소소하게나마 빌었다. 빌고 나서——.

이야기가 빗나갔다는 사실을 알아차렸다.

"그 외에는 어떤 이야기를 해? 설마 연애 이야기만 하는 건 아니겠지."

"나머지는, 그렇지. 좋아하는 책 이야기라든가 최근에 유행하는 것에 대한 이야기라든가."

"그 외에는? 뭔가 시선을 느꼈다든가, 이상한 사람에게 습격당했다든가, 묘한 일을 당했다든가, 이상한 사건에 휘말렸다든가…… 그런 말은 안 했어? 괜찮은 것 같아?"

그러나.

마법소녀가 자신이 이야기를 지나치게 재촉하고 있다는 사실을 자각한 것은 일라쟈가 눈을 크게 뜨고 있었기 때문이다. 아뿔싸, 잘못 물었다 하고 생각했을 때는 이미 늦어서 크게 뜬 일라쟈의 눈은 이번에는 천천히 가늘어졌고 싸늘하게 변해갔다.

"뭐야, 엄청 열심히 묻네."

"아, 아니."

"설마 정말로 또 클루 씨네 보석점을?"

"그러니까 아니래도. 그게 아니라……."

사실을 말할 수는 없지만, 오해를 받는 것도 성가셨다. 어

167

떻게 말하면 이해해줄까? 마법소녀가 우물거리며 미간을 찡그린 그때──

　　──기적을 느꼈다.

4

　야옹야옹, 고양이 울음소리 같은 것이 창밖에서 들렸다.

　발정이 났을 때의 소리만큼 시끄럽지는 않았고 새되고 잔잔했다. 분명 아기 고양이가 내는 소리겠지. 뜰 어딘가에서 고양이가 새끼라도 낳은 걸까. 그렇게 생각하며 밖을 보자 과연 확실히 오늘 날씨는 새로운 운명을 맞이하기에 적합한 하늘을 하고 있었다.

　책장 헤집기를 끝낸 팡숑과 소아란은 팡숑의 방 창가에서 차를 즐기고 있었다. 테이블 위에는 차와 차과자 외에 그녀의 '보물'이 잔뜩 쌓여 있었다. 소중한 책을 눈앞에 포개어 올리고 건너편 자리에서 한 손에 스콘을 들고 이것저것 말하는 그녀는 무척이나 즐거운 듯했다.

　내용은 줄을 구렁이로 만드는 마법이라든가, 다른 사람으로 변신할 때의 노하우라든가──시집 갈 나이의 영애가 약혼자에게 말하기에 적합한 화제라고는 도무지 생각할 수 없었지만, 그렇게 소란스레 이야기하는 그녀는 '귀한 아가씨'로서 고개를 갸웃거리고 있을 때보다도 훨씬 매력적이라고 소아란은 마음속 깊이 생각했다. 약혼자로서라기보다도 그녀의 둘도 없는 나쁜 친구로서 말이다.

이야기하면서 빈 잔을 이쪽으로 내밀었다. 소아란은 포트를 들어서 따라주었다.

감사 인사를 하고 잔을 기울여 정말 맛있게 홍차를 마셨다. 그 한 박자의 무언 사이에 소아란은 감상을 말했다. 그녀의 이야기에 대해서가 아니라, 이야기하는 그녀에 대한 감상이었다.

"넌 정말로 마법을 좋아하는구나."

그러자.

팡송은 어째서인지 눈을 크게 떴다.

마치 그가 정말이지 의외의 말을 한 것 같은 반응이었다. 무언가 오해를 부를 만한 표현을 한 걸까? 미니 케이크를 입에 집어넣고 턱을 움직이며 생각했지만 짐작이 가지 않아서 씹은 후에 머뭇거리며 물었다.

"미안, 나, 뭔가 요점에서 벗어난 이야길 했어?"

그러자 그녀는 고개를 가로저었다. 그렇지 않다고 말이 아닌 제스처로 대답한 것은 그녀 또한 볼이 미어지도록 스콘을 입에 담고 있었기 때문이다.

홍차로 입안의 것을 흘려보내고 후아, 하고 숨을 쉬는 모습은 아무리 보아도 영애답지 않았다. 하지만 무척이나 그녀다웠다.

잔을 놓고 책 하나를 들더니 팡송은 빙긋이 웃었다.

"그러네. 네가 말한 대로 난 마법도 좋아하지만."

그리고 그의 말을 한 글자만 정정했다. 마법'도'.

"마법도 좋아해. 하지만 마법뿐만 아니라…… 귀여운 것
도 예쁜 것도 신기한 것도. 멋진 건 뭐든 좋아."

그녀의 감성은 여러 가지 의미에서 독특했는데, 조금 전
과 같은 거대한 거미도 웃으며 '귀엽다고' 말한다. 하지만 역
시 여자아이이므로 세간에서 일반적으로 말하는 '멋진 것'
도 역시 멋지다고 생각하는 것이다.

꾸밈없는 그녀는 자신의 그 말에 턱에 검지 끝을 대고 토
라진 양 불만스러운 듯이 뾰로통해졌다.

"……하지만 역시 지금 가장 궁금한 건 광석증이려나. 어
떤 마법을 쓰면 그런 현상을 일으킬 수 있는 걸까."

말하더니 손에 든 책을 넘겼다. 책갈피를 꽂은 페이지를
펼치는 것이 아니라 단순한 심심풀이로 목적 없이 팔락팔락
하고 말이다. 말이 없어진 채 고개를 기울이는 그녀를 소아
란은 자신의 잔을 기울이며 보았다.

광석증.

그녀가 지금 가장 흥미를 나타내는 마법에 대한 이야기.

"그런데 말이야."

조금 망설이고 나서 입을 열었다.

팡숑의 시선이 이쪽으로 향했다. 그 눈동자는 소아란을
비난하는 것이 아니었다. 그것을, 그가 계속 끌어안고 있던
생각의 뒷받침으로 삼아——

열심히 이야기하는 그녀에게 찬물을 끼얹고 싶지 않아서

계속 묻지 않았던 말.

하지만 마음속으로 계속 하던 생각을 지금 마침내 소아란은 입에 담았다.

옛날에 마법사가 어떤 한 여자아이에게 마법을 걸어주었습니다. 그것은 여자아이가 말을 할 때마다 여자아이의 입에서 보석이 흘러넘치게 하는 마법이었습니다…… 그런 식으로 사람들이 말하는 옛날이야기는.

"그건 동화잖아."

말하면 역시 화를 내려나, 하고 조금은 고민했지만.

그녀는 기분이 상한 것 같지 않았다.

오히려 그 말은 그녀가 계속 바라던 질문인 모양이었다. 그렇게 나왔어야지 하는 듯 정말로 기쁘게 웃었다.

"많은 마법사들이 그렇게 생각하고 있는 모양이지만 진짜로 있다면 어떨까? 보석을 만들어내는 사람이라니."

그쯤에서 말을 끊고 그녀는 창밖의 하늘을 올려다보았다. 이곳에 없는 무언가를 비추어서 반짝반짝 빛나는 커다란 눈동자가 마치 보석 같기도 했다.

그리고. 그 보석처럼 화사한 웃음이 하늘에서 이번에는 그에게로 향했다.

팡송은 그에게 이렇게 말했다.

"그런 사람이 정말로 존재한다면 그건——."

……그 후에 그녀가 뭐라고 말을 이어갔더라.

기억하고 있지만, 마법소녀는 잊은 척하며 자신을 속였다.

*

기척.

귀를 기울여보니 웅성웅성, 웅성웅성 하는 사람의 목소리가 멀리서 들렸다.

그곳에 조금 전의 돼지 같은 여자의 목소리도 섞여 있다는 사실을 알아차리고 마법소녀는 주머니에서 시계를 꺼냈다. 뚜껑을 열어서 문자판을 보고 물러나야 할 때인가 하고 생각했다. 마법이 사라질 시간이었다.

"왜 그래?"

"……응?"

마법소녀의 이변을 알아차렸는지 일라쟈가 물었다. 그에 마법소녀는 말을 흐렸다. 아무래도 일라쟈는 자신의 동료가 가까이 다가와 있다는 사실을 아직 모르는 듯했다.

뭐라고 답할지 조금 망설였지만, 어차피 전하지 않아도 추격자 쪽이 머지않아 두 사람의 존재를 알아차리겠지. 그녀가 알든 모르든 그런 건 상관없었다.

그래서 마법소녀는 자신의 사정만 일라쟈에게 전했다.

"딱히. 슬슬 물러날까 싶어서."

"뭐어?"

하고 일라쟈는 눈을 확 부릅떴다.

"그렇게 하게두지 않을 거야, 오늘이야말로 널."

"하지만 뭐 오늘 밤엔 너도 열심히 했으니까."

'널' 어떻게 하고 싶은지는 듣지 않아도 알기 때문에 들을 필요도 없었다. 말이 가로막히고 허를 찔린 듯한 표정을 짓는 그녀에게 눈을 조금 가늘게 뜨고 의미심장하게 웃어 보였다.

조금 전에 한 말에 '그 애의 정보도 얻었고 말이지' 하고 마음속으로 덧붙이고 나서 마법소녀는.

"서비스야. 가지고 가."

"응? ……내가아?"

주머니에서 꺼낸 것을, 싸여 있는 헝겊째로 일라쟈에게 던져서 건넸다.

일라쟈는 다급히 손을 뻗었지만 놓쳐서 결국 그녀의 허벅지 위에 툭 떨어졌다.

하얀 천 안에 담긴 것은 손바닥에 들어갈 만한 크기의 둥글고 단단한 무언가였다. 꾸러미를 열지 않아도 전해지는 무게와 형태로 알아차린 모양이었다. 일라쟈는 헝겊째 그것을 들어 올리더니 고개를 퍼뜩 들었다. 그 기세에 플래티넘 블론드가 사락 물결쳤다.

"그 보석은 너한테 줄게. '노력상'이라고 생각해."

"주다, 니……."

"물론 빼돌리든 연구실에 돌려주든 자유야. 네가 좋을 대로 해."

당혹감을 숨기지 않는 그녀에게 마법소녀는 윙크 한 번으
로 답했다.

그렇다고는 하나 고지식한 일라쟈가 하는 일이다. 아마도
가로채지 않을 테고, 애초에 그럴 수 있는 아가씨도 아니었
다. 보석을 반환하는 것뿐만 아니라, 분명 보고서도 꼼꼼하
게 작성해서 윗사람들에게 보고하겠지.

그렇다면, 그 일련의 흐름 속에서 이 아쿠아마린이 어떤
특별성도 가지고 있지 않다는 사실을 누군가가 알아차릴 것
이다. 그때, 사실을 아는 사람들은 어떤 표정을 지을까.

하지만 마법소녀는 뭐가 어떻든 상관없었다. 왜냐하
면──이번 작업의 진정한 목적은 이런 보석이 아니었기 때
문이다.

"그런 뜻으로."

가라앉았을 터인 바람이 또 강해져왔다.

팔에 휘감기는 망토가 방해가 되어 휘날려 보냈다.

"오늘 밤엔 이걸로 끝이군. 또 만날 때까지 잘 지내."

"그렇게 두지는──."

"잠들어줘."

"으읍."

끈끈이가 달린 봉을 다시 들어 올리던 일라쟈를 가리키며
'말하자' 그녀는 쉽게 마법에 걸렸다. 소리도 없이 봉을 떨
어뜨렸고 풀 위에 플래티넘 블론드를 펼치고 평온하게 숨소

리를 내기 시작했다.

안개에 로브가 젖지 않을까 걱정되었지만, 그건 역시 지나치게 마음을 쓰는 거겠지. 만약 내일 '낮의 얼굴'로 만났을 때 그녀의 몸 상태가 좋지 않으면 그때 처음으로 죄책감을 느끼면 된다.

잠든 그녀는 언뜻 무방비해 보였지만 보석을 잡은 손은 야무지고 단단했다. 무의식적으로도 책무를 다하려고 하는 반듯한 모습에 언젠가 보았던 누군가의 해맑게 웃는 얼굴이 겹쳐졌다.

──보석은 어떻든 상관없었다. 다만 그 연구실을 헤집을 동기가 필요했을 뿐이다. 그만큼 어지럽혀져 있으면 '달리 무언가'가 하나둘쯤 없어졌다고 해도 특별히 부자연스럽지는 않을 것이다.

마법소녀는 주머니에서 서류를 꺼냈다. 이것도 그곳에서 훔친 물품이었다. 다만 이쪽은 예고장에는 쓰지 않고 혼잡한 틈을 타서 슬그머니.

가지고 나온 서류는 다섯 부로, 모두 다 빨간 글자로 '기밀'이라고 쓰여 있었지만 마법소녀에게 있어서 그중 세 부는 페이크이고 두 부가 진짜였다.

적당히 가지고 나온 세 부는 내용조차 알 수 없는 물건으로 마법소녀에게 있어서는 단순한 쓰레기였다.

"신호는 될지도."

중얼거리고 우선 필요 없는 세 부를 마법으로 태웠다. 고

화력으로 불에 탄 그것은 10초도 걸리지 않고 완전히 연소했다.

그렇다면 다음으로. 마법소녀는 남은 두 부를 고쳐 들었다.

한쪽 서류에 삐뚤빼뚤한 것은 몹시 그리운 필적이었다. 그리고 다른 한쪽에 삐뚤빼뚤한 것은 일라쟈의 친구의 이름이었다. 모두 다 협회에 있어서는 안 되는 것이었다.

······망설인 것은 한순간뿐이었다.

후자의 서류에 불을 붙였다.

밝게 물드는 소녀의 이름을 향해 마법소녀는 웃었다. 웃으며 말했다.

"너만큼은 어떻게든 행복해야 해."

감상에 젖을 틈은 없었다. 마법소녀의 예상대로 건너편에 무언가 빛이 보이더니 소리가 들렸다.

일라쟈의 동료인 마법사들이 이쪽을 알아차린 모양이었다. 화력을 강하게 하여 재조차 남기지 않게 불태우고 마법소녀는 원래대로 어둑어둑해진 밤 안을 높이높이 비상했다. 지붕 위에서 책상다리를 하고 기다리다가 이윽고 마법사들이 잠든 일라쟈를 부축해서 일으켜 세우는 것을 확인하고 나서 소리 없이 달리기 시작했다.

······등 뒤에서 와아 하고 들끓었던 것은 아마도 그녀의 손안에.

초승달이 뜬 밤에 흰색이 달린다.

짐을 줄인 덕분에 가는 발걸음이 상당히 가벼웠다.

조금 전까지 망토를 두드리며 소란스러웠던 바람도 지금
은 잠잠해져 있었다. 더불어 술렁이던 나무나 풀도 차분해
져서 밤을 새우는 벌레들의 소리가 윙윙하고 귀에 기분 좋
게 들렸다.

그런 가운데 마법소녀는 자신에게 수고의 말을 건넸다.

"뭐, 오늘 작업도 그럭저럭 잘 끝났네."

밤 안에서 떨며 서 있는 플래티넘 블론드를 떠올렸다. 예
상외의 요소도 있기는 했지만, 걱정이라고 할 것까지는 없
었다.

적어도 목적은 달성했다. 합격점은 줘도 되겠지.

……그러나. 마법소녀는 이런저런 생각을 했다.

"귀여운 아이들은 어째서 너나 할 것 없이."

그렇게 집요하고 집념이 강한 걸까.

예전에 함께했던 파트너의 일도 합하여 한숨이 나왔다.
기껏 예쁘게 태어났으니 외양대로 예쁘게 살면 될 텐데라고
하면 여성을 멸시하는 발언인 걸까.

지금은 존재하지 않는, 귀여웠던 옛 약혼자.

광석중 이야기를 가리켜서 옛날이야기가 아니냐고 고개
를 갸웃거리던 소아란에게 그녀는. 영애로서, 학자를 지망
하는 이로서가 아니라, 단지 꽃처럼 빛나는 웃는 얼굴로 이
렇게 말했다.

하지만 정말로 있으면 어떨까? 보석을 만들어내는 사람

이라니. 그런 사람이 정말로 존재한다면 그건——

——무척이나 멋진 마법이 아닐까?

"나는 그렇게는 생각하지 않는다고 해야 할까."

그렇다고는 하나 어떤 의견도 당사자의 의견이 아니었다. 그렇다면 '당사자'는 대체 어떻게 생각하고 있을까. 시시한 농담에 경직된 뺨을 억지로 일그러뜨리고 입가를 끌어올렸다. 하지만 아마도 원하던 표정은 짓지 못했을 것이다. 지금 그곳에 거울이나 유리나 샘 등 자신을 볼 도구가 없다는 사실이 그는 솔직히 기뻤다. 기뻐하며——마법소녀는 발을 멈추었다.

그렇다면.

한숨을 지은 후 한 박자 두고 돌아보았다.

……변함없이 어둠만이 펼쳐져 있을 뿐, 그 앞에 있는 것이 무엇인지는 알 수 없었다. 하지만 거기에 확실히 느껴지는 것이 있었다. 누군가가 그곳에서 우스꽝스러운 자신의 모습을 비추고 있었다.

마법소녀는 그 앞을 절반은 어처구니없다는 마음과 더불어 노려보았다. 형체 없는 너는 오늘 밤에도 이쪽을 향해 인사할 마음은 없는 모양이구나. ——그러나.

시선의 주인의 정체는 대략 파악하고 있었다.

사족

마법소녀가 일으킨 보석 도난 사건에서 하룻밤이 지났다.

"으, 으음."

마법사 일라쟈는 마녀협회 코쿠디에 지부의 복도를 보고서를 끌어안고 걸어가며 솟구쳐 나오는 하품을 이를 악물어서 어떻게든 참았다.

머리카락에 붙은 끈끈이나 어지럽혀진 연구실 등, 여러모로 정리를 해야 했던 탓에 사건의 보고서는 결국 새벽 무렵이 가까워져서 완성했다.

지쳤을 테니 보고서는 내일 이후에 제출해도 상관없다고 했지만, 조금이라도 빠른 편이 마법소녀에 대한 앞으로의 대책에도 도움이 되리라고 생각하여 열심히 하겠다고 결심한 것은 다른 누구도 아닌 자신이었다. 따라서 철야한 것을 후회하지는 않지만, 머리가 무거워서 괴로웠고 다크서클이 생긴 얼굴은 누군가에게 그다지 보여줄 만한 게 아니었다.

──게다가.

보고서를 쓰면서 생각한 것을 재차 떠올리자 일라쟈는 다시 울적한 기분이 들었다.

우선은 확실히 마법소녀가 훔쳐낸 보석을 되찾았기 때문에 일라쟈의 동료들은 모두 "잘했다"며 크게 기뻐해주었다. 하지만 일라쟈 자신은 이번 사건이 그다지 개운치 않았다.

클루가 기껏 가르쳐준 끈끈이는 도움이 되지 못했고, 마법 소녀는 "서비스"라며 우습게 보듯이 보석을 넘겨주었으며 결국 그녀를 잡지도 못했다. 애초에 혼자서는 지붕 위에서 내려오지도 못했고 말이다…….

생각하면 할수록 답답한 마음이 솟구쳐왔다.

그것은 뱃속, 또는 폐 깊숙한 곳에서 목과 코 안쪽으로 이동하여――

"흐아암."

……하품이 되어 나왔다.

근심이나 우울함은 전혀 고상한 것이 아니었다. 이를 악물어서 참는 것도 늦는 바람에 그만 입을 크게 벌리고 하품을 하고 말아서 그런 자신 또한 한심하게 느껴졌다.

어깨를 축 늘어뜨리고 수면 부족이야 하고 손가락으로 눈물을 닦았을 때였다.

"입이 크군요, 아가씨."

목소리가 들려서 자신도 모르게 발을 멈추었다.

귀에 아주 익숙한 그 목소리에 핏기가 가셨다. 그것은 평소라면 얼마든지 듣고 싶은 목소리. 하지만 지금은――쭈뼛쭈뼛 돌아보자.

그곳에는 역시 낯익은 사람의 모습이 있었다.

한쪽 눈을 가늘게 뜨고, 정말이지 재미있는 것을 보았다는 양 킥킥 웃는 청년의 모습이 그곳에 있었다.

"보, 보보보보보고."

"스콘 하나 정도는 거뜬히 들어갈 것 같군."

물음은 말로 성립조차 되지 않았지만, 그는 참을 수 없는 웃음에 떨리는 목소리로 제대로 대답해주었다. 마녀협회 코쿠디에 지부 부지부장 소아란. 상냥하고, 멋지고, 협회에 충실하고, 성실한 데다 착실하고, 말쑥하고, 웃는 얼굴이 매력적인——일라쟈가 좋아하는 사람.

하필이면 그런 그에게 추태를 노골적으로 보였을 줄이야. 핏기가 가셨을 터인 뺨이 이번에는 창피함에 뜨거워져서 고개를 숙였다.

"꼴사나운 모습을 보였네요" 하고 우물거리며 사과했다. 하지만 애초에 그는 그런 것은 신경 쓰지 않는 모양이었다.

"그것보다. 어젯밤의 일 들었어."

부지부장이라는 입장에 있기 때문인지 그의 정보력은 다른 사람보다 두드러지게 뛰어났다. 어제 일에 대한 전말은 아직 소아란에게까지는 자료가 돌아가지 않았을 텐데 그는 이미 그 사실을 알고 있었다.

"쾌도난마의 활약으로 그 마법소녀 나기땅에게서 보석을 되찾았다고 하더군."

"아니요……."

경쾌한 그의 목소리. 그러나 일라쟈의 마음은 개운하지 않았고, 또다시 답답한 마음이 돌아왔다. 마법소녀를 잡지 못했다는 실태를 떠올린 것이다.

상사인 그의 앞에서 그런 얼굴을 해서는 안 된다는 사실은 알고 있었지만, 감사하다고 그냥 말했으면 좋았으련만, 얼굴은 그리 간단히 웃어주지 않았다.

"저 같은 건 아직⋯⋯."

아무런 도움도 되지 못한다, 고 겸손이 아니라 진심으로 말하려고 했다. 하지만.

"과소평가를 해서는 안 돼."

어째서일까, 그것을 부정하는 목소리가 귀 아주 가까이에서 들렸다. 무의식적으로 숙이고 있던 얼굴을 조금 들어 올렸다.

그리고 놀랐다. 키가 커서 늘 멀리 있을 터인 그의 얼굴이 지금은 무척이나 가까이에 있었던 것이다. 그는 허리를 굽히고 등을 구부려서 일라쟈를 들여다보고 있었다.

"넌 어젯밤의 활약을 대단치 않은 거라고 생각할지도 모르지만, 다른 사람은 그렇게 생각하지 않아. 모두 잘했다며 기뻐하고 있어. ⋯⋯물론 나도 말이지."

"아⋯⋯."

"이런 우수한 부하가 있어줘서 나도 기고만장해졌어, 고마워. 어젯밤엔 잘해줬어. 수고했어."

그리고 그는 일라쟈에게.

가슴속까지 덥혀줄 법한 미소를 짓더니 수고했다는 말을 해주었다.

"하지만 일라쟈——."

⋯⋯아직 무언가를 말하고 있는 듯했지만, 소아란의 말은

일라쟈의 귀에 더 이상 들리지 않았다. 자신을 위해서 그가 미소 지어주었다. 자신을 위해서——자신'만'을 위해서!

그 생각으로 마음이 벅차서 다른 것에 신경 쓸 여력이 이미 없었다. 지나치게 열심히 하는 부하에게 다치면 나도 슬프다, 넌 네 자신의 몸을 걱정해야 한다, 너무 위험하다면 마법소녀 건에서 넌 손을 떼도 좋다, 라고 말한 듯하지만, 귀에 들어온 말은 의미를 파악하기 전에 반대쪽 귀로 빠져나갔다.

자신은 분명 그에게 힘이 되고 있다. 그 사실만으로 일라쟈의 가슴은 뜨거워졌다.

"——알겠어?"

"네."

상사의 말에 일라쟈는 고개를 확실히 끄덕였다.

사실은 전혀 듣고 있지 않았지만, 처음에 해준 말만으로 자신의 마음의 허용치는 초월해 있었지만. 그럼에도 그가 어떤 말을 해주었는지 자신에게 무엇을 원하고 있는지를 예상할 수 있었다.

그래서 그녀는 고개를 끄덕였다.

끄덕이고 이윽고 천천히 얼굴을 들었다. 페리도트를 닮은 아름다운 그의 눈을 똑바로 바라보며 그의 '기대'에 부응하는 말을 하는 것이다.

"저, 앞으로도, 마법소녀를 잡을 수 있도록 열심히 할게요!"

"그렇군, 알아줘서 기뻐…… 으응?"

소아란의 말이 기묘하게 끊어진 것은 부하의 흔들리지 않는 충성심에 감동했기 때문일까. '그렇다면 좋을 텐데'라고 생각하며 일라쟈는 아무 말도 하지 못하는 그를 향해 고개를 깊이 숙였다.

"그럼 저는 보고가 있어서 실례하겠습니다."

"아, 으, 으, 으응...... 응?"

　또렷하지 않은 이상한 대답을 들으며 일라쟈는 그에게서 등을 돌렸다.

　아침빛이 비쳐드는 복도를 걸으며 그만 쓴웃음을 지었다. 정말이지 자신의 마음이란 어쩜 이렇게 이기적일까. 바로 조금 전까지만 해도 수면 부족으로 무뎌져 있던 머리가, 울적한 기분에 지배받고 있던 마음이, 마음에 두는 사람이 웃어주고 자상한 말을 걸어주는 것만으로 이렇게 상기되다니.

　콧노래마저 새어 나올 것 같은 고양된 기분. 편지를 쓰고 싶다고 생각했다. 그 사람이라면 지금의 자신의 이 마음을 분명 알아줄 것이다.

　탁, 하고 바닥을 찼다. 단 한 번 찼는데도 일라쟈의 몸은 앞으로 크게 전진했다. 품안의 서류를 꼭 끌어안은 후, 벅찬 가슴을 펴고 마법사는 가벼운 발걸음으로 걷기 시작했다.

끝.

II

첫 심부름
(후편)
Housekihaki no Onnanoko

6

계단을 내려오는 발소리가 나자, 스푸트니크는 과거의 업무 일지를 덮었다.

사 온 물건을 정리하기를 마친 클루에게 고객의 집을 방문하게 하여 베이비링의 제작에 대해 의논을 하고 싶다는 것과 비어 있는 시간을 가르쳐줬으면 한다는 것을 전하자, 현시점에서는 때마침 오늘 저녁 무렵에 부부가 동시에 시간이 비어 있다는 대답이 돌아왔다.

급한 주문이나 손님의 방문 예약은 들어 있지 않았다. 원래는 클루에게 가게를 보게 하고 고객에게는 스푸트니크 혼자서 방문할 생각이었지만, 몹시 안절부절못하는 클루에게 "같이 갈래?" 하고 묻자 온 얼굴에 웃음을 지으며 고개를 끄덕였기 때문에 둘이서 함께 출장 근무를 하게 되었다.

가게를 정시보다 조금 일찍 닫고 고객에게 건넬 자료와 그 외의 것을 정리했다. 그리하여 스푸트니크는 준비가 끝났지만 클루가 좀처럼 내려오지 않았기 때문에 심심풀이로 카운터에 넣어둔 오래된 일지를 읽고 있었던 것이다.

"준비됐어요."

마침내 나타난 클루는 근무용 에이프런을 벗고 그녀가 애용하는 포셰트를 어깨에 메고 있었다. ──그 오른손에는 어째서인지 리본이 장식된 강아지풀이 쥐여져 있었다. 유심히 들여다보자 강아지풀은 진짜가 아니라 털실인가 무언가가 나와 있는 모조품인 모양이었다.

눈앞의 클루는 일지에 적혀 있던 클루보다 자신감이 충만한 얼굴로 서 있었다. 강아지풀을 지시봉처럼 치켜들며 마치 함성을 지르듯이 말했다.

"가요. 얼른 가요. 자아, 어서!"

뭐가 '자아'인 것인지는 모르겠지만.

"잠시만 기다려."

서두르는 클루를 한마디로 멈추게 하고 업무 일지를 원래대로 열쇠로 잠그고 넣고서는 벽시계를 올려다보았다. 변함없이 정확하게 시간을 알리는 바늘에 이제 슬슬 오려나, 하고 스푸트니크가 생각한 그때였다.

입구의 불투명 유리에 사람의 모습이 비쳤다. 아무래도 기다리던 사람이 드디어 왔나 보다.

"이용해주셔서 감사합니다. 배달입니다."

종소리를 선명하게 울리며 들어온 사람은 한 소년이었다.

소년은 흰 상자를 소중하게 끌어안고 있었다. 그는 그대로 카운터로 오더니 들고 있던 상자를 "주문하신 물건입니다"라며 스푸트니크에게 내밀었다.

"수고했어. 오늘은 어느 쪽이야?"

"아, 전 동생이에요."

"뭐 어느 쪽이든 상관없지만. 대금은 얼마였더라?"

"오랜만에 배달을 이용해준다 싶더니만 그런 말투라니.

변함없이 너무하네요."

"첫인상이 너무 나빴잖아, 망할 꼬마 녀석들."

스푸트니크가 지갑을 꺼내며 그를 노려보았다. 그러자 그가 "그건 '젊은 혈기'로 그런 거잖아요" 하고 모호하게 말하더니 쓴웃음을 지었다. 아직 그런 말을 할 수 있을 정도로 나이를 먹지는 않았는데 말이다.

근처 찻집에서는 쌍둥이 형제가 배달 서비스를 하고 있었다. 지금 온 이 소년은 그중 한 명이었다. 옛날에 그들의 시시한 '곁멋'에 쓸데없는 정신적인 피로와 민폐를 겪은 적이 있는 탓에 스푸트니크가 가지고 있는 그들에 대한 이미지는 지금도 결코 좋지 않았다.

그러나 어린 사람을 너무 적대하는 것도 어른스럽지 않다. 스푸트니크는 들은 금액보다 조금 더 많이 대금을 지불했다. 주머니를 뒤지며 "거슬러 드릴게요" 하고 말하는 그를 손으로 저지했다.

"남은 건 용돈으로 써도 돼. 형과 나눠."

이런 아이에게는 채찍질만 해서는 유쾌하지 않은 법이다. 가끔은 당근을 주는 것도 필요하다. 생각했던 대로 단순한 그는 깜짝 놀라며 스푸트니크의 얼굴을 보더니 감격에 눈을 반짝였다.

"가, 감사합니다!"

"신세는 나중에 갚아. 아무쪼록 엘사에게는 들키지 않도록 해."

"물론이죠!"

주먹을 쥐고서 크고 힘차게 끄덕이는 것을 보아 또 누나에게 용돈과 관련해서 벌을 받은 모양이었다. 그는 덩실거리며 점내를 가로지르더니 입구를 열고 "이용해주셔서 감사합니다!" 하고 씩씩하게 외치고 돌아갔다.

종소리의 여음을 들으며 스푸트니크는 어깨를 으쓱했다.

"저래선 글렀군. 돌아가면 엘사한테 압수당하겠어."

"아하하……."

쓸데없이 기분이 좋은 것이 훤히 보인다. 클루조차 곤란한 듯이 웃고 있으니 그 예리한 웨이트리스에게는 한 방에 걸리겠지.

이윽고 클루는 스푸트니크의 곁으로 종종걸음으로 다가오더니 흰 상자를 흥미로운 듯이 강아지풀 끝으로 찔렀다.

"그런데 이거 뭐예요?"

"젤리 세트. 엘사한테 만들어달라고 부탁했어. 손님께 드리는 출산 축하 선물이 상품권뿐이면 너무 멋이 없잖아?"

"아아. 그렇군요."

클루는 응응, 하고 고개를 두 번 정도 끄덕였다. 단골손님을 가지고 있는 장사꾼으로서 그 정도는 당연한 일이지만, 그녀에게는 신기하게 느껴졌나 보다.

어쨌든 준비는 되었다.

짐을 가지고 주머니에 열쇠가 있는지 확인하고 나서 의자에서 일어났다. 그리고 나서 클루를 향하여 "출발하자"라고 말하려다가──관두었다.

그리고 다른 말로 그것을 전했다.

『때가 무르익었군. 가자.』

확실히 그런 대사가 클루가 마음에 든 그 소설에 있었을 터였다.

그렇게 생각하여 바꿔 말했는데, 스푸트니크의 기억은 타당했던 모양이다. 그녀는 그것을 알아차리더니 또다시 그 기이한 표정을 지었다. 그리고,

『저녁 식사 시간까지는 모든 일을 끝내고 싶군.』

눈을 질끈 감더니 마치 위협이라도 하듯이 입을 기묘하게 일그러뜨리며 양팔을 꼿꼿하게 뻗고 있었고 양손도 불끈 쥐고 있었다.

…………

물어야 하나 망설여졌지만, 망설인 끝에 물어보기로 했다.

"전부터 생각했는데."

"네."

"네가 짓는 그 표정은 뭐야?"

그러자 클루는.

멍하니 눈을 동그랗게 떴다.

"스푸트니크, 몰라요?"

"뭘?"

"스파이는 시크하잖아요."

마치 잘 안다는 듯이 대답하고 나서 다시 그 표정을 지

었다.

그것을 보고 스푸트니크는 소설 속에서 주인공이 말했던 한 구절을 떠올렸다. ──'스파이란 시크한 남자여야 한다'.

그러고 보니 확실히 그건, 실수로 떫은 감을 물었을 때의 표정과 닮았다.

고객이 거주하는 분양 맨션의 계단을 올라갔다.

"하나, 둘, 셋, 넷, 하고, 다섯, 여섯, 일곱, 여덟, 아홉, 하고, 열."

리본이 장식된 강아지풀을 흔들며 한 계단 한 계단 세어 가며 올라가는 클루의 뒤를 몇 계단 뒤에서 따라갔다. 계단을 올라갈 때마다 흔들리는 그녀의 삐쳐 나온 머리카락 끝을 아무 생각도 없이 바라보고 있자 층계참에 도달한 그녀가 갑자기 스푸트니크를 돌아보았다.

"이상해요, 스푸트니크."

"뭐가?"

어차피 또 시시한 거겠지, 라고 예측하면서 묻는 그에게 심각한 표정으로 클루가 말했다.

"계단 수가 달라요. 전에 세었을 때는 열두 개였는데, 지금은 열 개밖에 없어요."

그건 군데군데 들어간 '하고'의 탓이 아닐까.

생각하면서도 설명하기가 귀찮아서 말하지 않았다. 스푸트니크가 말없이 있는 것을 어떻게 받아들였는지 클루는 강아지풀을 쥔 주먹을 턱에 대고 살짝 고개를 숙이더니 추측했다.

"이건 어쩌면 그 유명한 요괴 '계단 귀신'의 짓일지도 몰라요."

"그렇군. 그거 큰일인데?"

더할 나위 없이 어떻든 상관없다는 기분으로 답했다.

유명하다고 하지만 적어도 스푸트니크는 들은 적이 없었다. 아마도 어떤 책이나 아이들 사이에서 유행하는 '괴담'이 정보원이겠지만.

"그런데 그 요괴가 계단을 숨기면 어떻게 되는 거야?"

"결함 주택이 돼요."

"……그거 큰일이네."

예상외로 현실감이 있는 현상이었다.

스푸트니크는 엘리 씨네가 큰일이다! 라고 고객의 이름을 부르며 불길한 말을 외치는 클루를 따라잡아서 층계참에 선 후, 그대로 걸어서 그녀를 앞질렀다. 이어지는 계단에 발을 내디디며 "그렇다 하더라도"라고 중얼거렸다.

"우리가 올라온 계단은 전부 이어져 있었어. 몇 개가 없어졌다고는 생각할 수 없는걸."

"……그러고 보니 그러네요."

"출몰해도 결함 주택이 되지 않도록 품종이 개량된 신종 계단 귀신이 나타난 게 아닐까?"

"그렇군요."

스푸트니크의 심히 적당한 추측에 클루는 몹시 진지한 얼굴로 고개를 끄덕이더니 확실히 품종은 개량되는 법이죠 하고, 정말로 이해했는지 잘 알 수 없는 말투로 답했다. 그리고 올라온 계단을 한번 쳐다보더니 그걸로 수수께끼의 요괴에 대한 흥미는 없어졌는지 빠른 걸음으로 그의 뒤를 쫓아왔다.

──그것보다.

"얼른 용건을 끝내고 돌아가자. 오늘 밤에는 볼일이 있으니까."

무슨 볼일인지 말하지 않았지만 경험상으로 그 말의 이면에 무엇이 숨겨져 있는지 생각한 모양이었다. 마치 마누라 같은 말투로 내뱉듯이 말했다.

"또 여자예요?"

"애한테는 관계없는 일이야."

확실히 말하기를 피했다. 어깨 너머로 그녀를 보며 의미심장하게 답하자 예상대로 클루는 여느 때처럼 뾰로통해졌다.

"불건전해요."

"어른한테는 건전해."

등 뒤에서 들려오는 목소리에 이번에는 돌아보지 않았다. 얼른 계단을 다 올라가서 홀에 도착하자 문이 나란히 늘어선 복도를 걸어갔다.

클루의 불만은 멈췄지만 기척으로 등 뒤에 있다는 것을

알 수 있었기 때문에 특별히 보지는 않았다. 그녀의 보폭으로도 따라오는 데 힘들지 않은 속도로 걸었지──만 어쩐지 그 무언의 기척 속에 무겁고 거무죽죽한 것이 섞여 있는 양 느껴지는 것은 스푸트니크의 마음이 낳은 착각일까. 바늘 끝으로 따끔따끔하게 몇 번이고 찔리는 것 같은 기분이 들면서도 앞으로 나아가 이윽고 목표로 하던 집 앞에 도착했다.

주소를 적은 메모와 집 호수를 대조해서 확인하자 일치했다. 만일을 위해서 방문 경험이 있는 클루에게 확인을 받았다.

"여기가 맞지?"

"몰라요. 흥."

그러나 그녀는 여전히 뾰로통한 채 엉뚱한 방향으로 고개를 돌릴 뿐이었다. 그의 물음에 대답할 마음은 없는 모양이었다.

그렇다면 이쪽에도 생각이 있다. 찾던 집에서 그대로 몇 걸음 옆으로 이동했다.

"그렇다면 그 옆집으로 가자. 안녕하세──."

"그, 그쪽이 아니에요!"

옆집 초인종에 손을 대는 스푸트니크에게 클루가 다급하게 달려들었다.

그녀의 몸이 부딪치자 손끝이 빗나가서 그만 초인종을 누를 뻔하다가 멈추었다. 순간 간담이 서늘해졌지만, 그런 모습을 그녀에게 보이기는 분해서 히죽 웃었다.

"역시 클루 씨는 친절하네요. 이러니저러니 해도 마지막에는 제대로 가르쳐주는군요."

"……스푸트니크는 바보!"

감쪽같이 계략에 걸려들었다는 사실을 알아차린 그녀가 거친 소리를 내며 달려들었지만, 그런 것은 아프지도 가렵지도 않았다. 손님 집에서 품위 없는 말을 사용해서는 안 된다고 스푸트니크가 비웃어주려고 했을 때였다.

"어머, 역시."

시야 밖에서 목소리가 들렸다.

고개를 돌리자 옆집──정확한 방문지의 문이 열리고 그 틈에서 한 여성이 얼굴을 내밀고 있었다. 그리고 두 사람의 모습을 확인하더니 장난스럽게 웃고 있었다.

잡고 있던 손을 놓고 클루가 그녀의 이름을 불렀다.

"엘리 씨!"

"목소리가 들린 것 같아서 보러 왔는데 역시나. 어서 와요, 클루, 스푸트니크 씨. 일부러 방문해줘서 고마워요."

"야옹."

이어서 다른 소리가 하나 더 들렸다.

사람의 것이 아닌 그것은 그녀의 발 사이에서 얼굴을 드러냈다. 검정과 잿빛의 얼룩무늬 고양이의 것이었다. 스푸트니크는 그 고양이를 본 적이 있었다. 처음 보았을 무렵에는 아기 고양이 그 자체였던 '그녀'는 지금은 완전히 어른 고양이의 얼굴을 하고 있었다.

클루는 그 자리에 주저앉아서 고양이의 이름을 기쁜 듯 불렀다.

"리리! 오랜만이야!"

"야옹."

리리라고 불린 암고양이는 마치 클루의 말을 알아들었다 는 듯 입을 크게 벌려 울었다.

리리는 엘리가 기르는 고양이였다. 펫숍에서 팔고 있을 무렵부터 클루가 마음에 들어했고, 또한 그 주인인 엘리와는 인연이 있어 여러모로 신세를 지기도 하여 엘리의 독신 시절에 클루는 자주 그녀의 집에 놀러 갔던 모양이다. 그러나,

"클루도 오늘 잘 왔어. 이 집으로 이사하고 나서는 클루가 전혀 와주지 않아서 나도 리리도 서운했었어."

"아, 그러니까, 그건."

그녀가 결혼한 이후, 클루는 그녀의 집에 발길을 끊었다. 거리에서 만났을 때 권해도 "조만간 갈게요"라고 에둘러서 거절하고 있었던 모양이다. 그러나 그것이 클루의 본심이 아니라는 것을 스푸트니크는 알고 있었다. 왜냐하면——

클루는 곤란한 듯이 엘리로부터 눈을 돌려서 발밑을 보더니 시선만으로 그를 올려다보았다. 그러나 스푸트니크가 무언가 말하기보다 빨리, 고개를 다시 숙이고 웅얼웅얼 알아듣기 힘든 목소리로 엘리의 의문에 답했다.

"신혼집에 너무 자주 가면 실례라고……"

"어머. 누가 그런 말을 한 거야? ……그런 말을 클루에게 할 것 같은 사람은 정해져 있지."

일부러 눈에 쌍심지를 켜고 엘리는 스푸트니크를 보았다.

"스푸트니크 씨, 너무하네요. 덕분에 클루가 놀러 오지도 않고 반지를 주문할 때도 서먹했다고요. 오늘도 일정을 물으러 와줬을 때, 괜찮다면 차라도 마시고 가라고 하니 '일이 있다면서' 서둘러 돌아갔다고요. 난 내가 무슨 잘못이라도 저질렀나 해서 계속 걱정하고 있었잖아요."

"그게 말이죠…… 좋은 뜻에서 한 말인데, 도를 넘은 행동을 했나 보군요."

"정말이지 그래요. 그이에게 푸념했더니 '어쩌면 내가 있어서인가, 클루가 날 싫어하나' 하고 시무룩해하고 말이죠. 나도 그만 짜증이 나서 '그럴지도 모르겠네'라고 말해버렸어요."

그 사람이란 아마도 그녀의 남편을 말하는 것일 테다. 확실히 '그 사람'이라면 말할 법하다고 스푸트니크는 그만 쓴웃음을 지었다.

──엘리의 그 분노가 진짜가 아니라 단지 시늉일 뿐이라는 사실을 스푸트니크는 알고 있었다. 따라서 그 '분노'를 누그러들게 하는 결론도 알고 있었다.

스푸트니크는 답했다. 이것은 고객과 장사꾼의 관계라기보다 클루의 보호자로서.

"이거 정말 실례를 저질렀습니다. 엘리 씨만 괜찮으시다면 이 아이와 다시 놀아주세요."

그러자 엘리는 그 말을 고대하고 있었다는 듯 생긋 웃었다.

"물론이죠. 그런 뜻으로 클루. 과잉보호하는 남자 친구가 앞서 한 말을 취소했으니, 다시 전처럼 마음 편히 놀러 와 줘. 알겠지?"

"네! ……그런데 나, 나, 남자 친구라니, 그, 그, 그런 게."

"우후훗. ——어서 들어와. 환영이야."

그것은 스푸트니크와 클루, 두 사람을 향해서 한 말이었다. 클루는 꼬리를 세우며 방 안으로 돌아간 리리를 쫓듯이, 스푸트니크는 엘리에게 "실례합니다"라고 고개를 깊이 숙이고 문을 지나갔다.

선반 위에는 파릇파릇한 관엽 식물이 놓여 있었고, 장식된 소품이나 전등갓에 먼지는 없었다. 매일 빠짐없이 손질하고 있다는 사실을 잘 알 수 있었다. 깔끔하고 차분한 느낌의 현관이었다.

그리고 그곳에서 똑바로 이어지는 복도 안쪽에 사람이 있었다. 아무래도 때마침 방에서 나온 모양이었다. 그는 스푸트니크와 눈이 마주치자 고개를 살짝 숙여 보였다.

"아, 어서 와. 오늘은 일부러 와줘서 고마워. 아내과 딸을 배려해서 방문 영업을 해주기로 했다면서. 기분 좋은걸."

변함없는 저자세와 나약한 느낌. 스푸트니크는 이런 남자를 보면 무심코 독설을 한 번 뱉어주고 싶어지지만——이렇게 인생의 반려를 찾은 것을 보면 이런 남자라도 이성에게는 매력 하나쯤은 있다는 거겠지.

"이쪽이야말로, 오늘 일 의뢰해줘서 고마워. 이 몸을 불러내다니 너도 참 대단해졌군, 그치?"

"네가 온다고 했잖아…… 오늘 아무쪼록 잘 부탁해."

그리고 엘리의 남편인 그는——마을 주민들에게 '강아지 아저씨'라는 애칭으로 친근한 그는.

처음 만났을 때와 전혀 변함없는 여린 웃음을 지었다.

두 사람이 이어진 계기가 된 것은 역시 기르고 있던 고양이 리리의 존재였다고 한다.

엘리가 고양이의 몸 상태나 사육에 관해서 묻기 위해 그가 일하는 가게에 오가며 그곳에서 몇 번 만나는 사이에 서로 끌리게 된 모양이다——고 하는 것을 어째서 스푸트니크가 알고 있냐면 약혼반지 제작과 결혼 인사, 결혼반지 제작 시에 두 사람의 입으로 들었기 때문이다. 완전히 같은 이야기를 세 번씩이나.

그런 로맨틱한 이야기를 좋아하는 클루는 매번 눈을 반짝이며 듣고 있었지만, 스푸트니크로서는 일이라고는 하나 역시 질렸다. 세 번째에 이르러서는 "그렇군", "으음", "호오" 세 종류의 대답만으로 이야기를 성립시키는 룰을 자신에게 부과하여 게임 감각으로 이야기를 듣고 있을 정도였다.

——응접실을 지나 부부가 2인용 소파를 권하자 클루와 함께 앉았다. 테이블을 사이에 두고 건너편 소파에 부부가

앉았다.

"그렇다면" 하고 강아지 아저씨가 단락을 짓듯이 말했다. 하지만 클루는 어떻든 스푸트니크로서는 그 이야기를 또 듣는 것은 사양하고 싶었다. 선수를 쳐야 한다는 생각에 그의 말에 조금 겹쳐지듯이,

"이야기를 시작하기 전에 우선 이것부터."

스푸트니크가 말하며 테이블에 올려놓은 것은 하얀 상자였다. 찻집에 주문해서 아까 전에 받은 젤리 세트였다. 그 위에 놓여 있는 연한 난색의 봉투에는 얼마간의 상품권이 담겨 있었다.

스푸트니크는 그것을 부부가 앉은 맞은편으로 가볍게 밀었다.

"괜찮으시다면 받아주세요. 소소하게나마 저희 가게에서 축하하는 마음으로 준비했습니다."

"어머. 이렇게 좋은 걸 받아도 괜찮아요?"

"물론이죠. 약소하지만 받아주시면 이쪽도 기쁘지요."

부부는 얼굴을 마주 보더니 싱긋 웃었다. 대표로 강아지 아저씨가 그것을 가까이 끌어당겼다.

"그럼 사양하지 않고 받겠습니다. 정성 감사합니다."

"전혀요."

"저기, 저기."

하고 그들의 이야기에 끼어들듯이 클루가 씩씩하게 손을 들었다.

"왜 그래, 쿠?"

"저기 나도 이거, 축하 선물이에요. 그러니까 약소? 받아 주세요."

클루는 스푸트니크를 흉내 내서 말하더니 리본이 달린 강아지풀을 마찬가지로 테이블 위에 내밀었다. 이곳에 올 때까지 계속 들고 있던 것이었다.

부부는 그녀가 올려놓은 그것 또한 귀중한 물건이라는 듯 눈을 가늘게 떴다.

"고마워. 리리도 분명 기뻐할 거야."

"야옹."

그러자 불린 것을 알아차렸는지 주인인 엘리의 발밑에서 웅크리고 있던 리리가 몸을 일으켰다.

주위를 두리번두리번 둘러보다 이윽고 클루와 눈이 마주치자 그녀의 곁으로 걸어왔다. 그리고 나서 뒷다리로 일어나 앞다리 발톱으로 클루의 스커트를 끌어당겼다. 아마도 '놀아줘'라고 말하고 있는 것이겠지.

그러나 클루는 난처한 얼굴이었다.

"리리, 지금은 안 돼, 미안해. 나 오늘은 일로 왔으니까. 응? 미안."

"야옹."

리리는 한 번 울더니 그들에게 등을 돌리고 달려갔다. 복도로 모습을 감추었다.

그러나 그 점에 있어서는 역시 고양이였다. 클루의 말을 정확하게 이해한 것은 아니었나 보다. 리리는 곧바로 이번에는 자신의 장난감을 물고 돌아와서 클루의 발밑에 떨어뜨리고 "이걸로 됐지?" 하듯 또다시 울었다. 그리고 배를 보이며 그 자리에 벌러덩 뒹굴었다. 완전히 준비된 자세였다.

클루는 곤란한 듯이 고양이의 이름을 불렀다.

"리리——……."

"쿠. 됐으니 놀아줘."

어쩔 수 없었다. 한숨을 섞어서 스푸트니크가 말했다.

클루가 흠칫하고 스푸트니크를 보았다. 하지만 그녀의 대답은 기다리지 않았다. 못 말리는 녀석이군, 하고 생각하며 계속해서 말했다.

"고양이가 너한테 신경을 쓰듯이 너도 고양이가 마음에 걸리잖아? 고양이한테 정신이 팔려서는 제대로 이야기를 할 수 있을 리가 없잖아. 용건이 있으면 그때마다 부를 테니 다녀와. ——죄송하지만, 고양이를 잠시 빌려도 될까요?"

"네에, 저도 부탁하려던 참이에요. 클루, 미안한데 괜찮다면 리리와 놀아줄래? 리리가 오랜만에 클루를 만나서 기분이 좋은 것 같아."

엘리의 '부탁'을 듣고 또다시 클루가 스푸트니크에게 고개를 돌렸다. 그 얼굴을 보아 무슨 말이 하고 싶은지 분명했다——그래서 그는 그녀가 가지고 온 강아지풀을 테이블에서 들어 올려서 내밀었다. 그리고,

"고용주의 명령이야. 다녀와."

"……네!"

클루는 강아지풀을 받아들고 씩씩하게 고개를 끄덕이더니 발아래의 리리를 보았다.

놀아줄 것이라고 파악한 리리는 복도로 통하는 문까지 걸어가더니 그녀에게 권하듯이 돌아보았다. 클루는 "그럼, 다녀올게요" 하고 몹시 진지한 얼굴로 경례하더니 발아래에 떨어진 장난감을 집어 들고 고양이의 뒤를 쫓아서 열려 있던 문으로 함께 복도로 나갔다.

이윽고 그 밤색이 방에서 사라지자 스푸트니크의 마음에서 자연스레 긴 탄식이 새어 나왔다. 과연 저 촐랑대는 종업원을 데려오길 잘한 걸까, 잘못한 걸까.

어쨌든 우선은 실례에 대한 사과를 해야 한다고 생각하여 부부에게 몸을 돌렸다. 하지만 그가 무슨 말을 하기보다 먼저, 강아지 아저씨가 복도를 쳐다보더니 매우 기분 좋게 웃었다.

"귀엽네. 우리 딸도 저렇게 건강한 아이로 자라줬으면 좋겠어."

"그러네. 상냥하고 배려심도 깊고, 책임감도 있고 말이지. 클루 같은 아이가 되어줬으면 좋겠어."

"……저런 애는 손이 많이 갈 거야."

두 사람의 넋이 나간 듯한 웃는 얼굴에, 해야 하는 말이 달라지고 말았다. 덩달아 쓴웃음을 지었다.

"하는 말과 행동을 보면, 정말이지 호락호락하지 않다니까."

"어머, 아직 한창 귀여울 때잖아요. 여자아이는 금방 성장할걸요. 아직 아이라고 생각했더니 갑자기 '소개시켜줄 사람이 있어'라고 말할지도 몰라요. 어쩌면 '스푸트니크, 결혼해줘요' 하고 말을 꺼낼지도 모르고요. 어찌 되었든 마음의 준비를 확실히 하는 편이 좋을걸요."

놀리는 듯한 엘리의 말. 그러나 그런 말을 들어도 클루는 아직 사랑조차 모를 법한 아이라서 그런 아이가 남자 친구다 청혼이다 해도 아직 상상하기가 힘들었다.

그래서 스푸트니크는 항복이라는 듯 어깨를 으쓱하여 이 이상 그 화제를 키우기를 단념했다. 애초에 시간이 무한하게 있는 것도 아니었다, 이 이후에도 '스케줄'이 있고 말이다.

"글쎄요. ──그럼, 슬슬 일 이야기를 해도 될까요?"

"아, 그렇지."

"네. 잘 부탁해요."

건너편에서 고개를 숙이는 부부에게 답례를 하고 나서, 스푸트니크는 가방을 열었다.

서류 몇 장을 꺼내 두 사람을 향해 내밀었다. 그들이 바라는 장식품인 베이비링을 간단히 설명하는 팸플릿이었다.

잡담은 봉인. 머리를 장사 모드로 전환하여 설명을 시작했다.

"베이비링이라는 것은 아이에게 있어서 '첫 장식품'으로 여러 가지 의미가 있지만, 기본적으로는 '아이의 행복을 기원하여 부모가 아이에게 선물하는 것'입니다. 그 밖에 출산 축하 선물로써 어머니에게 보내기도 합니다만, 그건 이번 건과는 다른 이야기이므로——."

"저기, 스푸트니크."

갑자기 이름을 부르자 말을 끊었다.

"뭐야, 강아지."

"미안, 나쁜 뜻은 없지만 한마디만 할게. 네가 진지하게 일 이야기를 하고 있으면 왠지 거북해."

"완전 나쁜 뜻이잖아."

결혼반지를 제작할 때도 같은 말을 들었다. 큰 단골손님에게는 종종 "일에 몰두하고 있는 모습도 멋있다"고 칭찬 ——그 점을 이용해서 여러 가지를 팔기도 하지만——을 받는데, 그에게는 그렇지도 않은 모양이었다.

엘리가 "제발 좀" 하고 남편을 쿡쿡 찔렀다. 쓴웃음을 짓는 그녀의 모습을 보아 그녀가 어떻게 생각하는지는 모르지만 어떻든 상관없는 일이었다. 강아지 아저씨의 아내에게 상인 또는 클루의 보호자 이상으로 좋은 인상을 준다고 한들 의미는 없었다.

헛기침을 한 번 했다. "이야기 다시 돌아갈게" 하고 말하자 그가 "미안, 미안" 하고 다시 사과했다.

"그럼. 베이비링의 용도는 다양합니다만, 두 분은 어떻게 사용하실 생각입니까?"

"어머? ……베이비링은 저 아이의 반지가 아닌가요? 용도라뇨?"

"아니요. 건네 드릴 때 말씀드리겠지만, 베이비링은 기본적으로 아이가 계속 끼고 있는 건 피하셔야 합니다."

"왜?"

강아지 아저씨의 어딘가 멍청한 질문에 이 녀석은 머리를 안 쓰는군, 하고 생각했다. 엘리를 힐끗 보자 이쪽은 역시 어머니라고 해야 할까 그 이유를 알아차린 듯했다.

스푸트니크는 강아지 아저씨를 향해 자신의 왼손을 펼쳐 보이더니 오른손으로 왼손의 약지를 가리키며 답했다.

"네가 평소에 반지를 끼지 않는 이유와 같아."

"어? 아."

그는 반지를 끼지 않았다. 결혼반지를 맞출 때 자신은 직업상 반지를 끼기 어렵다고 말했던 것을 기억하고 있다. 케이스에 보관하여 집에서 가끔 보는 수밖에 없다며 왠지 서운한 듯이 말했고, 그 말을 들은 엘리도——말로는 "어쩔 수 없지"라고 했지만——어딘가 슬프게 웃고 있었다.

하지만 오랫동안 보석상을 하고 있는 스푸트니크에게 있어서 그러한 고객은 드물지 않았다. 그래서 그는 결혼반지를 건넬 때 백금 체인을 한 줄 서비스로 주었다. 손가락에 낄 수 없다면 목에 걸어서 옷 속에라도 넣어두면 되지 않느냐고. "조금은 머리를 사용하라고, 이 멍텅구리 강아지야"라고 말한 듯한 기억도 있지만, 정확하게 어떤 말을 했는지는 잊었다. 그때 두 사람이 기뻐했던 것만큼은 여전히 기억하고 있지만.

그건 어찌 되었든. 그러한 자신의 사정에 비추어보아 강아지 아저씨는 바로 짐작이 갔다.

그가 반지를 끼기 힘든 이유. 그것은 그의 직업이 '펫숍 점원'이기 때문이었다.

"잘못해서 삼킬지도 모르기 때문이구나."

강아지 아저씨는 납득이 간다는 듯 고개를 끄덕였다.

만에 하나 업무 중에 반지가 빠져서 동물의 입에라도 들어가면 동물들의 생명을 빼앗게 된다. 좋게 말하면 신중하고, 나쁘게 말하면 겁이 많은 그는 그렇게 걱정하여 자신이 반지를 끼는 것은 좋지 않다고 했다.

베이비링을 아기가 끼는 것 또한 같다고 할 수 있다. 목 안쪽에 걸린 보석이나 장식품을 안전하게 뱉게 하는 것은 ──평범한 체질의 인간에게 있어서는── 상당히 힘든 법이다.

"그래. 아이는 뭐든지 입에 넣으니까. 그리고 아이는 빨리 성장하니까 반지를 낀 채로 두면 손가락 성장에 저해가될 염려가 있어."

"그럼, 베이비링은 어떻게 해야 하는 거야?"

"그건 사람마다 달라. 어머니가 목걸이로 해서 착용하거나 아이가 성인이 될 때까지 보관해두었다가 건네주거나. 그리고 딸이 시집갈 때 선물한 사람도 있었지."

"그렇군요."

그러자 엘리가 고개를 깊이 끄덕였을 때였다.

——예고 없이 정말로 갑자기 목소리가 들렸다.

듣기에 따라서는 고양이 울음소리와도 닮은 그것은, 하지만 확실히 사람의 것이었다. 스푸트니크는 귀에 익지 않은 갑작스러운 그것에 한순간 당황했지만 역시라고 해야 할까, 강아지 아저씨와 엘리는 그다지 동요하지 않았다. 다른 방에 있지만 쩌렁쩌렁하게 잘 들리는 그것——아기가 우는 소리였다.

"어머나, 깼나 보네. 배가 고픈 건가…… 스푸트니크 씨, 미안해요. 저 잠시 실례할게요."

"얼마든지요."

자리에서 부리나케 일어나는 그녀의 모습에 방문 영업을 하기로 결정한 자신의 선택이 잘못되지 않았다는 것을 재확인한 듯한 느낌이 들었다.

복도로 나가는 엘리의 뒷모습을 멍하니 바라보고 있자, 강아지 아저씨가 이쪽으로 얼굴을 갖다 댔다. 그리고 아내의 등을 가리키고 왠지 자랑스러운 듯이 스푸트니크에게 말했다.

"내 마누라야."

뭘 새삼스럽게.

"알아."

"예쁘지?"

답하자마자 즉시 자랑했다. 그런 말을 부끄러워하지도 않고 잘도 하는구나.

두 사람의 추억을 또 끝없이 듣는 것은 이제 사양하고 싶었다. 그렇게 생각하여 답하지 않고 있자 강아지 아저씨가 불쑥 중얼거렸다. 꿈을 꾸는 듯한, 어딘가 먼 곳을 보는 듯한 눈동자로.

"이야, 가족이란 건 좋은 것 같아."

"아아, 그러신가요?"

스푸트니크로서는 정말이지 '어떻든' 상관없었기 때문에, 아무리 애를 써도 대강대강 답하게 되었다. 하지만 그런 것은 상관없다는 양 강아지 아저씨는 기분이 좋은지 어깨를 좌우로 계속 흔들었다.

"동생도 있지만, 역시 자신이 지켜야 하는 가정이라는 건 또 다른 장점이 있어. 넌 어때? 가정이라는 건 멋져, 좋아. 가정을 꾸리고 싶은 생각이라든가, 평생 함께하고 싶은 여자 없어?"

질문하자 스푸트니크는 고개를 갸웃거렸다.

그렇다기보다 그에게는 결혼하고 싶은 마음이 그다지 없었다. 생각한 적이 전혀 없는 것은 아니지만, 여러 가지 생각이 머릿속에서 소용돌이쳐서 결국 자신이 누군가 한 사람의 반려자로 서 있는 모습을 상상할 수 없었다. 아직 덜 놀았다는 생각, 일이 즐겁다는 생각, 그리고——자신이 어떻게 되기 전에 우선 그 '약속'을 지키는 것이 먼저라는 결의.

그리고 그것들 전부와 동시에 떠오른 것은 단 한 사람, 소녀의 모습──.

그러자.

"어라?"

강아지 아저씨가 빙긋이 웃으며 조금 전에 엘리가 사라져 갔던 쪽으로 고개를 돌렸다.

엘리가 돌아온 걸까, 덩달아서 스푸트니크도 그쪽을 쳐다보았다. 그러나 그곳에 서 있던 것은 다른 사람이었다. 때마침 스푸트니크의 머릿속에 떠올랐던 소녀──클루였다.

그러나 어째서일까. 그녀의 눈동자에는 힘이 없었고 뺨에도 핏기가 가셔서 새파랬다. 방을 뛰쳐나갔을 때는 씩씩 그 자체인 얼굴을 하고 있었는데. 초췌라고 말할 정도는 아니었지만, 마음이 이곳에 존재하지 않는 모습이었다.

"쿠."

이름을 부르자 멍한 눈에 흠칫하고 초점이 돌아왔다. 그러나 스푸트니크가 자신을 보고 있다는 사실을 알아차리자 겁에 질린 듯 한 걸음 물러났다. 대체 무슨 일일까, 뭔가 좋지 않은 말을 한 기억은 없는데──방 밖에서 무언가를 본 것일까. 혹은 아기의 울음소리에 놀란 걸까.

하지만 과도하게 반응하는 것도 좋지 않을 듯해서 어디까지나 태연하게 말을 걸었다.

"고양이랑 이제 안 놀아줘도 괜찮아?"

"아, ……네."

"그럼, 앉아. 이야기를 계속할 거니까."

말하자 그녀는 어떻게든 "네" 하고 대답하고서 조금 전과 마찬가지로 스푸트니크의 곁에 앉았다.

손은 무릎 위에 놓고 시선은 손끝에 떨어뜨린 채였다. 여느 때의 그녀라면 함께 놀던 고양이에 대해서 "귀여웠다", "즐거웠다" 하고 손짓 몸짓을 섞어서 소란스러울 테지만 그러지도 않았다.

그러나 손님 집에서 종업원을 우선적으로 걱정하는 것은 순서가 틀렸다. 지금은 최대한 신경을 쓰지 말자고 마음먹고 테이블 위의 자료를 한 장 들어 올렸을 때──그리고 그 자료의 글자를 보았을 때.

갑자기.

스푸트니크는 그녀가 상심한 이유를 알 것 같았다.

*

리리를 쫓아 복도로 나갔던 클루는 발걸음을 멈추었다.

자아, 어디서 놀까. 응접실에서 놀면 스푸트니크와 다른 이들의 대화에 방해가 될 것 같아서 방을 나왔지만, 너무 제멋대로 남의 집에서 어슬렁거리는 것도 손님으로서 좋은 태도라고는 할 수 없을 듯했다. 그런 생각을 하면서 망설이고 있었더니,

"야옹."

마치 그녀를 안내하듯이 짧은 울음소리가 들렸다.

그쪽을 보자 리리가 복도 안쪽의 한 방 앞에서 다소곳이 앉아 있었다. 클루가 이곳을 방문했을 때 때마침 강아지 아저씨가 나온 방이었다. 문이 열려 있었지만, 깜박하고 닫지 않은 것이 아니라 일부러 그렇게 해둔 것 같았다. 증거로 문과 바닥 사이에 작은 스토퍼로 고정시키고 있었다.

리리는 클루와 눈을 맞추더니 일어나서 꼬리를 세우고 방 안으로 걸어갔다.

따라오라는 건가. 조금 망설이다가 안을 들여다보았다. 얇은 레이스 커튼 건너편으로 주황색 햇빛이 부드럽게 비쳐 드는 방. 그곳은 수많은 헝겊인형과 신기한 장난감이 나열되어 있는 방으로, 리리는 그 헝겊인형들과 뒤섞여 한가로이 드러누워 있었다. 그래서 한순간 이곳은 리리를 위해서 마련한 방이라고 착각했다.

그 예측이 틀렸다고 알아차린 것은 누워 있던 리리의 건너편에 자리한 울타리가 쳐진 자그마한 침대 때문이었다. 천장에서 드리워진 모빌 같은 장식 아래, 침대 위. 가만히 들여다보자 그곳에 양팔을 머리 위로 치켜 올리고 눈을 감은, 작은 인형이 누워 있었다——아니.

아니라고 알아차렸을 때 클루의 심장이 두근두근 뛰었다.

유심히 보니 그 배가 위아래로 천천히 움직이고 있었고, 코와 눈꺼풀도 가끔 실룩실룩 경련하고 있었다. 인형처럼 보였던 그것은 확실히 생명체였다. 파스텔핑크의 점프 슈트를 입은 작은 아이. 강아지 아저씨와 엘리의 딸이 조용히 잠들어 있었다.

리리를 보자 그녀는 뒷다리로 뺨을 긁으며 새침하게 다른 쪽을 보고 있었다. 그러나 귀는 야무지게 클루를 향해 있어서 마치 '그것'에 대한 감상을 애타게 기다리고 있는 듯하기도 했다──어때, 내 여동생. 귀엽지?

작은 손, 작은 다리, 작은 몸. 뺨은 잘 익은 복숭아처럼 부드러워 보였고 무방비하게 잠든 모습은 세상에 만연하는 원망과 괴로움을 하나도 모르는 듯했다.

아기를 이렇게 가까이에서 본 것은 처음이었다. 나란히 선 강아지 아저씨와 엘리 씨, 그리고 그 품속에서 조용히 잠든 이 아기. 그런 광경을 환시했다. 그것은 무척이나 포근하고 따스했다.

저 방약무인한 스푸트니크도 부모님의 품에 안겨서 태평하게 잠들어 있던 적이 있을까. 그렇다면 그는 어디서 길을 잘못 든 것일까──그런 생각을 하며 그만 웃음을 터뜨렸을 때였다.

콕, 하고.

무언가가 클루의 마음속을 찔렀다.

"……?"

마음속을 찌른 것은 영문을 알 수 없는 이상한 감정이었다. 클루는 고개를 갸웃거렸다. 이건 대체 뭘까? 적어도 평소에 귀여운 것을 보았을 때 느꼈던 것은 아니었다──예를 든다면, 그것은 아직 낯설었던 이 마을 안에서 홀로 어두운 골목길에서 헤매었을 때 느꼈던 것과 아주 비슷했다. 오른쪽도 왼쪽도 어둡고, 가는 길이 맞는지도, 도와줄 사람이 언제 올지도 알 수 없을 때 느꼈던 기분을 희석하여 바늘 끝에 묻혀서 찌른 것 같았다.

딸랑. 갑자기 바람이 불어와서 천장의 모빌——침대의 모빌 하나가 소리를 냈다. 마치 클루의 마음속에 자리 잡은 작은 덩어리를 지적하듯이.

솟구치는 감정, 바늘 끝 정도의 그것은, 그녀 자신이 알아차리자 빠르게 자랐다.

사람은 모두 아기였을 적이 있다. 혼자서는 식사도 하지 못해서 부모에게 보호받으면서 살았을 적이. 지금은 부모인 강아지 아저씨도 엘리도, 저 스푸트니크조차 그런 시기가 있었을 터이다.

저 스푸트니크조차.

——그런데.

그때 갑자기 이물감을 느꼈다. 목 안쪽, 여느 때의 그것이다. 쉰 기침을 두 번, 그 후 눈을 조금 크게 한 번 뜨자 마침내 불쾌함의 원인이 데굴데굴 굴러 나왔다. 모가 진 보랏빛 보석 하나가 손안에 나타났다.

그러나 그 스톤은 중앙에서 조금 왼쪽에 직선으로 균열이 나 있었다. 균열은 보랏빛 안에서 빛을 반사하여 하얗게 반짝반짝 빛나고 있었다. 스푸트니크는 이것을 과연 어떻게 평

가할까. 흠집이 있는 결함품이라고 비난할까, 아니면 빛의
정도에 따라서 변화하는 아름다운 스톤이라고 칭찬할까.

하지만 지금의 클루에게는 그런 것은 아무래도 좋았다.
그런 것보다──.

"흐앙."

생각에 잠기던 클루를 현실에 붙든 것은 그 귀에 익지 않
은 목소리였다.

말이 아닌 그것에 깜짝 놀라서 고개를 들었다. 목소리가
난 곳은 아주 가까이, 클루의 바로 눈앞. 발신원을 찾을 필
요도 없었다.

침대 안의 아기가 깨어 있었다.

또랑또랑한 눈동자가 울타리 너머 있는 클루를 비추고 있
었다.

그 온화한 눈은 강아지 아저씨를 쏙 빼닮았다. 하지만 홍
채의 색은 틀림없이 엘리의 것으로, 두 사람의 특징이 섞여
서 만들어졌다는 것을 충분히 알 수 있었다. 흰자에도 충혈
하나 없는 맑은 눈동자.

그러나 그 사랑스러운 눈이 일그러질 때까지 시간은 그다
지 걸리지 않았다. 미간을 찡그리고 입가를 천천히 끌어당
기더니 그 입술에서 "으, 응애" 하는 소리가 새어 나왔다.

클루가 아 운다, 라고 생각한 순간.

──그녀의 눈동자에서 커다란 눈물방울이 흩날렸다.

"아, 아, 아, 그러니까, 미, 미안, 우, 울지 마, 미안해."

사과도 들어주지 않았다. 고막을 찢을 듯한 목소리로 울부짖었다.

도움을 구하려고 리리를 보았지만 그녀는 늘 있는 일이라는 양 눈을 감고 드러누워 있었다. 울타리를 잡고 어떻게 하면 아기의 기분을 나아지게 할 수 있을지를 생각했지만, 아기를 접한 적이 없는 클루에게는 당연히 답이 나오지 않았다. 쥐고 있던 강아지풀은 물론 무력했다.

클루는 어찌할 바를 모르고 망연자실하게 서 있었다, 그러자.

"네에네에, 맘마 말이지? 지금 준비할 테니까…… 어머, 클루."

등 뒤에서 목소리가 들렸다. 깜짝 놀란 클루는 심장이 쿵쾅거렸다.

다급히 돌아보자 그곳에 엘리가 서 있어서 클루의 심장 고동은 더욱더 커졌다. 어찌 되었든 지금의 엘리에게 있어서 자신은 귀여운 딸의 방에 들어와서 아기를 울린 발칙한 침입자이다.

"저, 저, 저기, 방에 들어와서, 죄송해요…… 그러니까, 쿠가, 기침을 하는 바람에, 아기를 깨워서, 저기, 죄송해요."

스스로도 구차하다고는 생각했다.

하지만 엘리는 신경을 쓰는 기색도 없이 아기 침대로 다가가서 익숙한 손놀림으로 흐느껴 우는 자신의 아이를 들어 올렸다.

"응? 괜찮아─. 슬슬 밥 먹을 시간이라 분명 배가 고파서 깼을 거야. ……맞다, 클루, 아기한테 우유 줘볼래?"

"쿠, 쿠는, 쿠는, 괜찮아요. 스푸트니크가 있는 곳으로 돌아갈게요."

엘리의 제안에 클루는 고개를 가로저었다.

자신의 마음에 움텄던 좋지 않은 감정을 그 아이가 꿰뚫어 보고 있다는 듯한 느낌이 들어서였다. 순수한 그녀는 클루가 품고 있는 그것이 너무나도 무서워서 울고 만 것이 아닐까?──그런 가정을 버릴 수 없었고, 그래서 그곳에 있는 것이 참을 수 없이 괴로워졌다.

거부하는 듯한 울부짖음 속에서 클루는 엘리를 향해 고개를 깊이 숙였다. "실례할게요" 정도는 말했을지도 모르지만 기억에는 남아 있지 않았다.

마음에 솟구치는, 그리고 충분히 부풀어 오른 의문은 가라앉지 않았다. 도망치듯이 방을 나와서 복도를 걸어가며 클루는 생각했다.

사람의 아이는 사람이 낳으므로, 양배추나 황새에서 나오는 일도 없거니와 나무 밑동에서 태어나는 일도 없다. 자그마한 모습으로 어머니의 배에서 나오는 것이다.

하지만 그렇다고 한다면.

자신은 어째서 스푸트니크를 만났을 때 어머니의 품에 안겨 있지 않았던 것일까.

그리고 아버지와 손을 잡고 있지 않았던 것일까.

──어째서 내 부모는 나를 그곳에 버린 것일까.

클루에게는 그 장소에 도달하기 전의 기억이 없다. 정신을 차렸을 때는 그 추레한 장소에서 남자들에게 얻어맞고 걷어차이는 나날을 보내고 있었다. 더 말하자면 그곳에서 생활했던 기억도 섬처럼, 어느 정도 결락되어 있어서 전부 다 기억하고 있지는 않았다. 기억은 지금도 여전히 잃어버린 채였다.

그런 환경에서 그녀를 구해낸 스푸트니크는──정확하게는 스푸트니크에게 이끌려갔던 병원의 의사는──아마도 괴로운 현실에서 도피하고 자신을 방어하기 위해서 기억을 소실한 것 같다고 말했다. 현재 상태에 문제가 없으면 언젠가 자연스레 생각날 때까지 기다리는 편이 좋다고 했다. 클루 또한 그때는 과거를 보는 것이, 맞았던 사실을 떠올리는 것이 괴로워서 "그걸로 됐다"고 답했다.

──괜찮아, 괜찮아.

자신을 안정시키는 말을 중얼거리며 복도를 걸었다. 그때, 아무것도 기억하지 않아도 상관없다고 생각했던 사람은 자신이 아니었던가.

괜찮아, 나한테는 아무것도 없더라도.

나한테는 그 사람이.

복도를 건너서 원래 있던 응접실에 도착했다. 역시나 열려 있는 입구에서 안을 들여다보는 것과 동시에,

"넌 어때?"

강아지 아저씨의 목소리가 귀에 닿았다.

남겨진 남자 둘이서 무언가를 이야기하고 있었다. 팔짱을 끼고 이야기를 듣고 있던 스프트니크도 합쳐서, 두 사람 모두 클루가 있다는 사실은 아직 알아차리지 못한 듯했다. 그럼에도 그곳에 그 사람이 있다는 사실에 어느 정도 안심했다.

괜찮아, 나는 이 사람만 있으면. 마음속에서 콸콸 솟구치며 그칠 줄 모르는 외로움과도 닮은 감정을 억누르고 싶어서 클루가 고용주의 이름을 부르려고 했다──순간, 강아지 아저씨가 그에게 한 가지를 물었다.

그리고 그 질문을 그녀도 같이 들었고.

그때 어째서인지 무척이나 이상한 감각이 들었다.

"가정을 꾸리고 싶은 생각이라든가, 평생 함께하고 싶은 여자 없어?"

그것은 마치 발밑이 서걱서걱 무너져가는 듯했다.

부르려던 이름이, 목소리가, 목에서 새어 나오지 않고 깨끗하게 흩어져서 사라졌다. 골목길보다 훨씬 쓸쓸한, 넓고 어두컴컴한 공간에 외톨이가 되어 남겨진 기분이 들었다.

가정. 그 말의 의미는 알고 있었다. 가족을 만든다는 것이다. 배우자를 발견해서 곁에 선다는 것이다.

──자신 이외의 누군가의 곁에?

그것에 생각이 도달한 순간, 머릿속을 단숨에 휘저어 섞은 듯한 기분이 들었다.

감정이 정리되지 않았다. 푹 끓인 스튜처럼 머릿속이 질퍽하게 뒤섞였다.

그가 여자 문제로 골치 아픈 사람이라는 사실은 클루도 잘 알고 있었다. 하지만 지금까지는 그 모든 것이 그에게 있어서 '놀이'라고 알고 있었기 때문에 클루도 단지──물론 화도 내고 울기도 했지만──그렇게까지 심각하게 받아들이지 않았던 것이다. 다 놀고 나면 반드시 가게로 돌아온다는 것을 클루는 알고 있었기 때문이다.

그러나.

가정이란. 부부가 된다는 것이란. 그 말이 가진 의미는 결코 '놀이'가 아니었다. 그리고 그것의 답에 따라서는 언젠가 자신의 곁에서 그가 떠난다는 것도 될 수 있다.

부모뿐만 아니라. ──그마저도.

스푸트니크는 그 물음에 뭐라고 말할까. 답에 따라서는 사형 선고와도 가까운 그것을 클루는 숨을 죽이고 기다렸다.

그러나 행운이라고 해야 할까, 답은 듣지 않고 끝났다.

스푸트니크와 강아지 아저씨가 클루의 존재를 알아차렸기 때문이다.

"어라."

"쿠."

애칭을 부르는 그의 꿰뚫는 듯한 잿빛 눈동자가 그녀를 비추었다.

몰래 엿듣고 있었다는 사실을 비난받는 듯해서 클루는 한 걸음 물러섰지만──도망칠 곳이 없다는 사실을 알아차리고 그 자리에 우두커니 서 있었다.

그런 그녀에게 스푸트니크가 말했다.

그것은 화를 내는 것도 꾸짖는 것도 아니라 정말이지 평상시대로의 말투였다.

"고양이와 이제 안 놀아줘도 괜찮아?"

"아, ……네."

"그럼, 앉아. 이야기를 계속할 거니까."

클루는 그에 응하는 답을 했다. 뭐라고 답했는지 정확하게는 기억하고 있지 않다. 멍한 얼굴로 소파에 돌아와서 조금 전과 마찬가지로 걸터앉았지만, 그때 느끼고 있던 즐거운 기분은 전혀 돌아오지 않았다.

테이블 위에 놓여 있는 책자 몇 개. 아마도 스푸트니크가 부부를 위해서 가지고 온 것이겠지.

그곳에 쓰여 있는 말을 보고 클루는 울고 싶어지는 것을 필사적으로 참았다.

──'가족으로부터의 애정을 형태로'.

7

부부의 집을 뒤로했을 무렵, 밖에는 이미 어둠이 떨어져 있었다.

술을 제공하는 음식점이나 숙박업소는 아직 북적였지만,

대부분의 상점은 이미 '폐점' 팻말을 걸고 있었다. 길을 걷는 사람도 낮과 비교해 현저히 적어져서 클루와 같은 아이는 이미 전혀 찾아볼 수 없었다.

가로등이 비추는 거리를 스푸트니크와 어깨를 나란히 하고 걸어갔다. 그는 가벼워진 가방을 팔에 걸고 흔들며 여느 때와 같은 말투로 말했다.

"좋겠네. 젤리, 몇 갠가 받았지?"

"⋯⋯네."

클루는 자신이 손에 든 봉지를 쳐다보며 몹시 무거운 머리로 끄덕이고 답했다.

출산 축하 선물로 가지고 갔던 젤리 세트. 돌아갈 때 엘리가 그중 몇 개를 강아지풀에 대한 보답으로 클루에게 쥐어주었던 것이다. 투명하게 반짝반짝 빛나는 빨강과 초록과 주황의 젤리. 안에는 색에 대응하는 과실이 채워져 있는 것이 비쳐 보였다. 엘사네 가게의 디저트인 이것들도 분명, 언제나 그렇듯 무척이나 맛있을 것이다——하지만. 그럼에도 클루의 마음은 개운하지 않았다. 지금 그녀가 가장 원하는 것은 과자가 아니었기 때문이다.

스푸트니크를 올려다보았다. 그는 클루에게 말을 걸면서도 그녀를 보지는 않았다. 단지 걸어가는 쪽을 똑바로 향하여 무언가를 말하고 있었다.

그가 자신을 보지 않는다. 딱히 드문 일이 아닌데, 지금의 클루에게는 그 사실이 몹시 외롭게 느껴졌다.

이제부터 그가 밤거리로 외출한다는 사실은 알고 있다. 하지만 적어도 끌어안고 있는 불안만큼은 떨쳐내고 싶어서 그가 가버리기 전에 잠시라도 자신과 마주해줬으면 하여 클루는 그에게 말을 걸었다.

지금 적어도 저녁식사만이라도 함께 하고서 가지 않을래요.

"저기——."

"자아, 그럼."

그러나.

점주는 종업원의 기분이 어떠한지는 개의치 않는 모양이었다. 클루가 작은 목소리로 불렀다는 사실을 알아차리지 못하고 중얼거리더니 갑자기 발을 멈추었다. 크게 기지개를 켜고 가볍게 머리를 긁적이고 클루를 내려다보았다.

그녀를 향한 잿빛 눈동자. 그러나 그것은 안타깝게도 그녀가 원하던 눈이 아니었다.

그는 말했다.

"오늘 업무는 이걸로 끝이야, 수고했어. ——난 돌아가지 않고 이대로 외출할게. 문단속 야무지게 해."

그리고 가리킨 것은 자택으로 이어지는 길과는 다른 길이었다. 그 끝에 무엇이 있는지, 어디로 향하는지는 모르지만, 그럼에도 그곳에 자신 아닌 누군가가 그를 기다리고 있다는 것은 확실했다.

자신도 모르게 눈살을 찌푸렸다.

"아……."

즉시 답하지 못하는 클루를 의아하게 생각했는지 그의 표정도 이상한 듯 일그러졌다. 허리에 손을 대고 고개를 갸웃거렸다.

"왜 그래. 돌아가는 길은 알잖아?"

스푸트니크의 그 물음에.

클루는 몰라요, 라고 답하고 싶었다——그러니 집까지 함께 돌아가달라고 말하고 싶었다. 그러나 그런 말을 한들 새빨간 거짓말이라는 사실은 금방 들통 나겠지. 분명 무슨 이상한 농담을 하냐고 비웃음당하고 끝날 것이다.

그래서.

그때의 클루에게 이미 선택지는 없었다.

"네. 저기…… 조심히 다녀와요."

"그래. 너도 조심해서 돌아가."

가벼운 말투로 말하는 그에게 깊이 인사를 했다. 그리고 고개를 들었을 때 그는 이미 목적지를 향해 걷기 시작하고 있었다. 클루를 걱정해서 돌아보는 듯한 몸짓조차 없이.

큰 소리로 그의 이름을 부르고 싶은 충동에 휩싸였다. 하지만 그런다고 한들 소용 있을까. ——만약 무시당한다면 어쩌지.

그렇게 생각하자 무슨 말도 할 수 없었고, 떠나가는 등을 보고 있기에도 괴로워서.

클루는 단지 어금니를 꽉 깨물고 가만히 고개를 돌렸다.

그리하여 클루는 그와 헤어져서 집을 향하여 혼자 걷기 시작했다.

그때 클루는 단지 치밀어 오르는 눈물을 참기에 벅차서 그를 쫓아가는 것은 생각지도 않았다. 그래서——.

등을 돌린 스푸트니크가 한숨을 깊이 쉬는 것도 몰랐고, 어처구니가 없다는 모습으로 "못 말리는 녀석이군" 하고 중얼거리는 것도 알아차리지 못했다.

그리고 밤이 깊어졌을 무렵.

클루는 헝겊인형을 끌어안고 혼자서 1층으로 이어지는 계단에 걸터앉아 있었다.

——저녁식사는 엘사네 가게에서 라자냐를 사와 방에서 혼자 먹었다. 가게를 방문했을 때 클루 자신은 알아차리지 못했지만 아무래도 상당히 낯빛이 나빴는지 웨이트리스인 엘사가 그녀를 보자 놀라 눈을 크게 뜨고 얼이 빠진 목소리로 "무슨 일이야?!" 하고 물어왔다. 아무 일도 아니라고 몇 번이나 말해도 한동안 떨어지지 않을 정도였다.

스푸트니크가 외출했다는 것, 오늘밤에는 혼자서 집을 본다는 것, 요리할 힘이 없어서 무언가 만들어주면 포장해 가고 싶다는 것을 전하자 "가게에서 먹고 가는 게 어때?" 하고 강하게 권유받았지만 정중히 거절했다. 누군가를 만나고 싶은 기분이 아니었고, 사람과 식사를 한다고 해서 그 자리에서 울지 않을 보증도 없었기 때문이다. 가게에 방문하는 사람들의 즐거운 식사를, 따스한 저녁식사를, 자신의 우울함으로 망치고 싶지는 않았다.

그리하여 반쯤 억지로 포장해서 집으로 돌아와 먹은 라자냐는 그 찻집의 식사로서는 드물게도 맛이 없었다. 아무리 먹어도 맛이 전혀 느껴지지 않았다. 결국, 절반 정도를 방에 남기고 관두었다.

목욕을 하고 이를 닦고 잠옷으로 갈아입고 이불에 들어가자 눈꺼풀 뒷면의 암흑에 그림 몇 가지가 비쳤다. 쥐 죽은 듯이 고요한 밤에 그려진 그것은 어느 것 할 것 없이 잠에서 일어났는데 보는 악몽과 같아 이윽고 눈을 감고 있기조차, 혼자서 방에 있기조차 괴로워졌고——그리하여 결국, 침대에서 내려와 슬리퍼를 신고 자신의 방 밖에 자리한 계단에 있기로 한 것이다.

스푸트니크는 밤에 외출하면 돌아오는 것은 대게 이튿날 아침이다. 이곳에 이렇게 앉아 있어도 누군가가 올라오는 일이 없다는 것은 알고 있었다. 그럼에도 이런 기분으로 혼자서 방에 있는 것은 견딜 수 없을 듯했다.

"토순아……."

방에서 데리고 온 헝겊인형의 이름을 부르고 마주 보았다. 까맣고 동그란 눈동자에 희미하게 비치는 자신의 얼굴이 우스꽝스럽게 일그러져 있었다.

그리고 생각한 것은 눈꺼풀 뒷면에 비친 그림 하나였다.

자신을 버린 부모. 자신이 부모에게 버려졌다는 사실.

창으로 비쳐 드는 달빛 속에서 클루는 혼자 생각했다. 그녀에게 가장 가까운 사람인 스푸트니크 또한 그녀 앞에서는 자신의 부모에 대한 이야기를 한 적이 없는 것은 분명 그 때문이기도 하겠지. 클루는 지금까지 자신에게 부모가 없다는 것이 딱히 문제라고 생각하지 않았다.

하지만 오늘 따스하게 감싸여 보호받고 있는 아기를 보고.

부럽다고 생각하고 말았다.

한번 의식하기 시작하면 생각은 한없이 깊어진다. 그들은 어째서 어린 클루를 버린 것일까. 돈이 된다고 생각하여 누군가에게 팔아넘긴 걸까. 아니면 보석을 토하는 이상한 딸을 꺼림칙하게 생각한 걸까.

이런 혐오스러운 딸은 어딘가에서 죽어버려도 상관없다고.

──갑자기 구역질이 나서 계단에 놓여 있던 머그컵을 들었다. 안에는 벌꿀을 많이 섞은 핫밀크가 넘칠 듯 들어 있었다. 따스한 것, 달콤한 것은 사람을 차분하게 해준다. 심란함이 그치지 않는 마음을 가라앉히고 싶어서 만들었지만, 이것도 라자냐와 마찬가지로 맛이 전혀 느껴지지 않았다. 한 입 댔지만 역시 맛이 없어서 계속해서 마실 마음은 도저히 들지 않아 원래의 자리로 컵을 되돌렸다.

그리고 다시 생각했다. 이번에는 자신의 부모가 아니라, 지금 자신의 보호자로 있는 사람을──스푸트니크가 언젠가 인생의 반려자를 찾는 날을.

낮에 들었던 강아지 아저씨의 목소리가 귓속에서 되살아났다. ──가정을 꾸리고 싶은 생각이라든가, 평생 함께하고 싶은 여자 없어?

스푸트니크가 클루의 후견인인 것은 다름 아닌 그녀를 종업원으로서 고용하고 있기 때문이다. 따라서 예를 들어 그에게 사랑하는 상대가 생긴다고 해서 그가 클루를 이 가게에서 쫓아내는 일은 없을 것이다. 그러므로 문제는 그런 것이 아니었다. 진짜 문제는──

그가 반려자를 찾았을 때 과연 그 사람은 클루를, 보석을 토해내는 기분 나쁜 아이를, 받아들여줄까. 만약 스푸트니크가 세상에서 가장 사랑하는 사람이 클루를 가리키며 "불쾌해"라고 말한다면 그는 어떻게 행동할까.

그리고 한 가지 더, 무엇보다 큰 의문. 자신은 그때 그의 곁에 있을 수 있을까. 자신 이외의 사람에게 자신에게 주는 것보다 훨씬 큰 애정을 주는 그를 지금까지와 같은 거리에서 보고 있어야 하는 하루하루에 자신은 과연 견딜 수 있을까?

저녁 무렵에 보았던, 정답게 마주 보고 웃던 강아지 아저씨와 엘리의 모습. 그 강아지 아저씨의 얼굴이 클루의 상상 속에서 스푸트니크로 바뀌었다. 그것만으로도 그녀의 가슴은 터질 듯했다.

그러나 그것이 싫다고 해도 클루에게는 갈 장소도 의지할 사람도 지켜줄 사람도 없었다.

부모조차 버린 자신을 누가 다시 한 번 받아들여 줄까.

"흑, 흑, 흐윽."

생각하자 목에서 무의식적으로 목소리가 새어 나왔다.

미간이 구겨졌고 입가가 천천히 죄어들었다. 토끼의 눈에 비친 자신의 얼굴이 마치 낮에 보았던 아기처럼 무너져갔다. 시야가 번지자 참을 수 없어서 눈을 질끈 감자 눈시울에서 코를 타고, 눈가에서 뺨을 타고 턱으로 미적지근한 것이 떨어졌다.

자신은 어느새 이렇게 이기적이게 된 걸까. 예전에는 맞지 않는 것만으로, 음식을 먹을 수 있는 것만으로, 그날을 살아갈 수 있는 것만으로 행복했는데.

외친다고 한들 와줄 사람은 없다. 하지만 그럼에도 참을 수 없었다.

클루는 양팔로 토끼를 끌어안고 입을 크게 벌리고 숨을 들이쉬고는,

"으, 으, 으아아앙."

마음을 가득 채운 애달픈 감정을 모두 실어서 천장을 향해 울부짖었다——그때였다.

그녀의 목소리를 가르고.

앉아 있던 계단마저 흔들릴 만큼 무척이나 큰 소리가 났다.

——쿵.

바닥을 떨리게 하는 둔탁한 소리에 클루는 천장을 향하여 입을 크게 벌린 채 우는 것도 잊고 경직했다. 대체 무슨 소리일까.

그러고 보니 심하게 놀라는 것을 흔히 '간이 떨어질 뻔했다'고 말할 때가 있다──새하얘진 머릿속으로 우선 떠올린 것은 그런 말이었다. 깜짝 놀라서 제정신으로 돌아와 벌리고 있던 입을 황급히 닫고 간이 떨어지지 않았다는 것을 확인했다. 간이 떨어지지 않았을 뿐만 아니라, 보석도 나오지 않았다. 몸 상태는 만전이었다.

쿵. 다시 한 번 소리가 났다. 바닥에 무언가 무척이나 무거운 것을 떨어뜨린 듯한 울림이었다.

두 번째 소리로 그것의 방향을 알 수 있었다. 위를 올려다본 채 고개를 천천히 움직여서 그쪽을 보자 지금은 아무도 없을 터인 스푸트니크의 방이 눈에 들어왔다.

"……뭐지?"

헝겊인형을 다시 끌어안고 문을 물끄러미 쳐다보았다. 방 주인은 지금 외출 중이라서 그곳에는 아무도 없을 터였다. 그가 부재중이라는 사실을 다시 생각하자 가슴이 따끔하게 아팠지만, 소리에 대한 흥미 쪽이 훨씬 컸다. 한 손에 헝겊인형, 한 손에 머그컵을 들고 계단에서 일어났다.

발소리를 내지 않도록 복도를 살금살금 걸어서 그의 방 앞으로 갔다. 머그컵과 헝겊인형, 두 개를 왼손에 들고 비어 있는 오른손으로 천천히 문손잡이를 돌렸다. 문은 잠겨 있지 않았다.

혹시 도둑인가. 조금 전과는 또 다른 아픔이 마음을 단단히 덮쳤다. 그러나 고용주의 방에 도둑이 든다면 가만히 있을 수는 없다. 얼마 전에 "적 앞에 뛰어드는 짓은 하지 마"라고 했지만, 그것은 '스푸트니크의 몸을 지키기 위해서'라는 전제 조건이 붙어 있었다. 지금은 그가 없으니 이 경우에는 조건 외라고 받아들여도 될 터이다.

클루는 그렇게 제멋대로 결론을 내리고 고개를 끄덕이더니 문을 눈곱만큼 열었다. 숨을 죽이고 들여다보자 입구에서 이어진 복도 안쪽에 작은 불빛이 있었다. 그리고 유심히 응시하자 불빛 근처에 사람의 모습이 보였다. 그것을 알아차렸을 때 클루의 심장은 더욱더 뛰었다.

문을 살며시 열어 몸을 미끄러뜨려서 들어갔다.

복도에는 나무 상자가 두 개 정도 놓여 있었다. 건드려보았지만, 클루의 팔로는 무거워서 도저히 들 수 없었다. 조금 전의 소리는 이것을 바닥에 내려놓을 때 난 것일까.

상자 중 한쪽 뚜껑이 조금 열려 있어서 틈으로 들여다보자 안에는 어려워 보이는 책이 가득 들어 있다는 것을 알 수 있었다. 열려 있지 않은 쪽의 나무 상자 위나 바닥 위에는 책 몇 권이 어질러져 있었는데, 아무래도 안에서 꺼낸 듯했다. 도둑이 일부러 상자에서 꺼내놓은 것을 보아 값나가는 책인 걸까.

사람의 형체는 안쪽 벽장을 열고 바닥에 앉아 안을 뒤지고 있었다. 이쪽의 존재를 아직 알아차리지 못한 모양이었다.

클루는 마음을 굳게 먹고 상자 위에 우선 자신이 가지고 있던 헝겊인형과 컵을 놓았다. 그러고 나서 흩어져 있던 책 중에서 가장 두툼한 책을 손에 들었다.

소설의 주인공은 수상한 인물의 습격을 매우 영리하게 제압해내는데, 현실은 그렇게 되지 않는 모양이다. 두려워서 손도 다리도 바들바들 떨고 있었지만 주인이 없는 동안에 방을 어지럽히는 불한당을 용서할 수는 없었다.

책을 양손으로 단단히 움켜잡고 그 등에 천천히 다가갔다. 알아차리지 못하도록 충분히 다가가서 책을 살며시 치켜들어──눈을 질끈 감고 내리쳤다.

"바, 받아라!"

그러나.

책이 그 머리에 부딪치는 일은 없었다. 이쪽을 보지도 않은 채 치켜든 빈집털이의 손이 그녀의 팔을 꽉 잡고 있었기 때문이다.

큰일이다. 다급히 책을 내던지려고 했지만, 손은 그녀를 놓아주지 않았다.

"놔줘! 놔─달─라─고─!"

몸을 비틀고 팔을 크게 휘두르며 절규하여 어떻게든 뿌리치려고 했지만, 그 손은 꿈쩍도 하지 않았다. 포기하지 않고 소란을 피우며 몇 번이고 크게 팔을 흔들고 있자, 이윽고 질렸다는 듯 '빈집털이'가 말했다.

"고용주한테 뭐가 '받아라'야, 이 녀석아."

클루는 팔을 딱 멈추었다. 들은 적 있는 목소리.

"어?"

이쪽을 향한 '빈집털이'의 얼굴을 다시 보았다. 어두운 곳에서도 그것이 낯익은 사람이라는 사실을 잘 알 수 있었다.

그는 팔을 놔주더니 한숨을 쉬고 일어나 팔짱을 끼고 클루를 내려다보았다. 정말이지 어처구니가 없다는 모습의 잿빛 눈동자. 수없이 본 적 있는 그것은 물론 빈집털이가 아니었다.

그것은 틀림없이 클루의 고용주.

"스푸트니크……? 외출했던 거 아니었어요?"

"저기 말이야——."

약간 열 받은 듯한 모습으로 말하다가 이어지는 말은 뱉지 않고 삼킨 것 같았다.

그는 눈살을 찌푸리고 무언가 할 말이 있는 양 노려보았지만, 클루는 그것이 무엇인지 알 수 없었다. 기다리고 있자 스푸트니크는 포기했는지 고개를 가로저었다.

"……최근 한동안 베이비링 주문은 들어오지 않았으니까 말이야. 부부에게 설명하면서 나도 모호했던 점이 몇 가지 있었거든. 물건을 파는 내가 물건에 대해서 모르는 건 말도 안 되잖아. 그래서 지금 다시 한 번 책을 읽어보려고 상대에게 거절하고 돌아왔어."

그 말을 듣고──클루는.

무심결에 그의 얼굴을 뚫어지게 바라보았다.

"⋯⋯⋯⋯흐으음."

"뭐야, 그 반응은."

"아뇨⋯⋯."

그가 여성이 있는 곳에 놀러 갔기 때문에 조금 전까지 심하게 침울해하고 있었는데 사실은 외출조차 하지 않았다니. 정말이지 허탈한 기분이 들었다.

계단에서 홀로 잠겨 있던 고민은 하나도 해결되지 않았지만, 그럼에도. 자신의 마음은 어쩜 이렇게 단순할까. 그가 지금 눈앞에 있다는 사실만으로 무거웠을 터인 마음이 조금은 가벼워졌다.

그것을 자각하자 자연스레 뺨에 웃음이 샘솟았다. 그리고 조금 더 곁에 있고 싶다는 욕심이 동시에 생겼다.

"저기, 스푸트니크. 나도 그거 읽고 싶어요. 공부하고 싶어요."

"아아, 그럼, 몇 권 더 찾아둘게. 너도 읽을 만한 게 있었던가."

그는 클루의 부탁을 선뜻 수락하더니 어지른 책을 둘러보았다. 그 안에서 그에게 있어서는 기억에 없는 것을 발견한 모양이었다.

책장에 걸어가서 기억에 없는 그것──클루가 놓아두었던 머그컵을 들어 올렸다.

"뭘 마시고 있는 거야? 조금 줘. 힘쓰는 일을 했더니 목이 말라."

"아, 마셔요. ……하지만 맛은 없을 거예요. 점토를 녹인 물 같아서요."

"넌 점토를 녹인 물을 마신 적이 있어?"

없지만 말이다.

들어 있는 것은 어째서인지 우유 맛조차 나지 않는 핫밀크였다. 그러나 스푸트니크는 충고도 무시하고 머그컵을 기울였다.

그리고 한 모금 홀짝였지만 곧바로 얼굴을 찡그렸다.

입을 댄 곳을 엄지로 닦더니 클루에게 돌려주었다. 그리고 묘한 말을 했다.

"너, 자기 전에 이런 걸 마시면 충치가…… 아니. 당뇨에 걸릴 거야."

"네에?"

무슨 말일까.

그가 내민 머그컵을 받아들고 자신도 마셔보았다. 그러자,

"쿠엑."

혀를 덮친 예기치 못한 무시무시한 맛에 무심코 눈을 질끈 감았다. 토할 것 같았지만 어떻게든 참고 꿀꺽 삼켰다. 완전 무미(無味)였을 터인 핫밀크가 강렬한 단맛으로 바뀌어 있었다.

그와 동시에 미각을 자극받은 탓인지 심한 허기를 느꼈다. 방에 남은 라자냐가 몹시 그리워졌고, 바로 그때 배가 꼬르륵꼬르륵 울기 시작했다.

"저, 저기. 공부하기 전에, 밥, 먹고 와도 될까요? ……배가, 고파요."

"뭐야, 저녁밥 아직 안 먹은 거야?"

"아뇨, 먹었는데, 왠지, 조금 전까지는 배가 별로 고프지 않아서요."

그 이유는 어렴풋이 알고 있었다. 맛을 느끼지 못했던 이유도, 식욕이 없었던 이유도, 지금에 와서 배가 고파진 이유도.

하지만 그것을 전하기에는 아무래도 창피했다.

에헤헤 하고 모호하게 웃어서 얼버무리자 스푸트니크가 "이상한 녀석이야"라고 고개를 갸웃거렸다.

"뭐어, 됐어. 원하는 만큼 먹고 와. 그사이에 너도 이해할 수 있을 법한 책을 찾아다가 이 근처에 정리해둘 테니까."

"넵."

클루는 고개를 크게 끄덕이고 머그컵과 헝겊인형을 손에 들고서는 복도를 탁탁탁탁 뛰어갔다. 양손에 여유가 없는 탓에 문을 열지 못하고 있자 기가 막힌다는 표정의 스푸트니크가 쫓아와서 공용 스페이스로 이어지는 그것을 열어주었다.

"서두르다 넘어질라"라는 충고를 멋쩍게 웃으면서 들으며, 그럼에도 무언가 참기 힘든 충동에 달릴 수밖에 없었다.

꼬르륵거릴 정도로 허기가 졌는데도 무언가가 배를 가득 채우고 있었다.

방에 돌아와서 달기만 할 뿐인 핫밀크를 망설이지 않고 개수대에 버렸다. 그리고 남겨둔 라자냐를 다시 데워서 두 번째 저녁 식사로 삼았다.

다시 데운 라자냐를 입에 한가득 볼이 미어지게 먹자 토마토와 치즈의 맛이 입안에서 사르르 퍼졌다.

라자냐를 모조리 먹어치우고 그 김에 디저트로 젤리도 하나 먹었다.

양치를 끝내자 클루는 헝겊인형과 자신의 공부 도구——예전에 스푸트니크로부터 빌린 책 '처음 만나는 보석'——를 끌어안고 다시 그의 방을 찾아갔다.

"실례할게요."

인사를 하고 잠겨 있지 않은 문을 열었다. 복도의 나무 상자와 책은 모두 깨끗하게 정리되어 있었고, 벽장도 다시 빈틈없이 닫혀 있었다. 스푸트니크도 보이지 않는데, 어디에 있는 걸까? 벽장 속에 숨어서 놀라게 하려고 하는 것 같진 않은데 말이다.

그렇다면 어디에 있을까. 둘러보다가 가장 안쪽 문이 조금 열려 있다는 사실을 알아차렸다. 스푸트니크의 공부방 겸 침실이었다.

안을 들여다보자 그는 침대에 누워서 무언가를 읽고 있었다. 책인가 했지만 그렇지는 않았다. 접은 자국이 있는 종이 몇 장, 그리고 머리맡에는 편지지 한 장. 아무래도 손에 들고 있는 그것은 편지인 모양이었다.

머리맡의 불빛에 의지하여 무표정으로 글을 읽고 있던 그가 갑자기 이쪽으로 고개를 돌렸다. 클루의 모습을 보더니 "아, 왔어?" 하고 일어나려고 했다, 하지만.

"꼼짝 마!"

클루는 그것을 용납하지 않고 한마디 외쳤다. 그는 그 기세에 눌렸는지, 아니면 말에 따르기로 했는지는 모르지만 몸을 일으키던 자세 그대로 정지했다.

그 틈에 클루는 서둘러 달려가서 헝겊인형과 책을 침대에 놓고, 곧바로 침대 위로 올라갔다. 그리고 스푸트니크의 곁에 무릎을 꿇고 앉더니 그의 얼굴을 들여다보며 한마디 더 했다.

"목숨이 아깝다면 움직이지 마!"

클루가 요즘 가장 마음에 들어 하는 소설의 대사였다. 주인공이 적에게 몰렸을 때 적이 했던 말. 스푸트니크도 그 사실은 알고 있을 터였다──그러나.

"요 녀석."

그는 일어나더니 클루의 코를 가볍게 잡아당겼다.

"고용주한테 무슨 말버릇이야. 벌이야."

"으, 으윽."

품행불량인 스푸트니크가 흔치않게 정론으로 꾸짖었다.

그렇다고는 하나 진심으로 꾸짖는 것은 아닌 듯, 웅얼웅얼 꿍꿍대는 클루를 보고 짓궂게 웃고 있었다. 콧소리로 "잘못했어요" 하고 사죄하자 손을 바로 놓아주었다.

그러나 그 직후, 스푸트니크가 그녀를 내버려둔 채 어딘가로 가려고 했기 때문에 클루는 허둥댔다. 말투를 꾸중 들은 주제에 같은 말을 할 수는 없었다——하지만 하고 싶은 말은 다름 아닌 그것이다. 그의 팔을 잡고 침대에 드러누워 놓치지 않겠다고 온몸을 사용하여 저항했다.

"우, 우, 움직, 움직이."

"아무 데도 안 가. 여기서 잘 거면 이불 덮어."

하지만 그의 목적은 그게 아니었나 보다. 발밑에 개여 있던 이불을 잡더니 그것을 클루에게 덮어주었다. 그 김이라는 듯 클루의 헝겊인형과 책을 그녀의 품에 내던졌고, 그리고 조금 전의 편지를 다시 집어 들더니 그도 다시 누웠다.

편지. ——어딘가의 여성으로부터 온 러브레터인가 하고 한순간 조바심이 났지만, 편지지 마지막에 '클루롤 보석상회 업무부 제1업무관리과 유키(스푸트니크 보석점 관리 담당)'이라는 서명이 언뜻 보였다. 단숨에 말하려고 하면 혀를 깨물 것 같은 직함과 그 이름.

만난 적은 없지만 알고 있었다. 상회에서 스푸트니크 보석점의 사무나 중개 등을 담당하고 있는 직원이다. 예전에 어떤 사람인지 스푸트니크에게 물었더니 그는 모호하게 웃으며 "굉장한 여자"라고만 말했다. 뭐가 어떻게 '굉장한지'

는 그가 더 이상 이야기해주지 않았기 때문에 모른다.

"얼른 외상을 갚으라고 해서 말이야."

클루의 시선을 알아차린 듯한 스푸트니크가 그 편지를 가리키고 중얼거렸다.

지나치게 가볍게 해석한 것은 아닐까 했지만, 별반 크게 다르지는 않겠지. 사실, 마법소녀가 내습한 이래로 그는 아직 한 번도 상회 지부를 방문하지 않았다.

단지 그렇다고 하는 스푸트니크의 말투가 가벼웠다. 그래도 괜찮은 걸까, 관리 담당자가 곤란해하지 않을까. 그만 미간을 찡그렸지만, 그는 상대의 일은 전혀 걱정하지 않는 모양이었다. 침대 머리맡에 편지를 내던지고 천장을 향하더니 한숨을 깊이 쉬었다.

"그치만 정말이지. 원래라면 지금쯤 곁에 누워 있는 건 여기저기가 좀 더 부드럽고 유혹에 능한 여자였을 텐데. 어째서 이런 땅꼬마 옆에 누워 있는 거지, 난."

"그 말투는 뭐예요."

스푸트니크는 클루가 베고 있는 것과 반대쪽 팔을 자신의 눈에 대고 그렇게 탄식했다. 어이없음과 질투에 클루의 뺨이 자연스레 뾰로통해졌다.

"저도 부드러워요. 가슴은…… 아직 그러니까, 아직…… 이지만, 뺨은 말랑말랑해요! 이봐요, 이봐, 어때요, 말랑말랑하죠?! 원하는 만큼 만지면 되잖아요!"

"아아, 네에네에, 그렇군요, 부드럽네요, 제가 틀렸습니다, 클루 씨도 부드러워요, 네에네에네에."

스푸트니크의 손을 들어 올려서 뺨에 닿게 했다. 그러자
무언가 포기한 듯한 말과 더불어 마디가 도드라진 손가락이
클루의 뺨을 가볍게 잡았다. 알았으면 됐다.

흥, 하고 거친 콧김을 내뿜는 클루에게 스푸트니크는 다
시 한 번 긴 한숨을 쉬었다. 그리고 나서 맥이 빠진 듯이 웃
었다.

"그 정도라면 컨디션은 돌아온 것 같네."

"컨디션?"

"강아지네 딸을 보고 네 부모님을 생각했지?"

흠칫하고 스푸트니크의 눈을 다시 보았다.

밤놀이를 취소하게 되어 조금 전까지 탄식하던 사람의 것
이라고는 생각할 수 없는 진지한 눈동자를 하고 있었다. 그
에 클루는 능글맞다고 생각했다. 남의 일은 아무것도 모르
는 척하고서는 사실 모든 것을 꿰뚫어 보고 있었던 것이다.
이쪽은 자신에 대한 일조차 모르는 것투성인데.

마음속까지 꿰뚫어 볼 듯한 잿빛에서 눈을 돌리고 클루는
헝겊인형을 꼭 끌어안았다. 하지만 그것만으로는 부족해서
스푸트니크의 곁에 뺨을 세게 갖다 댔다. 그는 거부하지 않
았다.

"쿠는…… 쿠의 아빠와 엄마는."

"응."

"어디에 있을까요."

"으음, 글쎄."

모호한 대답. 당연하다, 그가 그 사실을 알 리가 없다.

그래서 아무래도 나약한 소리가 하고 싶어졌다.

"쿠가 이상한 애라서, 쿠는 필요 없는 애였던 건가요?"

"그렇다면 난 네 부모님께 감사해야겠군."

"감사요?"

어린 클루를 버린 부모에게 그는 대체 무엇을 감사한다는 것일까.

클루의 머릿속에는 그에 대한 논리가 아무리 애써도 이어지지 않고 반복되었다. 그러자 스푸트니크는 천장을 보고 누운 채 고개만 조금 움직여서 그녀를 보았다.

그리고 아주 당연하다는 듯 그 말을 했다.

"네 부모가 널 버리지 않았다면, 난 널 고용하지 못했을 거야."

──그것은.

그 말은 쿵 하고 그녀의 마음에 떨어져서, 마치 퍼즐 피스의 정답처럼 알맞게 딱 맞춰졌다.

"그것도 그러네요."

"그렇지?"

놀라서 뒤집어진 목소리로 동의하는 클루에게 그는 의기양양한 얼굴로 웃었다.

부모님을 생각하며 어째서 그들이 자신을 버린 걸까 고민은 했지만, 그런 생각은 하지도 못했다. 그러나 듣고 보니 그랬다. 그들이 어떤 이유로 클루를 손에서 놓았기에 지금이 있다. 리아피아트 시에서 많은 것을 배워서 알 수 있게 된 현재. 스푸트니크의 곁에 서서 웃을 수 있는 현재가.

"뭐, 어쩌면 부모님 슬하에 있는 편이 돈을 더 잘 버는 곳에 취직했을지도 모르지만. 혹시 일하지 않아도 되는 입장일지도 모르고 말이야."

"아니요."

일하지 않아도 되는 입장이라면 어딘가의 공주거나 영애인 건가. 그것도 동경하지 않는 것은 아니지만, 클루는 고개를 가로저었다.

"난 여기가 좋아요. 그러니까 여기에 있어도 괜찮아요."

"그렇군. 뭐어, 나보다 뛰어난 고용주는 이 대륙 어디를 찾아봐도 없을 테니."

"그건 어떨지 모르지만요."

종업원을 자상하게 배려해주고 품행이 단정한 고용주는 세상에 많이 있겠지. 하지만 그곳은 바꿔 말하면 스푸트니크가 없는 직장이고, 그렇다면 적어도 지금의 클루가 바라는 일자리는 아니었다. 그래서 지금의 자신에게는 이곳이 가장 잘 맞았다. ······아니, 욕심을 말한다면──그의 신부라는 일자리도.

그리고 그 망상에 자극받아서 조금 성장한 자신의 모습이 그려졌다. 지금보다 키가 커지고 가슴은 부풀어 오르고 표정은 어른스러워지고 그리고 팔에는. ······망상 중인 자신이 팔에 끌어안은 것을 알아차린 직후에 스스로에게 심한 부끄러움을 느꼈다. 평온하게 잠든 까만 머리카락에 잿빛 눈동자의 아기라니, 그건, 그런 일은! ──일어난다면 기쁘 겠지만!

"스, 스푸트니크의 아버지와 어머니는 어떤 사람이에 요?"

자신의 망상을 모조리 지우고 싶어서 다른 질문을 했다. 그는 그런 질문이 날아올 것을 예상하지 않았다는 듯한 표 정을 지었다.

"나?"

흐음, 하고 신음하며 천장을 올려다보았다.

잠시 침묵한 후에 드문드문 이야기하기 시작했다.

"난 북대륙에 있는 어느 왕가의 사생아야."

"사생아?"

"간단히 말하면 왕이 애인에게 낳게 한 아이라는 뜻이지. 다만, 내 나이가 열두 살을 넘었을 때 내 존재가 본부인과 그 아들인 왕위 계승자에게 알려져서 말이야, 조만간 왕가 를 위협하는 자가 되는 게 아닌가 하고 걱정한 그 사람들이 내 목숨을 노리게 되었지. 그래서 몸뚱이 하나만 가지고 이 쪽으로 도망쳐 왔어. 힘든 배 여행을 견뎌서 어떻게든 다다 랐던 건 좋았지만 친척도 없어서 망연자실하던 참에 보석 상 회장인 클루롤 씨가 거둬들였지."

처음 듣는 고용주의 과거에 클루는 무심코 눈을 크게 떴다.

순간적으로는 믿을 수 없었지만, 왕의 피가 흐르기 때문에 이 사람의 거만함이 당연한 행동거지라고 한다면 납득할 수 있을 것 같은 느낌이 들었다. 실제로 스푸트니크는 외관도 왕자라고 하기에 나무랄 데가 없었고 머리 회전도 빨랐다. 여성을 금방 사로잡는 성격도 사람을 끌어들이는 매력이라고 한다면 그렇다고 할 수 있겠지. 통치자로서의 소질은 충분했다.

예전에 책의 삽화에서 본 왕자의 의상을 걸친 그를 상상해보았다. 머리 위에서 반짝반짝 빛나는 왕관, 호박처럼 봉긋한 바지에 하얀 타이즈와 백마. ──멋있을지도 모른다.

흠칫하고 눈을 크게 뜨고 클루는 말했다.

"스푸트니크가 왕자님!"

"그래. 원랜 네 곁에 누워 있을 신분의 사람이 아니라고."

"아, 아아."

"뭐어, 거짓말이지만."

갑자기 눈앞의 이 사람이 터무니없이 지체 높은 사람 같아서 외로웠다. 하지만 직후에 스푸트니크가 담백하게 폭로하자 클루의 마음은 따라잡을 수 없어졌다.

혼란스러운 그녀에 비해 그는 또 웃고 있었다.

"북대륙엔 간 적도 없어."

"심술쟁이!"

결국에는 또 가지고 놀았다는 거겠지. 히쭉히쭉 웃느라 일그러진 뺨에 그녀는 짜증이 나서 무심결에 뾰로통해졌다. ——하지만 클루는 그의 그런 심술궂은 표정 안에서 어딘가 위엄 같은 것을 본 것 같았다.

그것은 어쩌면 조금 전에 들은 '거짓말' 때문일지도 모르지만.

클루가 왕으로서 정사(政事)를 보는 스푸트니크의 모습을 멍하니 상상하고 있는데 갑자기 스푸트니크가 "맞다" 하고 말했다.

"잊어버릴 뻔했네. 이거."

침대 머리맡 위로 손을 뻗어서 클루에게 무언가를 내밀었다. 이상하게 생각하며 받아들자 그것은 책 한 권이었다 ——'처음 만나는 보석'. 어머, 하고 클루는 자신의 방에서 가지고 온 책을 보았다. 그러나 그가 내민 그것은 클루가 빌렸던 책과는 표지가 조금 달랐다. 그리고 유심히 보자 제목 마지막에 'Ⅱ'가 붙어 있었다.

빌렸던 1권에는 넘버링이 없었기 때문에 몰랐지만.

"이거 속권이 있었네요?"

"분명 4, 5권 정도까지 있었을 거야. 버린 기억은 없으니까 상자 안을 뒤져보면 어딘가에 전권이 있겠지. 그것도 읽을래?"

"아, 그럼, 언제든지 괜찮으니 빌려주세요."

스푸트니크가 가지고 있는 많은 책. 어려운 책도 많은 가운데, 이 시리즈는 클루도 이해할 수 있는 평이한 말로 쓰여 있었다. 도해도 많아 이해하기 쉬워서 그 책이 또 있다고 한다면 가능한 한 읽고 싶었다.

"1권만 조금 흠집이 있네요. 여러 번 읽은 느낌이에요."

"1권은 애초에 다른 사람한테 물려받았으니까. 다른 건 나중에 모았어."

이쪽저쪽에 흠집이 있고 가장자리 쪽은 뒤틀려 있었다. 2권은 흠집이 별로 없고 표지도 깨끗했다. 방에서 1권만 보고 있었을 때는 그다지 알아차리지 못했지만, 이렇게 비교해보니 일목요연했다. 벽장 안의 나무 상자 안쪽, 이라는 햇볕이 들지 않는 장소에 보관되어 있었기 때문일까 하고 생각했지만, 아무래도 그뿐만은 아닌 듯했다.

보존 상태의 차이에는 스푸트니크도 자각하는 바가 있는지 그가 그녀의 물음에 고민하는 일은 없었다.

"아아."

어쩌면 그가 보석상에 뜻을 두게 된 것은 이 책이 계기일지도 모른다.

2권과 비교해보며 클루는 자신이 이 사람에 대해서 아무것도 모른다는 생각이 들었다. 그가 어째서 보석상이 되었는지도 모르거니와 앞의 이야기에도 나왔던 출신에 대한 것, 부모님에 대한 것, 아무것도 몰랐다. 이렇게 가까이 있고 만나고 나서 얼굴을 마주하지 않은 날이 거의 없는데 이상한 일이었다. ──왠지 오늘 밤에는 생각이 과거에 대한 것으로 흘러갔다.

옛날 일만 생각하는 것도 그다지 좋지 않다는 느낌이 들어서 클루는 생각을 전환하기로 했다.

미래. 미래의 밝은 일.

——생각하다 떠오른 그것은 클루의 마음을 조금 아프게 했다. 답이 돌아오지 않았던, 그에게 던져졌던 질문. 답을 모를 수 있었던 것에 안심했었다, 이제 와서 알고 싶지는 않았다. 하지만 그의 진의를 모르는 이상, 또 언젠가 그 물음을 떠올리며 괴로워하겠지.

그렇다면 지금 물어보는 편이 앞으로 분명 편할 것이다. 클루는 그렇게 마음을 먹고, "어디에 넣어뒀더라" 하고 책이 보관된 장소를 생각하는 스푸트니크를 보았다. 그리고 쭈뼛대며 물었다.

"스푸트니크는…… 결혼 안 해요?"

"뭐어?"

그 집 응접실에서 강아지 아저씨가 그에게 했던 말.

마음을 먹고 물어보았지만, 스푸트니크는 진심으로 어처구니가 없다는 표정을 지었다. 그리고 내려다보듯이 그녀를 바라보고 반대로 물었다.

"너까지 이상한 소리 하지 마. 누구와 하란 거야."

"아니, 딱히, 그러니까, 누굴 말하는 건 아니지만……."

"그렇군. 쿠, 너한테 한 가지 도움이 될 만한 걸 가르쳐줄게. 사실 결혼이라는 건 말이야, 상대가 없으면 할 수 없는 거야. 언젠가 분명 도움이 될 테니 기억해둬."

"그 정도는 알고 있어요!"

아무리 그래도 그렇게까지 무지하지는 않다. 대들듯이 말하자, 스푸트니크는 숨기려고도 하지 않고 한숨을 쉬었다.

"……강아지가 했으니 같은 연령대인 나도 한다고 생각했어? 결혼은 그렇게 간단한 게 아니야."

"하지만 스푸트니크는, 밤에, 자주, 모르는 여자와 놀기도 하니까…… 그런 사람과."

"네가 알지 모를지 모르지만, 그건 그런 게 아니야. 그냥 친구야. 너 안나 좋아하지, 하지만 결혼하고 싶다고 생각해? 그거과 같아."

클루의 친구의 이름을 예로 들어 그가 말했다. 확실히 안나는 소중한 친구로, 함께 있으면 즐겁지만 결혼하고 싶다는 생각은 하지 않는다. ──하지만 그가 말하는 '친구'와 클루가 생각하는 '친구'는 조금, 아니 상당히 의미가 다른 것 같았다. 하지만 그는 그 이상 그것에 관한 추궁은 하게 하지 않았다.

어찌 되었든, 하고 손을 두세 번 흔들었다.

"내가 결혼한다면 쿠가 제몫을 하게 되고 내가 노는 게 질리고 나서려나. 거둬들여서 고용하고 돈벌이를 하게 하면 그걸로 끝이라는 것도 고용주로서도 그렇고 후견인으로서도 그렇고 어떤가 싶고 말이지. 네가 나한테서 자립했을 때, 가정을 이루고 싶은 생각이 들거나 남은 인생을 함께 걸어가고 싶은 상대가 있으면 할게."

그건 어딘가 '당점에서 판매·수리한 장신구를 수령하고 나서 열흘 이내에 불량이 발생하면 무료로 수리한다'고 하는 스푸트니크 보석점의 약정과 비슷했다. 뭐라고 했더라, 그래──.

"나, 그거 알아요. '철저한 애프터서비스'죠?"

"복리후생이 충실하다고 말하는 편이 올바르다는 느낌도 들지만…… 뭐어, 그것도 조금 틀리긴 하지."

의미는 알 수 없지만 우선은 얌전한 표정을 지어서 "확실히 복리후생이네요" 하고 답해두었다. 그런 클루에게 그는 "이해하지 못했군"이라고 말하고 싶어 하는 듯한 얼굴을 했다.

어찌 되었든 정리하자면 지금의 스푸트니크에게는 결혼 의사도 상대도 없고, 클루가 자립할 수 있게 된다면 그때 차차 생각한다는 것이다.

즉, 클루가 자립하지 않는다면 그는 줄곧 클루의 곁에 있어준다는 거다.

"우후훗."

"뭐야, 기분 나쁘게."

"아무것도 아니에요."

조금 이기적인 느낌도 들었지만, 떠오른 좋은 생각에 그만 웃음이 솟구쳤다.

그는 그런 클루에게 때마침이라는 듯 이렇게도 말했다.

"그리고…… 뭐어, 그 전에 네 부모님도 찾아줄게."

부모는 이제 아무래도 좋았다. 스푸트니크가 클루의 곁에 있어준다, 가족은 그걸로 충분하다. 그러나 이 야비한 상인에게는 '아무래도 좋은 일'이 아닌 모양이었다.

"안심해. 반드시 내가 찾아내서 양육비와 위자료를 잔뜩 뜯어내줄게."

으하하하, 하고 정의의 사자라면 절대로 내지 않을 천박한 소리를 냈다. 그리하여 마음이 내킬 때까지 한바탕 웃고 나서,

"넌 어쩔래. 뭘 청구하고 싶어? 부모가 파산할 정도로 원하는 걸 부탁해."

"쿠, 쿠는, 쿠는…… 그럼, 그, 스파이 이야기의, 지금까지 나온 전권을 다 사달라고 할 거예요."

책방에서 보았을 때 확실히 서른 권은 넘어 있었는데, 클루의 책장에는 아직 열 권도 모여 있지 않았다. 따라서 그것은 지금 그녀가 생각해낼 수 있는 최대한의 사치를 부린 것이었다.

클루가 그녀 나름대로 부린 사치에 스푸트니크는 킥하고 웃었다.

"정말이지, 넌 무르구나."

"지금의 나한테는 가장 좋은 거니까 됐어요."

뾰로통해져서 다른 쪽으로 고개를 돌렸다.

스푸트니크는 재밌다는듯 그녀의 뾰로통한 뺨을 손가락으로 쿡쿡 찌르며 "그렇다면 더욱 굉장한 게 있잖아" 하고

말했다.

굉장한 거? 의아하게 생각하며 그를 보았다. 스푸트니크
는 의기양양한 얼굴로 자신의 생각을 말했다.

"내가 너라면──부모님의 돈과 힘을 사용해서 그 책의
저자를 매수해 속편의 주인공을 나로 해서 쓰도록 요구하
려나."

──어쩜, 그렇게나 좋은 생각이.

그녀의 사치를 훨씬 능가하는 '사치'에 클루는 무심코 꺄
악 하고 소리를 질렀다.

그런 건 상상도 하지 못했다. 그 멋진 등장인물들을 동료
로 거느리고 그 세계를 여행할 수 있다니, 그럴 수 있다면
그건 얼마나 멋진 일일까!

"물론 그만큼 필요한 돈이나 교섭은 부모가 부담하는 거
고, 전개가 마음에 들지 않으면 하나하나 다시 쓰게 하는
거지."

"쿠, 쿠도, 쿠도 역시 그게 좋아요! 쿠도 그걸로 할래요!"

침대 위에서 바짝 다가갔지만, 물론 이 사람은 그것을 허
용해줄 정도로 너그럽지 않았다.

"바보, 작가가 단숨에 그렇게 쓸 수 있겠어? 내가 먼저 생
각했으니 나만의 특권이야. 자아, 어떤 이야기로 할까──."

"약았어!"

들으라는 듯이 그렇게 말하는 그에게 심한 질투를 느꼈다.
스푸트니크만 독점하게 하고 싶지 않았다. 약았어 약았다

고, 하며 소란을 떨자 그는 과장되게 귀를 막고 눈살을 찌푸려서 불쾌한 얼굴을 했다.

"아, 알겠어, 알겠어. 그럼 내기할까."

"내기?"

"어느 쪽이 생각한 이야기가 재미있는가 하는 내기. 지금부터 10분간 어떤 이야기를 써달라고 할지 각자 생각하는 거야. 그래서 10분 후에 서로 공개해서 더 재미있는 쪽을 훗날에 작가에게 써달라고 하는 거지. 작가도 잘나가는 이야기가 쓰고 싶어 할 테니까──어때. 이 내기에 도전할래?"

"할게요!"

콧김을 거칠게 뿜으며 답했다.

그러자 그는 의기양양한 얼굴로 웃으며 머리맡의 시계를 손에 들었다. 바늘에 주목하고 시간을 세기 시작했다.

"그럼, 지금부터 10분이야. 눈 감고 생각해. 자아, 시작!"

그것을 신호로 클루는 크게 심호흡을 하고 눈을 감았다.

머리카락을 빗어내듯 쓰다듬는 손의 온기에 뭐라 예를 들수 없는 더없는 행복을 느끼며 여러 가지를 생각하는 동안이윽고 의식이 멀어졌고──.

──그리고 클루는 꿈을 꾸었다.

유능한 스파이로서 의뢰를 받은 클루가 임무로 잠입한성 안에서 성질이 고약한 한 왕자와 금단의 사랑에 빠지는꿈을.

눈을 감은 클루의 호흡이 깊고 느려진 것을 확인하고.

"잠들었나."

스푸트니크는 그녀의 머리를 조용히 들어 올려 그 아래에
서 자신의 팔을 살며시 빼냈다.

사람의 머리라는 것은 상당히 무거워서 오랫동안 팔베
개를 해주기란 상당히 피곤한 법이다. 빼낸 팔을 대신하여
예비용 베개를 하나 끼워 넣고 그곳에 그녀의 머리를 내렸
다. 머리가 움직이는 위화감 탓인지 클루는 우물우물 중얼
거렸다.

"……그래요, 내가 바로 그 유명한 스파이, 클루예…… 흠
냐."

"유명한 스파이는 무능하단 거잖아."

지적했지만 그녀는 신경 쓰는 기척도 없이 다시 태평스러
운 모습으로 숨소리를 내기 시작했다. 대체 어떤 꿈을 꾸고
있는 걸까——상상하기 어렵지는 않지만.

가끔 흠칫흠칫 경련하는 손가락에서 책을 들어 올리고,
토끼 헝겊인형을 대신 가까이 가져다주었다. 그러자 그녀
는 기쁜 듯 입가를 일그러뜨리며 그것을 끌어안았다.

정말이지 무방비한 얼굴로 자고 있었다. 자신이 얼마나
귀중한 존재인지, 그 탓에 고용주가 얼마나 신경을 소모하
고 있는지 알기는 할까? 밤색의 긴 머리카락을 손가락으로

빗으며 생각하다 그만 자조적인 웃음이 솟구쳤다. 모르는 게 당연하다, 알지 못하게 하고 있으니 말이다.

아이에게는 아이의 세계가 있고, 아이 나름대로 고민해야 하는 문제가 있다. 어른의 세계를 살짝 엿볼 여유도 고민할 여유도 없을 터이다.

그러니까. ──'이것'은 그녀가 알아야 하는 문제가 아니다.

그렇게 생각하고 스푸트니크는 천장을 올려다보았다.

──천장에 들러붙은 검은 형체가 움직인 것은 그 순간이었다.

검은 로브를 걸친 사람 형체. 그것은 어두운 천장에서 스푸트니크를 향해 손을 뻗었다. 검정에서 나온 하얀 손끝에서 폴폴 넘쳐흐르는 빛의 물방울. 그는 그 정체를 알고 있었다.

그것을 보고 스푸트니크는 클루의 위를 덮어서 가렸다. 충격으로 일어나지 않도록, 닿지 않도록 유의하면서. 이윽고 공격해 올 것이라는 사실을 인식하고 있었지만, 스푸트니크는 눈을 감지 않았다. 시선으로 적을 죽일 수는 없지만, 기 정도는 꺾을 수 있을 것이다. 인상을 쓰고 노려보자 생각한 대로 그것이 뻗은 손이 가늘게 떨렸다. 그 틈에 그는 배게 아래에 손을 넣어서 손가락에 닿은 단단한 물건을 잡아 꺼냈다.

나타난 물건은 잘 갈린 길쭉한 스크레이퍼. 그가 익숙하게 사용하는 도구이자 몸을 지키기 위한 무기였다. 상대는 설마 침구 아래에서 그런 물건이 나올 줄은 예상하지 않았는지 동요한 듯 흩날리던 빛의 입자가 터져서 사라졌다.

형체를 향해 히쭉 하고 깊게 웃어 보였다.

"이것만큼은 행상인 시절의 버릇을 버리지 못해서 말이지."

치안이 나쁜 지방에서는 숙소에서 일어나는 범죄도 드물지 않았다. 여행자가 잠들었을 무렵, 방에 쳐들어와서는 몸에 걸친 것을 전부 벗겨서 내쫓는 수법. 그에게는 그것을 격퇴하는 기술로서 늘 머리맡에 무기 몇 개를 숨겨두는 버릇이 있었다. 그리하여 제압한 강도들에게 스푸트니크가 대체 무엇을 했는지는 말할 필요도 없었다.

틈이 생기면 놓치지 않는다. 스푸트니크는 클루가 덮고 있는 이불을 조금 끌어당겨서 그녀의 귓전까지 덮고——방어라기보다 방음으로서. 쓸데없는 소동을 그녀가 알아차리게 하고 싶지 않았다——는 자신의 베개를 들어서 천장의 형체를 겨냥하여 내던졌다. 명중하지는 않았지만, 형체는 공중에서 자세를 무너뜨리고 침대 옆으로 떨어졌다. 충격은 마법으로 완화했는지 소리는 나지 않았다.

침대 용수철을 이용하여 도약해서 던진 베개를 공중에서 잡아 다시 한 번 형체를 향해 내던졌다.

그것은 일어나고 있던 형체의 머리에 훌륭하게 명중했다.

베개라도 방심할 때 정면으로 맞으면 충격이 있는 법이다. 형체의, 으헉인지 크헉인지 하는 소리를 들으며 무릎을 사용해서 소리 없이 착지, 몸을 낮춘 자세로 그대로 걸어찼다. 형체는 근소한 차이로 물러나서 피했지만 스푸트니크가 그것을 호락호락하게 놓칠 리가 없었다. 뻗은 발을 바닥에 대더니 한 발 더욱 내디뎌 거리를 좁혀서 형체를 쫓았다. 형체는 스푸트니크에게 손바닥을 다시 향했지만, 그는 왼손에 든 스크레이퍼로 그 손을 쉽게 베어냈다.

물론, 스크레이퍼는 스크레이퍼였다. 가볍게 휘두른 정도로 손가락을 잘라낼 만큼의 위력은 없었지만, 기를 꺾기에는 충분했다.

"크악."

"조용히 해."

클루가 눈을 뜨면 어쩌란 거야.

비명을 지르는 형체에게 날카롭게 말했다. 어느 쪽이 침입자인지 알 수 없는 말이라는 자각은 있었다. 하지만 침입자를 배려할 도리도 없거니와 자상하게 충고할 도리도 없었다. 로브 후드를 벗겨내 머리카락을 잡아 바닥에 밀어붙였다. '그'의 드러난 얼굴이 몹시 고통스럽게 찡그렸지만 용서하지는 않았다. 엎드린 그의 등에 무릎을 얹고, 더 나아가 쥐고 있던 머리카락을 잡아당겨 목을 젖혔다.

스크레이퍼. 확실히 휘두르는 것 정도로는 손가락을 살짝 베어내는 것만큼의 살상력밖에 없었다.

그러나.

"꼼짝 마."

뾰족한 끝으로 부드러운 곳을 찌르면 나름대로 깊이 박히는 법이다.

그 끝을 목 안쪽, 오른쪽 턱 아래에 바짝 들이대고 스푸트니크는 중얼거렸다.

"목숨이 아까우면 움직이지 마."

인체에서 가장 제압하기 쉬운 것은 목, 예전에 누군가가 그렇게 말한 것을 떠올렸다. 그런데 누가 했던 말일까──생각해보았지만 발언자가 떠오르지 않았다. 다만 느낌이 그다지 좋지 않은 것을 보아, 어차피 시원찮은 녀석이 한 말이겠지, 아마도.

"깍지를 껴서 목 뒤로 보내. 쓸데없는 행동은 하지 마."

"……그렇게까지 할 거야? 아, 아얏."

가만히 있던 그가 마침내 입을 열었다.

불평을 부리며 명령대로 목 뒤로 깍지를 낀 침입자──마녀협회 코쿠디에 지부 부지부장. 이름은 소아란이라고 했다. 그 언젠가의 변태 같은 차림이 아니라는 점은 그나마 다행이었다.

"그런데 너, 그 상태로 적을 노려보는 녀석이 어디 있어? 보통은 눈을 질끈 감고 몸을 웅크리지 않나…… 기를 꺾더니 느닷없이 날붙이를 꺼내서 베개싸움을 하질 않나. 스푸트니크, 너 호전적인 것도 정도가 있지 않아?"

천장의 그를 노려보았던 것을 말하고 있는 것일 테지만, 정말이지 안이한 소리를 하는 녀석이다. 오히려 이 정도로 끝냈으니 감사를 받아야지 푸념을 들은 이유는 없다.

"문으로 들어오지 않은 방문자가 환영받을 리가 없잖아. 전에도 말했을 텐데."

"너랑 나 사이에 무슨."

변변한 사이가 된 기억은 없지만.

"정말이지, 귀찮게 등장하고 말이야. 얼른 물건만 두고 돌아가."

"이렇게 구속돼 있으면 내놓을 수 있는 물건도 못 내놓지 …… 으윽."

그 등을 무릎으로 실컷 비틀어 누른 다음에 물러났다. 척추가 눌린 아픔에 그는 개구리가 찌부러진 듯한 소리를 질렀다.

목 뒤로 깍지를 낀 손을 풀고 그 손으로 등을 문지르며 "정말이지, 사람으로서 제대로 된 대접도 못 받는 건가?" 하고 중얼거리더니 느릿느릿 일어났다. 그리고 벽에 등을 대고 책상다리를 하고 주저앉아, 쥐여서 흐트러진 머리카락을 손으로 빗어서 다듬었다.

팔짱을 끼고 내려다보는 그에게 소아란은 서글서글한 얼굴로 언젠가처럼 싱긋 웃었다.

"다시 인사하지. 안녕, 너한테 부탁받은 일을 완수하고 왔어. 자아 이거."

로브 아래에서 무언가를 꺼내어 스푸트니크의 발아래로 던졌다. 나타난 것은 책자였다. 표지에는 '의학'이라고 쓰여 있었다.

──오늘 스푸트니크가 업무 후에 만날 예정이었던 사람은 한 여의사였다. 스푸트니크는 다른 도시에서 업무상의 이유로 이 시를 방문한다는 이 여성과 대화를 나누기로 약속을 잡았던 것이다. 물론 의학 지식을 얻는 것이 목적이었지만, 그녀가 원한다면 술을 비롯한 여러 가지 '서비스'를 상대가 만족할 때까지 베풀 생각이었다. 그리하여 지식을 얻을 수 있다면 싼 축에 속한다고 할 수 있다.

하지만 스푸트니크의 스케줄이라고 할까 기분이 달라진 것은 오늘 저녁 무렵이었다. 손님을 방문한 후 클루가 명백하게 거동이 수상한 모습을 보인 탓이었다. 그 이유를 얼추 알고 있었고 사소한 것이기는 했지만, 아니 이유가 이유인지라 그녀를 집에 혼자서 두는 것이 마음에 걸렸다.

손님 댁에서 업무를 본 후, 적당히 시치미를 떼고 클루와 헤어졌다. 그리고 약속을 취소하기 위해 상대와 만나기로 한 곳으로 향하다가──도중에 그의 앞에 나타난 것이 이 마법사였다.

무언가 할 이야기가 있어서 스푸트니크를 찾아왔다고 하는데 그가 하고 싶은 '이야기'가 무엇인지는 몰라도, 그때 그의 '존재'가 반갑지 않을 수 없었다. 그리고 '이야기라면 나중에 들어줄 테니, 자신으로 변신하여 지금부터 말하는 상대를 만나러 가서 적당히 이야기를 듣고 나중에 들려달라'고 명령했던 것이다.

말을 들은 직후, 소아란은 영문을 모르겠는지 눈을 끔벅거렸지만 약속 상대를 실제로 만나서 이야기를 하고 온 지금은 아무래도 모든 사정을 이해한 모양이었다.

"여러모로 유혹받았지만 능수능란하게 거절했어. 수면유도제를 사용해서 말이지."

여러모로. 약속을 잡을 때 그 여자를 한 번 만났기 때문에 무슨 청을 받았을지 상상하기가 어렵지 않았다. 몹시 고대하는 듯한 위로 치켜뜬 시선.

약은 '능수능란한 거절'의 방법에 들어가는 걸까, 마법사라면 그럴듯한 마법이라도 사용했으면 좋았으련만——여러 가지 지적거리가 떠올랐지만 번거로워서 무시했다.

"아까운 짓을 한 건가?"

"그래, 넌 금욕주의자라고 했던가."

이 남자는 약혼자가 세상을 떠난 후, 계속 상복을 입고 있다는 사실을 떠올렸다.

그렇다면 약혼자 이외의 여자에게는 손을 대지 않는 건가 하는 생각을 했지만, 소아란은 빙긋 웃으며 고개를 갸웃거렸다.

"음, 내가 그런 소릴 했던가? 단순히 내 취향이 아니었을 뿐이야."

난 귀여운 스타일을 좋아해, 라고 말하며 실실 웃었다. 이 녀석의 전 약혼자는 어떤 사람이었을지 조금 궁금해졌다.

그건 그렇다 치고.

"좋은 정보를 얻을 수 있었다면 조금 더 '정성스럽게' 접대했을 텐데, 그쯤 되는 의학자한테서는 뭐어, 그 정도가 고작이려나."

"그렇군."

"그치만 여의사는 모두 그렇게 정사에 흥미를 가지는 법인가? 미인계를 계속 부려서 내심 놀랐어."

"설마. 여자도 여러 타입이 있는 법이니, 싸잡아서 어떻다고는 할 수 없겠지."

약점을 이용해서 거금을 요구하는 사람이 있는가 하면 철벽을 쌓고 있어서 말조차 걸 수 없는 사람도 있다. 입이 가벼운 사람도 간혹 있지만, 그런 사람에게는 애초에 의뢰를 하지 않는다. 이 남자의 사람을 보는 눈이 어떤지 확실하지는 않지만, 마녀협회라는 집단 속에서 지금의 지위까지 올라선 경력의 소유자이다. 완전히 무능하지는 않겠지.

여러모로 고생한 모양이지만 수고했다고는 말하지 않았다. '힘이 되어주겠다'고 말한 것은 그였다.

책자를 펼쳤다. 어둑어둑한 탓에 제대로 읽을 수는 없었지만, 낯익은 단어 몇 개는 알아볼 수 있었다. 상처, 질환, 체질, 생명——결석.

그에 정신이 팔려 있는 탓에 방심하고 있었다.

벽에 등을 대고 앉아 있던 소아란이 그에게 불쑥 물었다.

"그 애의 체질은 악화되지는 않아?"

지금으로서는, 하고 그만 솔직하게 답하다가 어떻게든 직전에 멈추었다.

책자에서 고개를 들어 책상다리를 한 마법사를 노려보았다.

"무슨 말이야. 우리 종업원은 건강 그 자체야, 재수 없는 소리 하지 마."

그러자 소아란은 기가 막힌다는 듯한 표정을 지었다. 신음하듯이 "끝까지 시치미를 뗄 생각이냐" 하고 말했다.

"꼬투리를 잡히지 않겠다는 자세는 확실히 존경스럽다고 생각해. 하지만 너, 난 너한테 힘이 되어주겠다고 하잖아. 고민은 남에게 털어놓으면 편해진다고 하는데, 조금은 정보를 말해도 너한테 불이익은──."

"시끄러."

소아란의 설득을 잠자코 듣는 시간도 아까웠다.

재빨리 입을 다물게 하기 위해서 스푸트니크는 책상 가장 위 서랍을 열더니 안에서 눈금이 있는 금속봉을 꺼냈다. 끝이 가늘고 뒷부분은 조금 굵게 만들어진 그것은 링사이즈봉──반지의 사이즈를 재기 위한 도구였다. 알루미늄 재질인 그것은 강도가 그다지 나가지 않아서 사람을 때리기에는 적합하지 않았지만 '협박'에는 쓸 만했다.

쥐고 있는 봉 끝을 그의 배 부근에 겨냥했다. 스푸트니크는 분노로 뺨이 경직된 수다스러운 그 남자를 내려다보며 짜증을 숨기지 않는 목소리로 이렇게 말했다.

"콧구멍은 어느 눈금까지 벌어질 것 같아?"

"죄송합니다, 더 이상 말하지 않겠습니다."

방 안에는 빛이 부족했지만, 다급히 고개를 가로젓는 그의 얼굴이 겁에 질려 있고 파랗게 질려 있다는 사실은 확실히 알 수 있었다.

——이 남자를 믿지 않는 것은 아니다, 하지만 그럼에도.

클루에 대한 일이 마녀협회에 새어 나갈 확률은 조금이라도 줄이고 싶었다.

침대에서 클루가 꿈틀꿈틀 움직이고 있었다.

무슨 일인가 해서 쳐다보자 토끼 헝겊인형을 열심히 흔들고 있었다. "토순아, 커져서 왕자님을 지켜줘!"라고 중얼거리는 것을 보니 아직 태평하게 꿈을 꾸고 있는 모양이었다. 커지라고 하는 것을 보아 스파이로서의 직무는 완전히 잊은 듯하지만 꿈이란 어차피 그런 법이다.

소아란이 어깨를 흔들며 후후훗 하고 웃었다.

"귀엽네."

"그런가."

"그렇고말고. 그 여의사보다 훨씬 귀여워. 천진난만하고."

계속해서 웅얼웅얼 무언가 중얼거리는 클루를 사랑스럽게 보고 있는 소아란에게 문득 아무래도 상관없는 것을 한 가지 생각했다.

"저기."

"응?"

"네 약혼자, 연하였어?"

"아니, 연상이었어. 이야기가 나온 김에 말하자면 어른스럽다고는 도무지 말하기 힘든 사람이었어."

"그렇군."

이 사람이 가끔 하는 '귀여운 것이 좋다'는 말은 죽은 그 사람으로 인한 것인가 해서 물었지만, 아무래도 그렇지는 않나 보다. 그는 스푸트니크의 생각을 꿰뚫어 보듯이 고개를 갸웃거리고 말했다.

"어차피 '짝 지워진 사람'이었으니까, 내 취향이랑은 관계없어. ……그런데 귀엽네. 소녀는 다들 귀여운 법이야."

"안 줄 거야."

"그거 안타깝군."

노려보자 그는 농담인 양 어깨를 으쓱하고 웃었다. 이 녀석에게는 전과가 있다. 방심할 수는 없다.

밤은 한정되어 있다. 하지만 길게 이야기하고 싶은 생각도 없었다. 스크레이퍼를 쥔 채 왼손은 허리에. 오른손으로는 링사이즈봉 끝을 그의 머리에 겨냥했다.

"용건이 끝났으면 얼른 돌아가. 나도 이제 너한테 용건 없어."

"아니 아니. 아니 아니 아니."

그러나 소아란은 손을 크게 흔들었다.

"내 용건은 아직 하나도 안 끝났어."

"쳇."

"너 알면서 그러는 거지?"

안타깝게도 이곳에 온 목적을 잊지 않은 모양이었다. 스푸트니크가 혀를 차자 그는 뾰로통하게 토라진 표정을 지어 보였다──귀엽지 않다.

짜증이 더해가는 것을 자각하며 스푸트니크는 그에게 물었다.

"간단히 말해. 뭐 하러 왔어."

"이용할 만큼 이용하고 그렇게 말하다니, 정말 너무하네. 그러고도 종업원을 고용하는 입장이라고 할 수 있어? 남의 일인데도 제대로 된 고용 관계를 맺고 있는지 걱정이…… 아, 알겠어, 알겠으니까 그건 넣어주라."

아무 말 없이 봉 끝을 겨냥하자 그는 뺨이 경직된 채 양손을 흔들었다.

몹시 겁에 질려 있어서 그가 바라는 대로 책상 안에 넣어두었다. 그러자 그는 분위기를 전환하듯이 헛기침을 하고서 불쑥 말했다.

노려보듯이 원망하듯이 한 그 말은 스푸트니크로서는 전혀 짚이는 데가 없는 고발이었다.

"너, 날 염탐하고 있지?"

"뭐어?"

무심코 괴상한 목소리가 나왔다.

이런 변태를 염탐해서 무슨 이익이 있다는 말인가. 가뜩이나 마법사와는 얽히고 싶지 않다, 굳이 위험한 상황에 몸을 던질 이유가 없었다. 그래서 이번에는 스푸트니크가 토라졌다──기분이 상하기로 했다.

뾰로통해지는 대신에 눈살을 찌푸리고 물었다.

"내가 왜?"

"나라고 말하기보다 '마법소녀'에 관해서 말이야. 시치미를 떼도 소용없어, 누가 내──'마법소녀'의 주변을 캐고 다닌다는 건 알고 있어. 뭐가 알고 싶은지는 모르지만, 일이 하기 힘들어서 못 살겠어. 흥."

다른 쪽을 향해서 또다시 토라진 듯 뾰로통해진 그 뺨을 힘껏 후려갈기고 싶은 충동에 사로잡혔다. ──정말이지, 얄밉군.

"일라쟈를 대처하는 것만으로도 고생이야, 번거로운 일은 늘리지 말아줄래? ……요전번만 해도 그 애, 끈끈이를 준비해왔더라고."

"흐음. 그거 정말이지 고풍스러운 도구로군."

단순히 감상을 말했을 뿐 뭔가 다른 뜻이 있었던 것은 아니다. 하지만 스푸트니크의 말을 듣고 그의 오른쪽 눈이 어째서인지 불쾌한 듯 경직했다.

그 이유를 바로 알 수 있었다. 소아란은 침대를 힐끗 보고 쓸쓸한 말투로 답했다.

"……만드는 법은 저 애한테서 배웠다고 하더라고."

"그거 참."

그러고 보니 마법소녀 사건 이후 시작된 두 사람의 펜팔은 여전히 이어지고 있는 모양이었다. 어째서 그렇게 사이가 좋아졌는지는 명확하지 않지만, 무언가 서로 통하는 것이 있었을지도 모른다.

그로부터 클루는 전보다도 더욱 잡화점에서 편지지를 사오게 되었다.

"정말이지, 너희 가게는 점주고 종업원이고 할 것 없이 괜한 짓을 한단 말이야."

"이 녀석도 요즘에 이런저런 책을 읽고 있는 것 같거든. 영리해진 것 같아서 다행이군."

"시끄러워, 딸바보야."

경멸하는 듯한 그 대답에 꼴좋다며 만족스럽게 웃었다.

"어쨌든. 방해하는 건 관둘래?"

"애초에 어째서 나야. 널 원망하는 녀석은 산더미처럼 있을 거 아냐."

"마법소녀의 '일'을 하는 중에 묘한 기척을 느끼게 된 건 그 사건 직후부터야. 그렇다면 용의자는 너밖에 없잖아."

그 사건. 구체적으로 무엇인지는 말하지 않았지만, 자신이 마법소녀와 깊이 엮여 있는 사건은 하나밖에 없었다. 그렇다면 확실히 그가 자신을 의심하는 것은 당연한 일이다.

하지만, 하고 스푸트니크는 생각했다. 마법소녀의 존재를 그때 처음 알게 된 것은 딱히 스푸트니크뿐만이 아니었다. 그 사건에 관련된 사람들은 다름 아닌 마법소녀의 피해자인 자신의 종업원, 그 밉살스런 경찰관, 그리고, 그래.

──그러니까 아마도.

스푸트니크는 침대를 힐끗 보았다. 정확하게는 머리맡에 놓인 편지 한 통을.

"네 부업을 캐고 다니는 건 내가 아니야. ……하지만 우리 패거리야."

"뭐야, 역시 네가 사주한 거 아냐?"

사주가 아니다. 그건 마치 그녀가 자신의 수하인 듯하지 않은가. 그 사람을 수하로 부릴 수 있을 만큼의 역량이나 능력이 자신에게 있을 리가 없었다.

그러나 그런 이야기를 논한들 그 여자를 모르는 그에게는 전해지지 않겠지. 따라서 그 오해에 관해서 무언가를 말하는 것은 관두었다.

"그 친구에게는 내가 그만두라고 말할게. 이제 마법소녀에 대한 위험은 사라졌다고 전하면 그 친구도 조사를 그만두겠지."

"고마워."

상당히 난처했는지 소아란은 진심으로 기쁜 듯 웃었다.

그 여자가 이 녀석을 의무감이 아니라 단지 순수한 호기심으로 조사하고 있다면, 그것은 다른 문제가 되겠지만, 그때는 그때다. 흠, 하고 거칠게 숨을 내뱉고 그 이야기를 끝냈다.

바로 그때였다.

"음냐, 음냐."

침대에서 소리가 났다. 다름 아닌 클루가 내는 소리였다. 끙끙대며 양손을 더듬거리고 있었다.

소아란이 손가락으로 가리키며 의아한 듯이 물었다.

"왜 그래?"

"……글쎄."

모호하게 답했다. 하지만 침대에 걸어가서 들여다보자 이유가 바로 짐작이 갔다. 헝겊인형이 그녀의 손에서 떨어져 무릎 부근에 굴러다니고 있었던 것이다. 그녀는 불쾌한 듯 눈살을 찌푸리고 있었고, 팔이 닿는 범위 이곳저곳을 더듬고 있었다.

못 말리겠군. 스푸트니크는 헝겊인형을 들어 올려서 바삐 움직이는 손에 쥐어주었다.

"자, 이거잖아. 토끼."

"음냐."

그러나 예상은 빗나간 듯했다. 그녀는 쥐어준 그것을 툭 내던지더니 또다시 무언가를 꼼지락거리며 찾기 시작했다.

"뭐야, 이 녀석."

"꿈속에서 제 나름대로 생각하는 게 있겠지."

기가 차서 중얼거리자 소아란은 자신이 한 대답이 걸작이라는 양 낄낄대며 웃었다. 도통 모르겠다며 한숨을 쉬고 침대에 걸터앉았다.

"이야기는 끝났어? 끝났으면 얼른 돌아가. 이 녀석이 깨면 번거로워지니까."

"저런, 소개는 해주는 거 아니었어? 우리 죽마고우잖아."

"죽마고우? '죽여주마 고양 유괴범'의 줄임말인가?"

"어머나, 제목을 짓는 솜씨가 훌륭하네. 어휘력은 그렇게 풍부한 것 같지 않지만."

"싸움 거는 거야? 원하는 대로 붙어주지, 밖으로 나와."

턱으로 밖을 가리켰지만, 그는 어깨를 으쓱하더니 "됐어" 하고 말했다.

"얼른 이야기 끝낼게. 하지만 지금부터 하는 이야기는 너한테도 깊이 관련된 거야, 잘 기억해두는 게 좋아."

짧게 숨을 내쉬자──그에게 감돌고 있던 분위기가 달라졌다. 조금 나지막해진 목소리로 그는 스푸트니크에게 이렇게 말했다.

"그녀의 사건에 관한 내 보고를 믿지 않는 패거리가 있어."

웃으면서 넘길 수 없는 이야기라는 것은 잘 알 수 있었다. 자세가 자연스레 앞으로 기울어졌다. 침대가 삐걱대며 불온한 소리를 냈다.

"너도 생각하듯이 난 청렴결백한 마법사가 아냐. 그건 이면의 얼굴뿐만이 아니라, 앞면의──부지부장으로서의 나도 그래. 여기까지 오기까지 여러 가지 뻔뻔한 수법도 사용해왔으니 날 원망하는 사람을 양손양발가락으로 세어도 정말 부족해. 협회 내에 내 적군과 아군…… 이해관계에 있어서 이익이 되는 쪽과 해가 되는 쪽을 저울에 각각 올려놓고 어느 쪽으로 기울어지는지를 보면 우선 미묘한 상황이야."

그는 양손바닥을 위로 향하게 하고 움직여 보였다. 저울을 나타내는 제스처.

"그리고 내 적들 중에 잔챙이가 소란을 자주 피우고 있어. "빗자루' 따위를 믿을 수 있겠는가!' 하고."

"빗자루?"

"남자 마법사를 뜻하는 멸칭(蔑稱)이야."

소아란은 히죽 웃었다. 그러고 보니 마법사는 거울이나 빗자루 등을 도구로 삼아 마법을 행사하기도 한다고 한다. 남자라는 생물을 '여자의 도구'로 받아들이고 있다는 것에서 온 말일까.

"뭐어, 그 여자들은 내가, 남자 마법사가 어떤 보고를 한들 마음에 들어 하지 않지만 말이야. 그렇기에 그렇지 않은 이성적인 마법사들은 모두 그들에게 차가운 시선을 보내고 있기도 해. 클루에 관한 일이 '녀석들'을 잘 유인하고 있어, 고마운 일이지. ……무서운 눈은 하지 말아줘, 미끼로 쓰고 있는 거 아니야. 아니, 확실히 결과적으로는 그렇게 되어버렸지만."

덧붙여 쓴웃음을 지었다. 눈을 가늘게 뜬 스푸트니크를 견제하듯이.

"그런 녀석들은 발견하는 대로 내 쪽에서 어떻게든 하고 있어. 이미 결백하다고 판명된 일반인을 쓸데없이 마법사들의 싸움에 또 끌어들이고 싶어 하지 않는 마법사도 많아. 그러니 너희한테 불똥이 튈 일은 없을 거야——하지만."

그는 역설을 입에 담았다. 그의 뺨이 조금 굳어진 것을 알수 있었다. 인정하고 싶지 않은 자신의 용의주도하지 못한 면을 인정한다는 것에 대한 불쾌함일까.

"난 만능이 아니야. 녀석들이 어디서 어떻게 그녀에게 손을 뻗어올지는 몰라."

"그래서 충고하러 왔다는 건가?"

"그런 거지. 이제부터 무슨 일이 일어날지 모르니까 스스로 방어하라고."

괜한 간섭이라고 말할 수 있다면 말하고 싶었다.

몇 가지를 마음속으로 생각했다. 마법사에 대한 일, 그녀에 대한 일, 그녀의 체질에 관한 일, 자신의 후원자에 대한 일, 모든 것을 근거로 하여 생각했다. 리아피아트 시는 확실히 대부분의 마법사가 방문하기를 꺼리는 장소다. 하지만 그렇다고 마법사의 마수가 뻗어오지 않는다는 것은 아니다. 실제로 예전에 오지 않았는가. 마녀협회의 심부름꾼으로 온 이 남자가, 그리고 이 남자의 부하가. 이 대륙 안의 어느 곳도 완전히 안전하지는 않다. 그렇다면 어떻게 하는 것이 득책일까——.

스푸트니크가 돌고 도는 생각을 주체하지 못하기 시작한 그때,

"아얏."

침대에 대고 있던 손에 충격을 느끼고 쳐다보았다.

아무래도 침대 위에서 바삐 움직이던 클루의 손이 우연히

그의 손목을 때린 모양이었다.

무슨 짓이야, 하고 노려보았다. 그러나 잠든 그녀에게는 통하지 않았다. 다만 어째서인지 그의 팔에 닿은 그 순간, 그 손이 딱 멈추었다.

닿지 않은 쪽의 손도 함께 뻗어 와서 그의 손목을 양손으로 쥐더니 마침내 의지할 곳을 찾았다는 듯 기쁘게 웃음 지었다.

그리고 그녀는 우물우물 말했다.

"……왕자님. 무사하시군요."

몹시 행복한 듯했다.

그만 눈을 크게 떴다. 소아란을 보자 그 또한 같은 얼굴을 하고 있었다.

"안심하세요. 왕자님은 쿠가…… 쿠가 지킬게요."

"이건 또 뭐야."

소아란이 아하하, 하고 소리 높여 웃었다. 그러나 클루가 수면 중이라는 사실을 떠올렸는지 금방 흠칫하고 손을 입에 갖다 댔다. 하지만 아마도 그 너머로 터져 나오는 웃음을 참고 있겠지. 형태를 드러낸 눈으로 또렷하게 웃음 지으며 이런 말을 했다.

"쓸데없는 걱정인가."

"뭐어?"

"네 보석점에는 귀여운 기사가 있는 것 같네."

아무래도 이 사랑스러운 잠꾸러기는 스파이에서 기사로

승격된 모양이다.

하지만 그렇게 장난스러운 소아란의 모습을 보니 자못 남의 일처럼 말하는 듯하여 당사자로서는 매우 괘씸했다.

"이 애가 날 지켜준다고 말하고 싶은 거야?"

"아냐."

그러나 그는 아주 쉽게 부정했다.

"꿈속에서까지 널 걱정해서 지키려고 하다니."

그는 말하며 바닥에서 일어났다. 로브의 엉덩이 부분을 가볍게 두드려서 먼지를 털어내더니 오른쪽 손바닥을 가만히 내밀었다. 하얀 빛이 폴폴 넘쳐흘러서 어두운 방 안을 아주 조금 밝혀주었다.

그것을 공기처럼 허공에서 자유자재로 다루며 그는 윙크를 찡긋 했다. 그리고——.

"남자라면 이런 기특한 여자애를 지켜야지."

그리고 그는 나타났을 때와 마찬가지로 역시 돌연 사라졌다.

"정말이지."

하얀 빛의 입자 하나마저도 사라지고 나서.

길게 뱉은 한숨에 얹듯이 스푸트니크는 불쑥 말했다.

——정말이지. 그 어처구니없는 마음이, 사람의 심중도 모르고 바보처럼 잠든 종업원을 향한 것인지, 아니면 신출귀몰한 변태를 향한 것인지, 스푸트니크도 가늠하기 어려

웠지만 사실 어느 쪽이든 상관없었다. 어느 쪽이라기보다 두 사람 모두에게 그런 감정이었던 거겠지. 그렇게 결론을 내리자 상당히 시원스레 납득이 갔다.

받아든 책자와 클루를 위한 책을 함께 포개고, 침대 건너편의 흔들리지 않는 커튼에 시선을 보냈다. 자아, 아침까지 얼마나 잘 수 있을까. 날이 새려면 아직 시간이 꽤 있을 듯하지만 정확한 시간은 몰랐다.

그렇다고 해서 시계를 확인하기도 귀찮았다. 여전히 붙들려 있는 손을 대의명분 삼아 침대의 빈자리에 누웠다. 흔들리는 것을 느꼈는지 클루가 흐음, 하고 의미 없는 말을 중얼거렸다.

잠이 덜 깬 목소리에 덩달아 하품이 한 번 나왔다. 번진 시야 안에 몇 사람의 얼굴이 떠올랐다가 사라졌다. 그 환영을 향해 스푸트니크는 불쑥 독설을 뱉었다.

"이 녀석, 저 녀석 할 것 없이 쓸데없는 짓을."

강아지 녀석은 상대도 없는 자신에게 결혼은 좋은 거라고 했고, 상회의 그녀는 시간이 없는 자신에게 얼른 보고하러 오라고 재촉했으며, 그 변태는 평범한 인간일 뿐인 자신에게 마법사를 조심하라고 했다.

그리고 못을 박은 것은 이 바보였다.

아무것도 모르는 아이 주제에, 스스로 아무것도 해결할 수 없는 주제에, 제멋대로 생각해서 망설이고 당황해하고 고민하고 있다. 그런 주제에 자각 없이 번거로운 일을 잔뜩 끌어들여서 이쪽을 이래저래 분주하게 만들고 있다.

──하지만.

잠든 그녀의 뺨을 아무 생각 없이 손가락으로 눌렀다. 꿈이 재미있는 전개를 맞이했는지 흠냐흠냐 하고 웃는 클루에게 덩달아서 그만 웃음이 솟구쳤다.

어쩔 수 없군. 이 아인 원래 이런 애다. 보고 있는 모든 것을 두려워하고 겁내고, 혼자 서지도 어딘가에 가지도 못하는 겁 많은 아이. 그 아이를 지키자고 결정하고 '약속'한 것은 다름 아닌 자신이었다.

그러한 자신을 그 고객은 '과잉보호하는 남자 친구'라고 혹평했다. 사랑하는 사이라는 것은 지나친 말이다, 그렇기는 하지만.

수마가 덮친 머리로 스푸트니크는 생각했다.

자신의 말, 행동, 그리고──'시끄러워, 딸바보야'.

그 변태마저 그렇게 매도했던 자신의 현재 상황을 돌이켜보았다.

"이래선 ……정말이지."

과잉보호하는 아빠라는 호칭이 정말이지 적절한 느낌이 들어서 그는 작게 웃음 지었다.

끝.

에필로그

이튿날.

몸을 뒤척이다가 머리가 벽에 세게 부딪쳐서 클루는 눈을 떴다.

"……잘 잤다."

침대 위에서 충분히 마구 뒹군 후, 아픔이 서서히 번지는 이마에 손을 갖다 대며 일어났다. 하품을 한 번 크게 하고——그곳이 낯익은 자신의 방과 다르다는 사실을 마침내 알아차렸다. 순간 당황했지만 곧바로 어젯밤에 스푸트니크의 방에 묵었다는 사실을 떠올렸다. 잘 때까지 곁에 있어준 것 또한 기억에 되살아나서 자연스레 뺨이 누그러들었다.

그러나 침실 안에 그의 모습은 없었다. 대체 어디로 간 걸까——두리번두리번 둘러보자 그의 모습은 보이지 않았지만 그 대신 메모 한 장을 발견했다. 베게 옆에 놓인 그것을 주워들었다. 평범한 종이라기에는 조금 묵직했다. 낯익은 필적으로 그곳에 쓰인 부탁하는 말은 무척이나 짧은 한마디였다.

'일어나면 문 잠그고 와.'

뒤집어서 보자 그곳에 무게가 나가는 원인인 열쇠가 하나 붙어 있었다. 스푸트니크의 방 입구 열쇠겠지. 흠집이 없고 평소에 허리에 달고 다니는 것보다 새것이라는 인상을 주는 것을 보아 아마도 여벌인 듯했다.

그리고 메모 옆에는 책 두 권과 그에 살짝 걸터앉아 있는 토끼 헝겊인형 하나.

"토순아, 잘 잤……."

하고 인사를 하다가 알아차렸다. 헝겊인형은 양팔을 앞으로 내밀고 있었고, 그 손에 접혀 있는 하얀 천을 받쳐 들고 있었다. 중앙이 볼록한 것을 보아 아무래도 안에 무언가가 싸여 있는 모양이었다.

받아들어 천을 열어보자 안에는 파란색과 노란색의 보석이 하나씩 들어 있었다. 아마도 클루가 자는 동안에 토해낸 것으로 분명 스푸트니크가 방을 나오기 전에 주워 모아서 보관한 듯했다. 득도 실도 안 되는 장난이었다.

클루는 보석을 감싼 천과 여벌의 열쇠를 주머니에 넣고 헝겊인형과 책을 손에 들고 침대에서 내려——오다가 딱 멈추었다. 들어 올린 것을 일단 놓고 침대 가장자리에서 구겨져 있는 이불을 끌어와서 꼭 끌어안았다.

"스푸트니크의 이불."

뺨을 갖다 대고 눈을 감았다. 닿는 부드러운 감각 속에서 좋아하는 사람의 온기를 느낀 것 같았다.

머리가 서서히 기울어져갔다. 그대로 다시 잠에 빠져들 것 같아서 다급히 눈을 크게 떴다. 커튼 틈으로 환한 빛이 비쳐들고 있었다. 시계가 보이지 않았기 때문에 정확한 시각은 몰랐지만, 여유를 부릴 수 없는 것은 확실했다.

이곳에 좀 더 있고 싶은 아쉬운 마음을 벗어던지고 클루는 물건들을 가지고 침대에서 내려왔다.

슬리퍼를 신고 침실을 나와서 복도를 걸어 스푸트니크의 방을 뒤로했다. 가지고 나온 여벌의 열쇠로 잊지 않고 문을 잠근 후, 자신의 방으로 와서 보석을 세정제에 담그고 몸단장을 하고 빵과 오렌지주스를 준비했다. 볼이 미어지게 빵을 한 입 먹고…… 그녀는 책장에서 노트 한 권을 가지고 왔다.

고양이 무늬로 된 표지에 씩씩한 글자로 '업무 일지'라고 쓰여 있는 노트. 어제 일자의 페이지를 펼쳤더니 그곳은 공란인 채였다. 역시나 깜박하고 쓰지 않았다.

그림을 그리는 란은 나중에 한가할 때 채우기로 하고 우선은.

조금 고민하고 나서 클루는 이런 식으로 썼다.

어제는 무척이나 멋진 하루였습니다.
오늘도 무척이나 멋진 하루였으면 좋겠습니다.

다 쓰고 나서 어제와 오늘과 내일을 틀렸다는 사실을 알아차렸다.

하지만 그렇다 하더라도 지금의 클루가 미래에 전하고 싶은 말은 이해하겠지. 아무쪼록 앞으로도 계속해서 멋진 하루를 보낼 수 있으면 좋겠다.

──자아, 여유를 부릴 시간은 없다. 일지를 정리하고 남은 빵을 서둘러 입에 아무렇게나 집어넣고 주스가 담긴 머그컵을 들었다. 문단속을 하고 계단을 뛰어 내려갔다.

"잘 잤어요?"

인사와 함께 문을 열고 둘러보자 점주는 카운터 안에서 커피를 한 손에 들고 등을 둥글게 만 채 무언가를 읽고 있었다. 여느 때라면 펼치고 있는 것은 신문인 경우가 많지만, 오늘은 신문치고는 훨씬 작은 책자와 같은 것이었다. 뭘까.

그는 곁눈질로 클루를 보더니 "그래" 하고 몹시 나른한 듯 아침 인사를 했다.

"마침내 일어난 건가?"

"일어났어요. 잘 잤어요? 왜 안 깨워줘요?"

여벌 열쇠와 세정이 끝난 보석을 떠다밀며 항의의 목소리를 높였다.

자신의 방에서 시계를 보고 이미 개점 시간을 맞이했다는 사실을 알았을 때 여간 놀란 게 아니었다. 게다가 곁에서 잠든 자신을 살포시 흔들어 깨워주는, 그런 연인 같은 행동을 해준다면 정말이지 하루를 행복하게 시작했을 텐데. ──부정한 상상은 고집스럽게 숨겨두고 뾰로통하게 노려보았다.

그러나 스푸트니크는 개의치 않는다는 모습으로 다시 책자에 시선을 떨어뜨렸다.

"아직 손님도 안 왔으니 신경 쓰지 마."

"신경 쓰여요. 시계를 보고 엄청 허둥댔으니까요."

"그야 '나는 바보입니다' 하는 바보 면상으로 자고 있었으니까. 깨우려고 하다가 손이라도 물리면 큰일이잖아."

"아, 안 그러거든요?!"

하고 답했지만 자고 있는 동안의 일은 자신도 알 수 없었다. 그녀가 동요한다는 사실을 알아차렸는지 스푸트니크는 히쭉히쭉 웃으며 "정말일까?" 하고 말했다.

"그, 그것보다 뭘 읽고 있는 거예요? 베이비링에 대한 공부예요? 나한테도 보여줘요."

"아니, 이건……."

"의학서?"

질문을 한 순간, 스푸트니크가 그것을 잡아당겨 숨기려고 한 것처럼 보였다. 그래서 상당히 난감하거나 저속한 것인가 생각했지만 뚜껑을 열어보니 지극히 평범한 학술서였다. 그런데 어째서 그는 아침부터 이런 걸 읽고 있을까. 전직할 예정인가? 설마.

이상하게 생각하며 그를 보자 스푸트니크는 의기양양한 얼굴을 하고 있었다. 그러고 나서 그녀의 의문에 답했지만, 그것은 역시 스푸트니크답다고 해야 할까, 상당히 상스럽고 천박한 것이었다.

"알아두면 도움이 되거든. 피임이라든가."

"윽."

몸속 혈액이 역류하는 듯한 강렬한 혐오감과 열기가 동시에 그녀를 덮쳤다. 이어서 역시 그런 거였군, 하는 분노와

묻지 않을 걸 그랬다는 후회가 찾아왔다. 짜증을 말로 다할 수 없어서 행동으로 표현하려고 클루는 등을 휙 돌렸다.

──그러자.

"쿠."

이름을 부르자 목만 움직여 마지못해 스푸트니크를 보았다. 그는 손짓해서 부르고 있었다. 무슨 일인지 모르지만 이쪽으로 오라는 걸까.

나지막한 목소리로 물었다.

"왜요?"

"우선 와보라고."

의아하게 생각하며 다가가자 눈앞에서 천천히 그의 손이 올라갔다.

그것을 보고 어제 일이 퍼뜩 떠올랐다. 포상으로 쓰다듬어줄 테니 오라고 그가 말했을 때의 일이다. 헛된 기쁨으로 다가갔더니 이마에 날카로운 공격을 한 방 먹었다.

그때 그는 클루가 몹시 좋아하는 그 책을 이용해서 얼추 넘어갔지만, 지금은 그렇게 흘러가지 않을 것이다. 아무튼 지금의 자신은 화가 머리끝까지 나 있다.

영업시간 중이지만 관계없다. 오늘도 그런 일을 당한다면 큰 소리로 고함을 질러주자. 불쾌한 기분에 내키는 대로 그런 결심을 했다.

하지만.

그는 그러지 않았다. 클루의 머리에 손을 살짝 얹더니 그

손으로 천천히 여러 번 쓰다듬어주었다.

맥이 빠지면서도 머리를 빗어주는 기분 좋은 손길에 그만 눈이 가늘어졌다.

그는 클루의 머리를 충분히 쓰다듬더니 두 번 가볍게 톡톡 두드리고 나서 손을 떼어냈다. 아쉬웠지만——그 이상으로 의아했다. 칭찬을 받기에는 특별한 이유가 없었고, 그는 이유도 없이 그녀의 비위를 맞춰주는 사람이 아니었다. 대체 무슨 바람이 불어서일까.

"갑자기 왜 그래요?"

"아무것도 아니야."

고개를 돌리고 히쭉 웃더니 그는 '아무것도' 아닌 듯한 말투로 그렇게 말했다. 그리고,

"그 정도 일로 토라지니 아직 어린애구나 싶어서."

"윽."

어린애가 아니에요, 라고 말해주고 싶었다. 그러나 그렇게 저항한들 그는 분명 이런저런 어휘를 사용해서 클루가 아직 '어린아이'인 이유를 늘어놓겠지. ——자신도 아이 같은 면이 잔뜩 있으면서 어른인 척은.

그 사실을 알고 있었기 때문에 클루는 반론하기를 관두고 그의 의견에 동조하기로 했다. 주스 머그컵을 한 번에 기울여서, 뱉으려고 하던 불만과 더불어 뱃속에 삼켜버렸다. 그러고 나서 흥, 하고 한 번 거친 콧김을 뿜어 보이고서 이렇게 말했다.

"그래요. 난 아직 아이예요. 그러니 귀여워해줘야 해요."

그러자 스푸트니크는 설마 그런 대답이 나올 줄은 예상하지 못했는지 소리 없이 웃던 웃음을 쏙 집어넣고 할 말을 잃은 채 예상 밖이라는 듯 눈을 깜박였다. 한 점 땄다는 기쁨에 클루는 흡족하게 웃음 지었다.

하지만 그의 놀라움은 그다지 오래가지 않았다. 마음을 바로 가다듬고 검지와 엄지로 동그라미를 만들어 클루의 눈앞에 내밀더니,

"뻔뻔하게 나오지 마, 요 녀석아."

"아윽."

검지가 세게 그녀의 이마를 때려서 딱, 하는 소리가 났다.

모르는 사이에 뺨이 뾰로통해졌다. 양손을 흔들며 폭력 반대, 폭력 반대 하고 불복을 주장했지만. 그것도 재미있는지 스푸트니크는 히쭉히쭉 웃을 뿐이었다. 분명 이 사람은 자신을 얕보고 화를 내게 하는 일에만 창의력과 심혈을 기울이고 있는 모양이다. ……그렇지 않다고 이론적으로는 이해하고 있어도, 알고 있어도 그의 이러한 면만 보고 있으면 아무래도 그렇게 생각하게 되었다.

아아, 열 받아. 오늘의 '업무 일지'에 이 일을 적어서 꼭 남겨둬야지! 참을 수 없는 불만에 마음속으로 생각한, 바로 그때였다.

──딸랑딸랑.

종소리가 들렸다. 오늘의 첫 손님이었다.

손님이 왔다는 사실을 알아차리고 클루는 스푸트니크로부터 고개를 돌려서 입구를 보았다. 그 순간 그가 드물게도 상냥한 눈으로 웃고 있었던 듯한 느낌이 들었지만, 그것은 분명 기분 탓이거나 착각일 것이다. 이 사람이 정으로 가득한 그런 표정을 의미도 없이 지어줄 이유가 없다.

품행이 불량한 점장을 신경 쓰는 것은 관두기로 했다. 지금은 이제 손님을 생각해야 한다.

그리하여 그녀는 생각을 전환하여 문을 향해 신경을 쓰더니 숨을 크게 훅 들이쉬었다.

그리고 화사하게 웃는 얼굴로 가게 마스코트다운 인사를 했다.

"스푸트니크 보석점에 오신 것을 환영합니다!"

그리고 다시 하루가 시작되었다.

보석을 토하는 소녀②~돌고 도는 기억과 첫 모험~

끝.

후기

1권이 발매되고 얼마 후, 담당 편집자님으로부터 "후속편을 쓰는 건 어떨까요?" 하는 연락을 받고 역 벤치에서 휴대전화를 한 손에 들고 스케줄을 확인했던 일이 아직 생생합니다.

오랜만입니다, 나미아토입니다.

여러분 덕분에 '보석을 토하는 소녀' 2권을 출간하게 되었습니다.

갑작스러운 연락이었기에 실례되게도 그만 "헐, 진짜요?"라고 상당히 거친 말투로 대답한 것에 대해서는 때를 봐서 사과를 드리고 싶습니다만, 그건 그렇다 치고.

'보석을 토하는 소녀'는 콘테스트에서 상을 한 번 놓친 작품인데, 이 '첫 심부름'은 낙선이 결정되었을 무렵에 때마침 쓰고 있었습니다.

끝난 일은 어쩔 수 없다며 기분을 전환하고 '첫 심부름'을 쓰고 있었는데…… 후에 추가 서적화가 된다는 연락을 받게 되었으니 미래는 전혀 예측할 수 없다고 해야 할까요. 살면서 무슨 일이 일어날지는 모르는 법이네요. 정말로.

이번 2권인 '돌고 도는 기억과 첫 모험'은 새로 쓴 '마법사의 돌고 도는 마음'을 포함하여 클루와 일행들의 '과거'와 '현재'를 다룬 작품입니다. '첫 심부름'을 쓰고 있을 무렵의 저를 반영한 것은 아니지만, 그들이 아직 만나지 못한 '미래'로 이어질 이야기입니다.

　아무쪼록 즐겁게 읽어주시길 바랍니다.

　감사의 말씀을 올립니다.

　출판사와 크라우드 게이트 관계자 여러분. 1권이 발매된 후 생방송에 출연하고 2권을 출간하는 과정에서 여러모로 큰 신세를 졌습니다.

　담당 편집자 U님. 바쁘신 와중에도 작가로서 미숙한 이 신인을 이끌어주시느라 무척이나 힘드셨으리라 생각합니다. 그리고 생방송 일로도 큰 신세를 졌습니다.

　일러스트레이터 케이 님. 등장인물들의 표정과 세계를 이번에도 즐겁게 감상했습니다. 특히 제일 좋았던 건 찻집 피네를 그린 표지였습니다. 무척이나 멋있었답니다.

　그리고 출판과 관련해서 축하해주신 액세서리 작가 여러분. 1권이 발매되는 날에 서프라이즈 파티를 계획해서 열어주고 2권이 출간된다는 소식에도 축하해준 친구들. 서점 직원분들, 온라인의 여러분들을 비롯하여 다양한 곳에서 '보석을 토하는 소녀'를 알아봐주시고 읽어주신 여러분들.

　진심으로 감사합니다. 앞으로도 잘 부탁드립니다.

　　　　　　　　　　　　　　　　　　　　　나미아토

주얼리 스푸트니크
스푸트니크 보석점
설정 러프 일러스트

점내

입구 종

소파
(응접 부분)

HOUSEKIHAKI NO ONNANOKO ②
©Namiato 2015
Originally published in Japan in 2015 by PONY CANYON INC., Tokyo.
Korean translation rights arranged with PONY CANYON INC., Tokyo,
through PONY CANYON KOREA INC., Seoul.
Korean translation rights ©2016 by Somy Media, Inc.

보석을 토하는 소녀 2

2016년 7월 15일 1판 1쇄 발행
2018년 8월 31일 1판 2쇄 발행

저　　　자	나미아토
일 러 스 트	케이
옮 긴 이	김현화
발 행 인	유재욱
담당편집자	김민지
편　　　집	강혜린 김다솜 김민지 김혜주 이문영 박은정 박상엽 정영길 조찬희
라이츠담당	박선희 오유진
디 지 털	최민성 박지혜
발 행 처	㈜소미미디어
진 행 협 력	(포니캐년 코리아) 이자묵 조수영 임재환 김수영
등　　　록	제2015-000008호
주　　　소	서울시 마포구 토정로222, 403호 (신수동, 한국출판콘텐츠센터)
판　　　매	㈜소미미디어
마 케 팅	한민지 이모토 요코
물　　　류	허석용 최태욱
전　　　화	편집부 (070)4164-3962, 3963 기획실 (02)567-3388
	판매 및 마케팅 (070)4165-6888, Fax (02)322-7665

ISBN 979-11-5710-423-9 04830
ISBN 979-11-5710-371-3 (세트)